木下順二の世界

敗戦日本と向きあって

井上理恵 編著

社会評論社

木下順二の世界——敗戦日本と向きあって＊目次

カバー、本扉、中扉の写真は、『劇団民藝の記録1950〜2000』（劇団民藝刊）より転載

第Ⅰ章　木下順二の出発

寅年の会の３人
左から宇野重吉・木下順二・尾崎宏次

井上理恵

第一節　肥後伊倉と熊本新屋敷

木下順二（一九一四年八月二日〜二〇〇六年一〇月三〇日）は、木下弥八郎（一八七〇〜一九五〇、農業技術者）と三愛《ミエ》（一八七九〜一九七二、旧姓佐々・不破）の二男として東京市本郷台町三〇番地に生れた。（注1）父母は共に再婚で、父には離別した先妻との間に長男（國助）と四人の娘があった。農業技術者の娘であった母には、死別した先夫（西洋史学者、一高教授不破信一郎）との間に長男武夫（13歳で父と死別）がいた。武夫が15歳の時に母三愛は木下弥八郎と再婚した。

木下順二は、母の長男武夫（一八九九〜一九四七、元判事、九大教授、亡くなる前は学習院次長）を長兄（48歳で没）、父の長男國助（一九〇一〜一九三一、東京天文台勤務）を次兄（30歳で没、木下はK兄さんと書く）と呼んでいる。木下四歳の時、父が東京の仕事を辞し、故郷熊本に帰る。曽祖父は肥後伊倉の惣庄屋であった（現鍛冶町）。

木下一族のルーツについては、徳富蘆花健次郎が「竹崎順子」（注2）の中で記している。それによれば、もとは菊池に住んでいた名鍛冶で、名高い菊池の千本鑓などを鍛えたらしい。のちにその子孫が玉名に移り、やはり名鍛冶が出て、加藤清正の千本鑓も木下鍛冶が鍛えたという。それゆえ木下の住む伊倉は鍛冶屋町と呼んだのである。現在も鍛冶町という町名であった。木下も竹崎も伊倉の名家で、木下は阪上《ママ》、竹崎は阪下《ママ》に住んでいた。木下の次男律次郎が竹崎へ養子に行き、矢嶋順子がその妻となって矢嶋一族と姻戚関係が生じる。当時の青年は横井小楠の塾にも通っていて、律次郎もその一人であった。この人は若い頃激動の人生を送ったようだが、それについては「竹崎順子」を参照されたい。この熊本明治期の歴史の一端が、「風浪」の下地になっている。

　さて木下一家は一年後、再度東京で父が仕事をすることになり上京し、小石川大窪町に住んだ。木下は東京女子師範附属小学校（現お茶の水女子大附属小）に入学する。革靴を履き洋服を着る上流家庭の小学生であった。三年生の時、小石川で関東大震災に遭い、その記憶は「本郷」に記されている。

　一九二五年五月、「父の隠退により熊本」へ移る。両親と女学生の姉と一緒だった。木下が「本郷」の中で「領地」と呼んだ肥後伊倉ではなく、広大な敷地の熊本市大江町宮ノ本四三八番地に新築した屋敷に親子四人で住んだ。白川の傍の新屋敷という地で、現在も確認できる。この地は、弥八郎が肥後伊倉に通うにも交通の便がよく、白川小学校、県立熊本中学校、第五高等学校へも徒歩圏である。弥八郎は、そうしたことを考慮してこの地を購入し、家を建てたと推測される[注3]。白川小学校へ転向した木下は、言葉、衣服、履物などが原因でいじめられた様子を「本郷」に記している。生活は慎ましく地味だったと病弱な都会っ子だった木下は書くが、やはり庶民とは異なるそれであったろうし、革靴や桐下駄を履く子供であったから、〈いじめ〉は避けて通ることのできない洗礼であったのだと思われる。この異文化体験が言葉の問題を考える契機になったと木下は後に記した。地方語と地方文化を早くに体験した木下にとって〈民話劇〉は生れるべくして生れたのである。

異文化体験は木下の母も同様であった。息子不破武夫を東京に置いて係累の多い旧弊な地主木下の家長に嫁いだ母三愛は、戯曲第一作「風浪」のお誠に仮託されている。横井小楠の「複雑な家族構成を参考」にしたという「風浪」については、次章で触れるが、東京から熊本に住むことになった母について次のように「本郷」に書いている。

「京都に育ってあとは東京と仙台で比較的自由な空気を吸って暮らしてきた母」は、肥後伊倉の庄屋の妻になり、「毎朝髪を結って身じまいを済ますと、さあ何でもこいという気持に自然にならされてしまっていたものだ」、と「晩年の母がいつかしみじみと語ったことがあった。」らしい。

母はおよそ二五年間熊本にいた。その内、戦中戦後の七、八年を伊倉で過ごしている。夫の死後上京し、九三歳で亡くなるまで本郷の木下宅に住んだ。おそらくこの二〇年余は自由な安楽な時間であったことだろう。

一九二八年に木下は県立熊本中学に入学する。その四月二三日の月曜日、中学へ登校する木下は、通学路の兵隊道で「山東出兵」する兵士たちに出会う。馬に乗った旅団長は斎藤瀏少将であったらしい。木下はこの日のことを強烈に記憶する。〈戦争〉である。

「ずいぶん長いこと、大体中学の二年くらいまで私はいじめられるほうの側にいたのが、三年あたりからめきめきと強いほうに移り始めて、やがて制帽を少し曲げてかぶって右肩をそびやかして腕組みした写真などを残す仕儀になるのだが、そうするとその頃には、もう生粋の熊本人と全く違わない熊本弁を、ということは、今日の熊本の若い人たちが使っている共通語化された熊本弁よりはずっと純粋なそれをしゃべっていた。」と書く。木下の体験を通してわたくしたちは〈いじめ〉の要因が〈異質な存在〉にあることを知る。

中学では小堀流泳法を学び、水泳部のキャプテンでブレストをやっていた。「日本女子記録にどうしてもかなわなかった」というのだから、相当の記録保持者であったと推測される。「風浪」に出てくる江津湖でも泳いだらしい。すでに病弱な男子ではなく勇ましい青少年に成長していた。一九三一年の六月に「三鷹の天文台にいた次兄が三十歳で結核で死んだ。（略）長男が死んだから、自然当然に次男の私が嗣子ということになった。」

前後して姉が結婚のために上熊本から東京へ旅立った。見送りに行ったこの時から木下の〈東京恋し病〉が始まる。

木下が相続拒否をしたいと感じだしたのは、家族で「領地」へ行ったときの歓迎振りに始まったようだ。さらには小作米納入時期の様子、友人の玉井良一に「やっぱ主が家は良か家だけん」と「羨望と反感のまじったような調子でいわれたとき、そういわれて〝得意〟という気持の裏に、〝何ともいや〟という感情がすうっと流れた」、そしてK兄さんが生きていたら跡を継ぐだろうか…という疑問などが渦巻く。しかし根っからの地主であり、しかも「仲のよかった父」にはとても直接話せなかった。ある時、母が後継ぎについて「お父様はこういうふうにお考えだが、いいね」というふうに木下に念を押し、「それはいやなのですという、母にとっても全く予期されていなかった私の気持をともかくものみこんでもらうまでには、幾日かの間を置いた何回かの押し問答が必要であった。」と記している。両親の驚きが如何様であったかは推測に余りある。が、とにかく木下は中学四年で「領地」の「嗣子」となることを拒否したのであった。

父がある日「相続の意志はないのだな」と突然尋ね、木下は「申しわけありませんが」と応える。その後、次兄の死後八日目に生れた女の子に跡を継がせることになったと、母から聞く。木下は「領地」から、〈熊本〉から自由になったのだ。他方、若くして未亡人になった國助の妻咲子と娘の冴子は、領地に縛られることになるのである。咲子親子は、実家の北九州と木下の新屋敷とを行ったり来たりしていたという。

しかし敗戦後、占領軍の政策―農地改革で、木下の家の継ぐべき「領地」はなくなった。「結局同じ事だったなあ」といって父は「薄く笑った」、そんな父に「戦後の今の情況があの時の私の行為を justify している」という意識があるのを「詫びのことばを続けながら、説明のつかない後ろめたさとして父に対して感じていた」のである。木下は何処までも真摯な青年であった。

一九三二年中学五年生の秋、木下はメソジスト派教会で受洗する。同級生のＴに「中学四年で初めて教会へ誘われてから高等学校を終えるあたりまでのあいだ」教会生活は、「一種〝ロマンチック〟な世界として過ぎて行ったように思う」と「本郷」に書く。契機は、五年の夏に「有明海に面してすぐそこに天草の見える海岸」へ教会の同年輩の男女と牧師とでキャンプに行ったときであった。真っ暗な砂浜の「精神的かつ情緒的雰囲気」が背中を押した。M牧師が「もう、いいだろう」と木下に「呼びかけた」らしい。つまり「教会へ来だしてからもう一年半だ。ずっとまじめに教会に奉仕して来た。信仰もずいぶん深まって来た。だからそろそろ洗礼を受けても、もう、いいだろう」ということだったと木下は言う。

そうしたロマンチックな世界に疑問を持ち変化が訪れるのは大学へ入り東大ＹＭＣＡに住んでしばらくしてからのことだったらしい。それは矢内原忠雄の家庭集会に通い「思索の原基形態となるような」「ひとことでいえば原罪意識とでもいうべきもの」「ただし信仰のかかわる以外のところにおいて」のそれを、与えられてからで、木下はそれが何かは「一種の教会批判になりかねない」もので、「矢内原氏のもとを私が離れた理由と共に、黙って自分の内にしまっておけばいいこと」と書く。

教会という組織と牧師の在りようとが潔癖な木下に許せないものとして写った様子は、「本郷」に記されているが、それとは別の〈原罪〉、それは〈持てる者〉〈支配する者〉という階級（イエ・家）に生を受けた存在としての〈原罪意識〉ではなかったか、とわたくしには思われる。〝Born with a silver spoon in his mouth〟これは木下がおそらく終生持ち続けていた意識であったと推測される。

木下の母三愛も、父や木下に黙って三五年四月二一日の復活節に木下とは異なるルーテル教会で受洗した。母は亡くなるまで毎日聖書を読んでいた。その姿は「本郷」に描出されている。木下は「（私は）自分の内側からの何かの欲求、希求に基づく行為」としてではなく洗礼を受けたのに対して、母は「まさにそれに基づく行為として洗礼を受けたのだと思う」と書く。今回、新屋敷近辺を歩いて母が受洗したのは新屋敷に比較的近い味噌天神の大江ルーテル教会（一九二一年設立、九州学院と市立図書館の間にある）であろうと思った。(注４) 母がどのような思いでキリスト教に近付いたのかは明らかではない。木下は自由な空気を吸っていた母が「縁もゆかりもなかった肥後の熊本の、強固に構築された地主一族の中に、それも当主の後妻としていわば真中へ、乗り込まされてしまったということに基因する何か」と推測している。わたくしはそれと共に木下の相続拒否やそれ故に相続することになってしまった幼い義理の孫とその若い母のことなども、あるいはその要因の一つであったかもしれないと思う。

木下は一九三三年第五高等学校に入学する。五高時代は「いわば左翼の退潮とファッショの台頭との間にはさまった、短い小春日和の時期であったと云える。（略）私は入寮を強制もされず、歩いて二十分ぐらいの近くにある自宅から通った。わが家の空気と学校の雰囲気とを引っくるめて、いわば滅菌室の中で無為に似た平穏の三年は過ぎて行った、という気さえ」すると記す。高校生活は、キリスト教と馬術の〈ロマンとスポーツ〉文武両道という青年らしい〈穏やかな〉三年間であった。『第五高等学校』（熊本大学五高記念館編）の Topic 欄に木下順二の紹介文がある。「五高時代に英文学を志した。五高二年在学中の一九三四（昭和九）年八月三一日から九月九日まで『八雲先生と五高』という調査報告を一〇回にわたって『九州新聞』に連載している。当時としては異例のことである。また、梅崎春生とは机を並べ、お互いの作品を批評し合ったという。（薄田）」とある。小泉八雲には木下の父が五高で習っていた。父弥八郎は、五高から東京帝大の農学部へ進んで農業技術者になった。

梅崎は、福岡修猷館中学から五高に来た。一年下であったが、木下が四年生の時の高校受験に失敗して五年で再受験したから同級生になったらしい。キリスト教と馬術部に明け暮れていた木下は、國助の妻をモデルとしたらしい「嫂」という習作を梅崎に見せたが、好評は得られなかったようだ。五高には龍南会雑誌『龍南』（一八九一年創刊）というのがある。これは五高職員と生徒等で組織された校友会龍南会（初代会長嘉納治五郎）の文化活動の発表機関として発足した。下村虎六郎（湖人）・牛原虚彦・上林暁・犬養孝・梅崎春生などが作品を発表した雑誌で、上記の人々は皆一様に編集部員になっているが、木下は関わらなかった。もちろん馬術部も龍南会の一員だからキャプテンの時代には集会などには参加したと推測されるが、これについての記録はない。

五高の三年生の時、キリスト教と馬術が「恋しい東京」に二週間滞在する機会を運んできた。木下の馬術の腕前はかなりなハイ・レベルらしく九州大会に出場し優勝している。さらには馬術部のキャプテンとしてインターハイに出場するために上京、青山の陸軍大学の馬場で開催されるインターハイに出る。直前に選手の一人が出場できなくなり補欠を入れて参加したが、三人一組のティームは三位に入賞したというから予定された選手が出場していれば、あるいは一位優賞であったかもしれない。そんな読みが行間に浮ぶ文章を「本郷」に書いている。

五高ＹＭＣＡ（花陵会）でキリスト教活動をしていた木下は、熊本のメソジスト教会代表としてメソジスト教会全国大会（本郷春木町の中央会堂）に出席する。「代表として出席したそのメソジスト教会全国集会のテーマが何であったか、今どうしても思い出せない。それほど気軽に、より正確には無責任にその集会に参加したということでもあり、その集会のことなんかは二の次として〝十年ぶりの東京、より正確には本郷〟ということのほうへ気が行ってしまっていたということでもあり、そしてその東京体験、より正確には本郷体験の中身の濃さが、テーマのことなど忘れさせてしまったということでもあったということになる」と木下は回想する。

会場の春木町〈会堂〉は、木下が何度も読んで暗記するほどだった夏目漱石の『三四郎』の〝会堂《チャーチ》〟に違いなかった、と木下は思った。三四郎と美禰子の別れの場所は、木下と予てからの憧れのＳという女性との再会の場所になるかもしれなかったからだった。Ｓさんにはキリスト教会へ木下を誘ったＴ君も好意を持っていた。二人がＳさんに手紙を出したことなどが「本郷」にある。木下はＳさんから復活節の集まりの時に、「いろんな色に染めた卵の中からＳさんが、私の耳にささやくように、『あなたはこれ』と微笑しながら緑色のをくれた記憶」「私の手のひらの上にちょんと載せてくれたことによって、Sさんは特別の好意を私に示してくれたようでもありまた何でもないことのよう」でもあったという思い出。いつもほっそりしたからだを和服で包んでいたSさんは、一年だけいて東京へいってしまう。「全国集会に出ればSさんに会える」と決め込んでいたから、この大会での再会を期待していたのだ。ところが彼女は来なかった。新聞記者と結婚して、亡くなったという話を女性信者から聞く。

Sさんは美禰子と重なる。「風が女を包んだ。女は秋の中に立っている」この一行は、まさにSさんのことを言っている。「かげろうのような女」……三四郎は木下で美禰子はSさん。木下の二週間は、「形而上的であり霊妙であり、つまり実在と非実在のあわいに立つ魅力的なイメージ」の美禰子ならぬSさんと三四郎に擬した自分とで埋まっていた。それ故大会のことは覚えていないのだ。

この女性像は木下の中に棲みついて、木下作品の女に育っていく。木下はそれを「今も自分の作品の中で私はそれを追い続けているのかも知れないと気がついたのは」、茨木のり子さんから「夕鶴」や「沖縄」「子午線の祀り」に登場するつう、秀、影身の内侍などの「キャラクターに共通するそのような要素を指摘された時」だと記す。

木下は自分の「三四郎」理解は違っているだろうと言う。美禰子は決して形而上的な存在ではないからだ。それは理解しているのだが、この高校生の時のイメージを壊さない為に「三四郎」を読み返していない、と書く木下。自身の中で育て上げた女性を生き続けさせるために読み返さない。その抽象的な女性を劇の中でリアリティをもった存在として描出することが、劇作家木下順二の在りようだったからではなかったか、と推測している。これらは戯曲を検討する中で答えのでるものであろう。しかしそれにしても木下順二という劇作家は、何とロマンチックな存在かと思う。

（注１）両親の生年は「本郷」（『木下順二集』12　岩波書店一九八八年）及び墓石の記述から類推した。長兄の生年も同様。数え年あるいは満年齢によっては若干の違いがあるかもしれない。『木下順二集』16巻の「著作年譜」及び不破敬一郎「木下順二と山本安英（一）」（『図書』二〇〇八年一二月）も参照した。母には兄佐々醒雪と二人の弟があった。母は最初の結婚で不破姓となる。不破敬一郎（長兄の子息）によれば母の父佐々政直は尾張藩京都留守居役の末裔であったという。
（注２）『徳富蘆花集16』日本図書センター復刻版所収一九九九年二月。
（注３）わたくしは二〇一三年七月二四〜二五日に熊本市および肥後伊倉を調査した。伊倉では市会議員松本重美氏と木下の家を管理している四ケ所ユキオ氏に話を伺った。
　木下の両親の名前が刻まれている順二の建てた墓は、肥後伊倉の鍛冶町にある。母は異教徒ということで寺から拒否されこの墓には埋葬されていないという。ここは木下一族の墓所で多くの墓石があった。墓所と道を挟んで惣庄屋であった木下の家が一部現存していた。伊倉駅から筆者の足で二〜三〇分の地。近くには菩提寺（光專寺）もあった。この地理的なものは、「本郷」に次兄の葬儀で木下が記したとおりの道であった。

後に触れるが木下順二は中学の時に家督相続を辞退したため、弥八郎は家督を長男の死後八日目に生まれた娘冴子に継がせる。長じて吉田正憲氏（東京大学卒業の英文学者・元熊本大学教授）と結婚、夫妻が伊倉の木下家墓所を守っていて、新屋敷に住んでいる。

（注4）木下が受洗した教会は明らかではない。が、メソジスト派の熊本白川教会ではないかと思われる。母についても不明であるが、設立年を考慮すると、自宅に近い大江ルーテル教会か、または最も古い熊本ルーテル教会（一八八九年）ではないかと推測している。

第二節　東京本郷

一九三六年春、東京帝国大学文学部英吉利文学科に入学する。東京大学入学は木下にとって未知の世界との遭遇であった。多くの学生が大学の門をくぐってあらゆる世界への扉が啓くように木下にもそういう機会が訪れたのである。

三月から東京大学学生基督教青年会館（ＹＭＣＡ）に入る。ここには学部・大学院そして卒業後も居続け、駒込千駄木町五〇番地（現文京区向ヶ丘）に住むまで、結局一七年間住み続けることになる。この宿泊施設は一〇年ぶりに本郷へ帰った時に宿泊した会館である。大学ではエリザベス朝演劇を専攻、中野好夫・斎藤勇・市河三喜らに師事した。

「三四郎」に傾倒していた木下は、東大に入り本郷に住んで、三四郎と自分とが「学歴と居住地のほかの点では、ほとんどことごとく」違うことを「発見」する。「自然になにやら三四郎になっていた去年の夏の中央会堂を、その前後の本郷の二週間を、ずいぶん前のことのように思い浮かべた。何となく三四郎を〝追い抜いた〟ような、ちょっと〝大人になった〟ような気がした。」三四郎は卒業するが、〈形而上的な、実在と非実在のあわいに立つ女性像〉のみが残るのである。

東京に住んだ木下は、またもや〈言葉〉が気になりだす。もちろん子どもではないから〈いじめ〉とは無関係だ。ＹＭの隣家〈呑喜〉の主人夫婦が「きれいな東京弁」を話していたからだった。木下は「学校では純粋な熊本弁をしゃべり、家では母ときれいな東京弁の会話を交わしていた、という、少なくとも積もりでいた。」のだが、呑喜の主人との話で〈電気〉と〈伝記〉のアクセントから、自身の〈言葉〉に「気になり」だす。「垣・柿・牡蠣」「熱い・暑い・厚い」など、地域によるアクセントの違いを理解するには、その語の意味するものの区別を結局、「文脈で考えるより仕方ない」と分る。

「おれの東京弁も相当ヘンになっているんだなと気がついて私は、ちょっと大袈裟にいうと愕然とした」のである。「東京地域のことばと他地域のことばの違いというこの問題は、後にだんだん文化論の問題として私の中でふくれ上がって今日にいたっている」と「本郷」に書く木下は、子供から青年となる行程で、本郷から熊本そして本郷へ戻るという道筋をとおって一般の人々には気付かない文化の問題として〈言語〉を意識する。劇作家木下順二になる道が本郷の人々との関わりから拓けたといっていいだろう。

「ことば」と同時に社会への目も拓かれる。

まず、ＹＭＣＡに入居したその月（三月）から東京中の歌舞伎芝居を観て歩く。新劇を観にいかなかったのは、五月に貴司山治の「洋学年代記」（新築地劇団）を築地小劇場で観て「これが甚だつまらなかったので」、その「つまならさを煽るように六代目以下の名優たちの最盛期の歌舞伎」を観る。このほうが面白かったからだという。早くも木下は東京の〈芝居通〉theater goer

になっていく。

そして一年の夏、初めて渡米する。カリフォルニア州オークランドで開催された世界基督教学生聯盟太平洋会議に出席するためだった。この模様は帰国後『基督教青年』（一一月）に発表、『英語教育』にも「駆足洋行印象記」（翌年一月）を寄稿する。二週間の船旅でアメリカへ行った木下は、中国代表と朝鮮代表の発言で「なにやら今まで全く知らなかった（知らされていなかった）」人々の「思い」に出会う。

中国の学生からは、「もしあなたがたが自分の国の自分の町を、他国の軍隊の戦車がわがもの顔にのし回っているのを見たらどう思いますか！　それがわが国の現状なのです！」という演説（アピール）を聞いた。朝鮮代表からは「日本の神社参拝は、あれはどういうことか」、アメリカ代表からは「テンノーとは一体何ぞや」と問われ、木下が応える羽目になり、「日本の教会のえらい人のあの注意（発言の時、聞いているのは眼の前の聴衆だと思うな、聴き手は後ろにいるのだよと注意されたこと。総て日本へ筒抜けだぞという意味）が頭の中をぐるぐる回るのを覚えながら、とにかくそれは、ことばによって説明は不可能の問題、感情であって……とか何とかいって切り抜けた」のであった。彼等の思いが「捉えようのない実感として」初めて伝わってきた瞬間であった。これが日中戦争の始まる前年のことである。

「つまらなかった」新劇へ足が向いたのもＹＭの友人に誘われたからであった。当時の雰囲気を次のように記している。「世の中の非常時的傾向がだんだん強まってくる中で、いつか私たち学生にとって、今夜築地へ行くということは、例えばＹＭの朝の食堂の話題の中でも、つまり朝のうちから、お互いに共通する一種の興奮なのであった」と。そして観るだけではなくやる方にも関わることになる。

ＹＭのクリスマスにいつも学生たちがやる芝居の「裏方を手伝わされ」、生れて始めての経験に「相当にびっくりした」らしい。出し物はロマン・ロランの革命劇「愛と死との戯れ」であった。国文の上級生で演出兼主演金田一昌三は「ロマンチックにしてパッショネットな新劇ファン」で、木下は一二月四日に築地小劇場へ連れて行かれる。新築地劇団が山本有三の「女人哀詞」を上演していた。「これには感心した。山本安英という人の実物を見た、これが最初であった」と書く。

この芝居は、山本安英が病気全快して久し振りに立った舞台で評判も良く、観客動員も多かった公演だった。木下は形而上的な女優山本安英――「実在と非実在のあわいに立つ魅力的なイメージ」にそっくりの女優を見て、〈Sさんや美禰子〉を重ねたのかもしれない。

「女人哀詞」を契機にして木下の演劇体験はどんどん拡がる。金田一がクリスマスの芝居の指南役に山本安英を連れてきたからだ。素顔の山本に会った木下は、「つい先日観たばかりの『女人哀詞』の舞台、（略）せい一杯に俳優の〝芸〟を要求される役を鮮やかに演じたあの山本さんと、眼の前にいるろくに口も利けないみたいな山本さんとの違いに私は――何といったらいいか――やはりびっくりした」と記している。

毎年上演するＹＭ芝居のメンバーには悪役を演じた経済学部の三枝守雄（のち三枝佐枝子の夫）やのちに木下と山本の主治医となった吉利和（内科医）も役者で参加している。こうして木下は友人関係の輪をＹＭで広げながら、久板栄二郎「北東の風」（新協劇団・滝沢修主演）、長塚節「土」（新築地劇団・山本安英主演）、豊田正子「綴方教室」（新築地劇団・山本主演）、久保栄「火山灰地」（新協劇団・滝沢修、細川ちか子他）など、築地小劇場で上演されたものを殆んど観ることになった。新劇の絶頂時代の舞台に触れることができたのである。一九四〇年の強制解散までの短い時間ではあったが、まさに幸運であったといっていい。と、同時に新劇人と関わるようになって権力とも接触することになる。

一九四〇年前後――新劇事件といわれた劇団強制解散前後の様子を、劇場入口の持ち物検査や「ああ今朝もノックの音（むろん本富士署の刑事のだ）がなかったなと、眼を覚ました瞬間に思う一時期を私も持った」と表現している。木下のように言ってみれば周縁にいた存在にまでこのような〈恐怖感〉を持たせるのであるから、新協・新築地の当事者にとっては如何ほどの抑圧であったかと思い、ゆえなき〈権力の暴力〉には言葉もない。

学部から大学院へ進学する頃に、河合栄次郎事件があった（一九三八年一〇月）。木下の弟子福田善之が「長い墓標の列」に取り上げた東京大学教授河合の四つの著書が発禁になった事件であった。既に前年には「世界文化」グループが検挙され、この年の二月には大内兵衛ら労農派の教授陣が検挙される第二次人民戦線事件もあった。久保栄の「火山灰地」が初演されたのもこの年の六月で、この上演は最後の砦のようなものだと言われたのである。木下の著作年譜に「河合栄次郎事件に際し、建白書の文案作成で経済学部の学生と協力、署名運動を行う」と記されている。

大学院へ入学した木下は徴兵検査で第一乙種合格となる。入営だ。一九四〇年熊本騎兵第六連隊現役入営が決まる。そして遺書のつもりで木下は「風浪」を書き上げた。三月入営のところ「病気を称して即日帰郷」、軍隊に入らずにすむのである。四二年、召集を受けるが、「再び病気を称して即日帰郷。敗戦まで不安にさらされるが、召集来ず。」

第三節　改稿を重ねた「風浪」

木下順二は、一九三九年一二月一日熊本騎兵第六連隊に入営予定であった。その前夜一一月三〇日に「青春の記念」として「風浪」第一稿一七二枚を書き上げた（一六〇枚としている一文もある）。木下はこれを後に「風浪」の原形と呼ぶ。初演時にこの〈原型〉を読んだ演出家岡倉士朗はタイトルが「神風連」だったと初演プログラムに書いている（菅井幸雄「解説」『木下順二集２』）。

木下が一〇年間住んだ熊本は、「民話劇を書く時のぼくの発想の中に含まれているものかも知れない」というがそれだけではなく、戯曲を書こうと思い立った時「最初に熊本が、明治の熊本がぼくに浮んだことは、きわめて自然であった」という木下の脳裏には、父祖の地熊本の横井小楠があり、敬神党（神風連）があり、西郷に走った熊本士族たちの姿があった。

他方で、木下は一九三八年に初演された久保栄の大作戯曲「火山灰地」（久保の故郷北海道を舞台にした方言が多出する戯曲。いわゆる舞台語の方言を生み出す。）に感動した。そして戯曲を横に置きながら「風浪」を書いたともいわれている。〈一人の主人公の行動を中心に筋が展開しない戯曲「火山灰地」〉の舞台の感動と「科学理論と詩的形象の統一」を目指すという久保の創作理論も新たな概念として木下の裡に沈み、そして入営前のせっぱ詰まった状況が背中を押して木下に「風浪」をかかせたといっていいだろう。それ故の熊本方言の戯曲であり、青年の方途を探る戯曲となった。

ところが、一二月の入営が翌年三月に延びる。同時に「風浪」の改稿作業が始まることになった。入営が延び続けて「青春の記念」の改稿も続く。そして木下は入営予告に怯えながら敗戦をむかえる。

改稿と共に増え続けた「風浪」は、一九四六年秋から冬に一応の完成をみて「人間」（四七年三月号）に発表される。これを「第一稿」（二七二枚）と木下は呼んだ。しかし木下はこの出来が気に入らなかったようだ。維新後の新しい時代に己の生き方とこの国の未来像を語りあう熊本の若者がたくさん登場する戯曲は、敗戦後に未来を模索する若者の生き方にも似て、上演申し込みが多かった。が、木下は「ドラマのとらえ方についての自己批判があったから」申し込みを拒否し続け、その後も何度も書き直す。従って起筆は一番早かったにもかかわらず、昔話（民話劇）、シェイクスピア翻訳、人形劇、戯曲「夕鶴」「山脈（やまなみ）」「蛙昇天」の方が、早く世に出た。しかし木下にとってはどこまでいっても「風浪」は First Work ＝第一作つまり「処女戯曲」(注1)なのであった。

初演は一九五三年九月の第一生命ホール、山本安英・岡倉士朗のぶどうの会勉強会であった。この時の上演台本が第二稿である。「長いけいことこの舞台（勉強会――井上）から得たものを元に」（「風浪」について）さらに改稿を続け、同じ年の一〇月大阪朝日会館公演用台本（第三稿）が出来あがった。「風浪」はかようにいくつもの道程を経てきた。従って未来社版『風浪』（一九五三年二月）と岩波版「風浪」（『木下順二集2』一九八八年一一月）とはこの作品の成り立ちを反映して、異なる。ここでは第三稿の岩波版を対象とするが、未来社版との比較はしない。尚、岩波版には未来社版のカットした部分が補遺として収録されている。そしてこの「風浪」に、一九五四年度第一回岸田演劇賞が贈られている。

改稿を重ねた「風浪」が完成したとき、木下は「昔私が初めて書いた戯曲である『風浪』の、このような稽古過程を通して私はやっと次の段階に出られたと思っている。『蛙昇天』以来三年間、作品らしい作品が書けなかったのが、今やっと次の段階に出られたと思っている。（略）今やっと次の大きな作品の準備にかかるところまで来たのも、あのような『風浪』の稽古と改作の結果だと思っている」（「『風浪』の思い出」『日本談義』一九五四年一〇月号）と一九五四年に書く。「風浪」という戯曲は木下にとってあたかも〈咽喉にひっかかった魚の小骨〉の如く、長い間の痛みを伴う〈塊〉だったことが理解される。

一九五九年に早稲田大学演劇研究会が「風浪」を上演した。この時の公演パンフレットに木下は寄稿していて、稽古も見学している。劇研の学生達が「熱っぽく感情をぶちまけることが先になって」いるから気になって注意をしたらしい。その時この戯曲が「そういう作品」であることに気付き、「私なりの青春」が、そこでは「勝手なはけ口を求めてもがいており、それが様式としてのドラマの形を、どの程度にか犠牲にしている」「その後も私は、ずっと同じ問題で苦しんでいるといえなくはない」「様式はどうしてエネルギーを弱めてしまうのか」「日本の戯曲全体の、これは問題なのだろうと思う」「久保栄さんが、科学理論と詩的形象の統一ということをいったのは、一九三〇年代だったが、やがて六〇年代にはいろうとしている今日なおその問題は成功的なみのりを――たぶん一つも――まだ日本の戯曲の中で結んでいるとはいえない」と書いた（一九五九年一二月）。

ここで初めて書いた戯曲「風浪」が、何故木下の気に入らなかったのか、それはどこに原因があるのか、「ドラマのとらえ方についての自己批判」とは何か、がぼんやりと理解されてくる。「科学理論と詩的形象の統一」という久保理論を達成できなかったことを木下は自覚していたのだ。

更にあとになって「ドラマとの対話」の中で、「全体小説」という概念に対応する「全体戯曲」というものは考えられないかという問いかけをし、「例えば久保栄の『火山灰地』は一種の全体戯曲を意図したものだと思われる」が、「全体」概念が小説と共通するものを持つゆえに、あるいは「別の側面」（表現のことだろう――井上）からいえば自然主義的要素を含むそれであったゆえに、ドラマとして様々な「無理」をおかすことになった。それは、上演時間が長く、観客の耳に一度だけしか入ってこないセリフが「一つ一つとしては重い意味をになって織り成している緻密な構成」等々の「無理」である。にもかかわらず「火山灰地」は、「少なくとも戦前の日本で、『全体戯曲』を志向する唯一の戯曲であった」と記す（一九六八年）。これは戯曲の「部分」と「全体」の表現という議論につながり、ドラマの「表現」の問題になり、ドラマとは何かになり、数作を経て後に長い戯曲「子午線の祀り」を書く木下を思う時、青春の出発時に出会った「火山灰地」と〈青春〉を描いた「風浪」は、共に根強くしかも長く生きつづけていたことが分る。

　また、「風浪」の再演時（一九五三年一二月、『素顔』寄稿）に木下の友人である経済学者内田義彦が次のような一文を寄せていた。「木下君の中には、社会科学への異常な関心と、社会科学の結論に対する神経質なまでの警戒心があり、それはしばしばぼくをたじろがした。ぼくはその時ほど社会科学者としての自分の無力さを思いしらされたことはない。（略）社会科学者の眼には、あたたかい血のかよった人間の姿を、つめたくかさかさした石にかえてしまうようなものがあったと思う。（略）それにも拘らず彼はまた、たえず同じ本能的なしつこさで社会科学に関心の眼をむけて行く。そういう木下君の気持が、『風浪』の中でみずみずしく生きているように思われた。（略）『風浪』の中からむしろ、社会科学の学び方に対する強い反省を与えられた」（「俳優の眼と社会科学者の眼と」『学問への散策』岩波書店一九七四年）。やはり〈科学理論と詩的形象の統一〉を考えていたのだ。

　こうしてみてくると宮岸泰治が『木下順二論』（岩波書店一九九五年）で、「風浪」に登場する佐山健次が直面した問題は、「当時の木下こそがぶつかっていたのだ」と書く理由も分ってくる。つまり佐山の〈維新後の新しい世の中で自分はどう生きたらいいのか〉ということが、戦後出発する劇作家木下順二の在りように重なるということだ。

　これらを踏まえてこの戯曲を、構成中心にみていくことにしたい（引用は『木下順二集２』岩波書店一九八八年)。

「風浪」が設定する時代は「明治八年」から「十年の浅春」、つまり始まったばかりの日本近代の激動期で〈「王政復古」からほぼ西南戦争にいたる狂瀾怒涛の社会的・政治的過程は、忠誠と反逆の人格内部での緊張と葛藤という点でも、わが国未曾有の規模と高度とに達した時代であった〉(『忠誠と反逆』筑摩書房一九九二年)と丸山真男が書く、まさにその時代に生きる若者たちの「緊張」と揺れ動く「葛藤」を描出したのである。

第一幕、時は「明治八年初夏の午後」、場所は熊本西郊花岡山の中腹にある山田嘉次郎蚕軒の屋敷。登場人物は維新前には百五十石の士分であった蚕軒の家族八人、蚕軒・二度目の妻誠・蚕軒の亡兄の妻勢津・蚕軒の妾登志・蚕軒と先妻との長子で県庁の役人唯雄・唯雄の妻屋寿・蚕軒と誠の長女美津・その弟新介。若者達、佐山・田村・山城・横井・林原、そしてアメリカ人ジェインズ、村人など。

序幕に当たるこの場では、大家族の蚕軒の家族構成や、彼等が農業に勤しみ蚕と茶の他に外来の馬鈴薯・玉葱・トメートー・甘藍・落花生などの試作をし、果実なども作る一家である事、明治になって新にこの国へ入ってきた機械(ミシン)や農機具(鋤)を使用していることなどが、ごく自然に登場人物のセリフの中で表現される。それは実学党の蚕軒の熊本における思想や政治的立場を告げることにもなる。彼は開明的でアメリカ人技術者を招き、子どもを洋学校に通わせ、新しい物はどんどん取り入れようという姿勢であるが、根本思想には横井小楠の「尭舜孔子」が横たわっていた。

　新旧の農作物に合わせるように、国家の未来を動かすかもしれない思想が若者達の迷いの中で表明される。彼等の多くは下級武士の子弟であった。実学党の林原敬三郎や田村伝三郎たちの間では「尭舜孔子じゃらちァあきまっせん」「尭舜や孔子だけで大義ば布こうちゅうでも、なかなか布き切るもんじゃなかですばい。」と、英語を学び新しい思想を模索している。

「元服以来の学校党じゃあきたりんちゅうて敬神党に走った」佐山健次は、林原や田村より、そして蚕軒よりも上層千石取りの嫡男であった。この幕では実学党を知る為に蚕軒を訪ねている。同様に学校党の山城武太夫も新しい機械の使い方を習いにきていた。横井小楠の「尭舜孔子の道を明らかにし、西洋器機の術を尽す。何ぞ富国に止まらん。何ぞ強兵に止まらん。大義を四海に布かんのみ」の言を引いて、〈髪を切り、刀を挿さず〉変わり始めた世の中で新しい道を説く蚕軒。しかし自らが招いたアメリカ人ジェインズは「『西洋器機の術』ば尽すために備うてあるだけの話」で「ばってんどこ迄行っても根本は尭舜孔子の道。」だと語る。

　下級士族でしかも養子である山城は、蚕軒から小学校の教師――師範学校入学を勧められていた。

　蚕軒の息子新介は洋学校に通い、バイブルを初めて手にする。このキリスト教が後の幕で問題になる。そして娘の美津も新介と同じように洋学校に入りたいという主張をしているが、女は駄目だという洋学校居寮長で英語のできる林原。娘たちも新しい世界に生きて、活躍したいのだが、身近なところからの拒絶を解くのが最大の関門であった。

蚕軒に若者達は四民平等で士族がなくなった時代を嘆く。百姓出身の兵士たちが全国の鎮台に勤め、かつての武士の役割を担っていることが、田村や山城には気に入らない。「あのどん百姓のクソ鎮台が刀ばさしてふてェつらばして街ば歩きよるとば見ますと、ほんに腹の立ちますなあ」という彼等にとって富国強兵批判のターゲットはかつての百姓たちだった。台湾でも佐賀の乱でもその鎮台兵が「どんどんと手柄ば立てよる」と返答する蚕軒。ここで描出される不満士族の行き場のない憤懣が、後の神風連になり、西郷軍に走る源になる。

佐山は、「そぎゃん風にしてわが国が富国と強兵でふとって行つてでござりますな、いよいよ先進の西洋諸国に追いついた時ぁ、その暁はどうなっとでござりますか?」と蚕軒に問うが、蚕軒は応えられない。なおも詰め寄られて「そらァ……だけんいうてあろうが?　大義を四海に布かんのみたい。」佐山はその句の意味を尚、問うが、蚕軒から明確な回答はえられないのである。佐山は、維新前には「殿さんの御恩ば忘れちゃならんぞ」と聞かされて育った。それがご一新で版籍奉還、「この肥後の国ば返上して、いっ時すると東京に行ってしまいなはって、あとにはどこの誰とも知らん人が県令ちゅう名前で乗り込んで来て——こらァ一体どういう事だろうか?」「ただ奉還金ば下げ渡されたなりィ放り出されて一体何ばどぎゃんして行ったらよかつだろうか?」と皆に問う。誰も応えることができない。

この佐山の疑問は、後に描かれる県令が変わると県庁の中も変り権力が変化する、近代政治の仕組みの描出へと行く。

十七歳まで信じ込んでいたものが瓦解して、佐山は真からわけがわからない状態にいたのである。これは、ついさっきまで軍国の青少年だった敗戦後の若者たちの想いに通じる。それゆえに佐山は朱子学の学校党をはなれ敬神党へ行き、いままた実学党を訪ねた。敬神党で河瀬主膳からルソーの存在を聞いたことも迷いを広げた。河瀬には民権党の叔父がいて新しい思想を知ったのだ。ルソーは平等思想を説いているのだが、この場の佐山は、聖人として見ているだけである。佐山にとっては、小楠のいう「大義」とは何か、富国強兵の後には何がくるのか、それの解明が重要であった。

第二幕、「前幕のしばらくあと、日暮れももう近い」熊本東郊江津湖の湖岸。登場人物は、唯雄・新介・佐山・河瀬・永島・光永・本田・百姓たち・小野・藤島。この幕では、各人の立ち位置、考えていることが明らかになる。そして新しい資本家（商人）になった元農民光永が近代化の代表のように現れる。それらが佐山の個的な思考とぶつかり、佐山の懊悩は増加する。

この場の始まりでは、釣りをしながらジェインズがアメリカで軍人であったこと、英語を教えながら「耶蘇の教えば吹っ込みにかからん」かと蚕軒は心配していることなどが唯雄から告げられ、新介に耶蘇を話したら直ぐに知らせろと約束させる。

唯雄は「富と強兵のその先に何があるかは、おやじは、いや今の実学党は考えとりゃせん。『大義』の講釈はおやじに求めても木によって魚ば求むる如るもんだい。」とあっさり言う。佐山は驚き、「貴方は実学党じゃなかつですか?」、唯雄は「俺ァ県庁の官員たい」、「信念は何ですか?こぎゃん風な世の中になって、我々士族はどぎゃんしたらよかて思うとンなはッとですか?」と佐山。「官員たい。政府の方針に従うて、政府で決めた事ばその通り人民に施して行く」と唯雄。トップが変われば下も変わる。まさにそれが「実学」で、唯雄は自身の立ち位置を佐山に話す。この立身の思想が、後に中央政府に出仕する唯雄の在りようにつながる。自身の立場を理解し、今の世の中で生きようとする近代社会の体制側住民に既になっていた。

士族という意識を捨てることができない佐山には理解できない。「自分に納得の行く事なら何でンします」と言うが、その納得は過去に引きずられ新しい自己に変革できる可能性をひめた納得ではなかったのだ。そしてあくまでも唯雄の「信念」を問う佐山。

「俺ァね、（腰を浮かせながら）世の中が太陽暦に変ったら、やっぱり月日は太陽暦で算えにゃいかんて思うとる。その太陽暦がええの悪いのというとるあいだに、世の中全体は太陽歴でずんずん動いて行きよッとだけんね。」と唯雄は告げて土手下に去る。唯雄は父蚕軒とは異なる近代人としての個を持った存在として新政府で生きようとしていたのだ。

下級士族の敬神党の河瀬が百姓達と出てくる。彼は農民光永の所で日雇いの百姓をしていた。農民達と布達の抗議に県庁へ行ったが、県庁は日曜休日で無駄足。役所も休日がある新しい世の中になっていたことを知る。

　河瀬の父は近ごろの世の中「見るに忍びず」と「腹ば切りました」と河瀬は言う。そして県庁へ行った理由を唯雄に話す。羊の養い方を教えるから東京へ行く生徒を江津村から二人出せ、という布達に反対するためであった。河瀬の話は、徴兵令で若い者は農村を後にし、その上造船・製糸・炭坑などなどの産業を興すたびに、農民の子弟に金が儲かるから行けという、若い者は金目当てに出て行き、村は農業が営めなくなっているという事であった。

　産業を興すために農地を工場の用地に変えていく。労働者を農村から集める。近代国家をめざす日本に生きる農民達が最初にであった近代化の試練である。農民層の分解の始まりだ。河瀬のセリフや工場主となっている羽振りのいい光永や商人見習をしている元二百石取りの嫡男永島らのセリフからこれらの現実を浮かび上がらせ、それを知って佐山は驚く。

　河瀬は言う、「俺ァ東京へ行くぞ。（略）こぎゃん肥後の田舎で百姓の手伝いなんかしてぐずぐずしちゃおれん。（略）中江兆民先生のフランス塾にはいる。」「今の光永と山田と百姓を見とっても分るじゃなかか？　何が四民平等なもんか、官員と金持の世の中たい。（略）水呑百姓がむしろ旗おっ立てて打ちこわしばやりよるじゃなかか。（略）肥ゆる方は肥ゆる一方、痩する方は痩する一方たい。」河瀬は、刀をしている時は分らなかったことが、「百姓ばたった三月したばかりで俺ァもうこれだけ分った。俺なんかの知らん事がまだどれだけあるやら分りゃせん。俺ァフランス塾にはいって（略）将来言論で立つ。」明確な理想を持って東京へ行こうとする河瀬に「貴公はどぎゃんして行く気か」と聞かれて、どうしていいかわからないと応える佐山。河瀬は「敬神党を脱党せよ」という。

敬神党の藤島光也と小野が登場、河瀬は二人と敵対しながら去る。そして二人から河瀬が敬神党を脱退したことを聞き、佐山は驚く。藤島は近々廃刀令が出る、その時はどうするかで、今日敬神党は話しあいをしたと告げる。太田黒先生は「下らん騒ぎはしちゃならん、魂さえなくさにゃよかつだけん。（略）先生も、その時ァいよいよ挙兵ば許すちゅう御神託の出る、て思うてござるに違いなか。」「台湾征伐も征韓論もよかばってん、その前に国内の奸悪のやからば清めにゃいかん、て。」

沈黙する佐山は、藤島に同じ質問をする。「叩きこわすとは易か。むつかしかはそのあとの建て直しぞ。（略）打っ倒したその次はどぎゃんすればよかつか？（略）先の事も分らん挙兵には俺ァ同意出来ん。」

「そらァ我々のあとからくる者がやって呉るる。（略）御一新御一新ちゅうて、御一新の為に世の中はちっとでン良うなったて思うか？（略）われわれの望んどる本もんの祭政一致の御代になるなら何もいいやせん。（略）神には禍つ神と直びの神とあって、世の乱るッとは禍つ神が力ば得とるけん、（略）お祈りするよりほかはなか。」

佐山は何かというと神に祈る、参籠して断食する、という敬神党に疑問を抱き始めていた。藤島は言う。自分達は二百石前後の微禄者、しかし佐山は「千石取りの番頭の御子息」、お前には分らないのだと……。怒る佐山。そして静かに言う。「いかに精神を尽くし、からだば細らせて神に祈ったつちゃ、敬神党はひらけやせん。（略）俺も敬神党ば脱党する。（略）洋学校の紅毛に教えば乞う。」、佐山はやっと動き出す。

第三幕、前幕から数ヵ月後「明治九年初頭の朝」熊本、古城にある洋学校教師館の応接間。登場人物は、ジェインズ夫妻・美津・田村・山城・佐山・林原・新介・蚕軒など。

洋学校の状況が変化している。林原が「奉教趣意書」（キリスト教を信じ、教えを広める）をつくり、国家の為に行動に移そうとしていた。そして林原は一幕のときと異なり、洋学校で美津を受け容れている。耶蘇を学び、変わったのだ。横井小楠の息子も母の反対を押し切り行動を共にしようとしている。佐山は洋学校へ通って数学や英語や天文学を学んだが、答えは出ない。God を信じきることもできない。廃刀令・散髪令と続けて出され小学校の教員になった山城が騒いでいる。

佐山は「耶蘇の教えが即ち小楠先生のいわゆる『大義』と考えるとな?」と問う。「そらァ……そうたい。」と応える横井。佐山は、God を信ずればいいというジェインズの言葉が信じられない。敬神党の神と同じと考えたのだ。そして「『奉教趣意書』は分らん。……よか、わしァまた敬神党にもどる」と洋学校を去る。佐山は、また元来た道へ逆戻りするが、それがかつての佐山と異なっているのは当然のことである。

第四幕、前幕より数ヵ月後、「明治九年の秋、払暁」花岡山蚕軒の屋敷。登場人物は、蚕軒の家族・山城・林原・佐山など。神風連の乱が起っている。様々な場所が壊されている。実学党の蚕軒の家も危うかった。県庁が変わり、実学党は用無しになっていた。県庁は、神風連を今かたずければあとは中央政府の言いなり、県令は好きなことができると蚕軒。ジェインズはアメリカへ帰国した。新介は京都へ行った。林原も京都の同志社へ行こうとしている。熊本洋学校生は同志社へ行っていた。佐山は神風連に加わろうとして、林原に止められる。

蚕軒の家に神風連が押し寄せる。その中に藤島がいた。佐山は、「俺ァ貴公たちの心中はよう分る。どぎゃんすッとかこれから」と聞き、学校党も参加すると知ると、「烏合の衆」を頼みにする暴挙はやめい、と叫び、藤島を切る。佐山と藤島は幼年時からのいわゆる刎頚の交わりであったのだ。佐山の懊悩ははてしなく拡がる。

第五幕、「明治十年の浅春のある宵」花岡山蚕軒の屋敷。今は料亭になっている。登場人物は、佐山・山城・唯雄・本田・河瀬・永島など。薩摩の西郷が立った。熊本も西郷軍に加勢しようという士族たちが多い。河瀬が戻ってきていた。熊本民権党は西郷軍に参加する、河瀬は言論で立つといっていたが、これからどうするのかと問う佐山に河瀬はいう。

「薩摩の西郷でン政府にゃかなやせんぞ。そらァ熊本鎮台一つ位は打ち破って通るかも知れん。

（略）勝ったところで何ィなるか？　今迄の薩長政府に代って西郷政府が出来るだけの話。（略）大抵の士族はあの男（山城）と同じ事たい。ふだんは何党のかに党のいいよるばってん、何の、腹の底にゃ主義も主張もろくに持っとりゃせんとだけん、あたりがわっと騒ぎたつとすうぐ浮き立って騒ぎ出す。」

「一段高か所から見おろす如る調子」で語る河瀬に、なおもこれからどうするのかと佐竹は問う。河瀬は明確には応えないが、「時勢ばつくる者ァ決して政府や県庁の官員だけじゃなか。光永社長だけじゃなか。貴公たい。林原たい。田村たい。地租ば五厘下げさせたむしろ旗の百姓たい。（略）俺達ァやっぱり死なんで、生きて、もがいてもがいて進んで行かにゃならんどぞ。」と、民衆こそが重要と語る。が、佐竹には通じない。佐竹は皆が自分の道を信じて進んでいる。自分はもう考えることは止めにした。「逆賊でンよか。暴徒と呼ばれてン構わん。とにかく大義ばうち忘れとる今の政府ば倒そうちゅういくさに、俺ァ飛び込んで行く。それから先は……道が開くるか、絶ゆるか、そらァその時の話たい。」と西郷軍へ参加するために走り去る。それを追う河瀬。最後は、目覚めた永島が傍の新聞を取り上げ読む。「近頃お江戸で拾った落首に曰く」、「上からは明治だなどというけれど、治まるめいと下からはよむ」かと。そして立身を遂げた光永社長の来訪を告げる女将のセリフで幕。

「維新政府の大量的な官員・軍人・警察官・教員などの採用は、ほとんど八〇パーセント以上が士族層から調達され、それは必ずしも佐幕系たると勤王系たるとを問わなかった」(『忠誠と反逆』)と丸山真男が指摘しているように、「風浪」には維新後の混沌とした時代に生きる典型的な人物が描出されている。佐山の懊悩と迷いを通してこの時代の様々な立ち位置の青年達を登場させることに成功したといっていい。佐山を軸にした自然主義的表現方法が、手軽な幕の進め方と見ることもできるが、むしろ先に引いたように木下の意図とはずれたかもしれないが維新直後の〈青年の混沌と希望〉――〈熱気〉を表現するにはこうするより他に当時の木下には方法がなかったのだろう。作家の意気込みは戯曲の構成を規制するのだ。

青年達のその後はわからない。おそらく佐山は死ぬだろう。同志社で学んだ林原たちは新しい社会へと羽ばたいたかもしれない。河瀬は、民衆と共に歩む道を選ぶのだろう、多分。彼らの〈熱気〉を通して、何よりも木下が伝えたかったのは、その後の道を作り出していくのは、観客であり読者である私たちであるということではなかったか、と思う。

木下は、この作品の後に、民衆のなかに根ざして生れた昔話を題材に、短い〈民話〉を生み出していく。「風浪」「夕鶴」「山脈(やまなみ)」を一括りのファースト・ワークと考えると、昔話に題材をとった〈民話〉も同時代を描き出した〈現代劇〉も木下にとっては同じ〈ドラマ〉であったと思われる。一九五五年に「民話について(3)」でこんなことを書いていた。

「昔話」が生きていたのは今日以前、わり切っていえば近代がはじまる前までだといえるだろう。江戸時代の農村では、「昔話」は実用的なはたらきを持っていたにちがいない。たとえば娯楽、たとえば教訓、たとえば諷刺や反抗精神の表現として、そのころの農民の間では、「昔話」は生き生きとした実感をこめてもの語られたにちがいない（略）ゆうちょうなはなしの中に盛られたささやかな諷刺や反抗精神が古くさく思われるような複雑でいそがしい近代にはいると、「昔話」は用もないただのおはなしになってしまった。（略）だが、「民話」は今日も新しくつくり出されているのである。（東京新聞一九五五年四月九日『木下順二評論集』3所収）

そしてこの文章の後で、山代巴の「山の民話」に登場するお婆さんと役人の話――どぶろく作りを取り締まりにきた役人を追い返す話――を引いて、「民話」は古来の「昔話」を受けつぎ今も新しく生れているという。木下が生み出す「民話劇」も「現代劇」も木下にとっては同じであるが、ただ「民話によって仕事をするぼくの意識は、過去と現在の結節点に立って話をつくり出すということ」であり、「社会を推し進めて行くための新しい力を持った『民話』として、現代の人々の感情と知恵とをその中にこめながら新しくつくり出されなければならない。（略）ぼくは現代の民衆とも合作しなければならない」、それ故に「現代劇」を書くのとはちがった意識が、創作過程の中に含まれてくるのは当然で、木下にとっての「民話」は現代人の「感情と知恵」を込めたもので、「過去代々の民衆と現代の民衆との合作の契機、合作によって新しい日本の文化をつくり出してくる契機になるはずのもの」なのであった。

また、同じ年に「ドラマトゥルギーは技術ではなく思想だ（略）思想といっても、むろんイデオロギーのことではない。技術に対する、それの基底となるものとしての思想。批評の技術も、その基底となる思想というものを持っているはずだ」（『新劇』一九五五年一月号）と書き、約三〇年後に「元来ドラマというものは、自然時間ではない時間をつくりださなければならない。自然主義的な演劇では、舞台の上を流れる時間と自然時間とが一致している。そのこと自体をいけないというわけではないが、しかし本来ドラマとは、限られた時間と空間の中に無限にひろがっている時空を引き締めて持ちこむのがドラマなのであって」（「今日の問題」）、一つのセリフの書き方自体の中に意味としての時間は組みこまれていると言った。

これらの木下の発言をわたくしなりに理解すると、ドラマと言う一つの小宇宙が描き出す世界は、ずっと続いてきた過去と永遠の未来へと続く間の〈今と言う結節点〉――あるいっ時を描出するものということになり、〈民話劇〉も〈現代劇〉も同じドラマなのである。

次節では、〈現代劇〉の「山脈（やまなみ）」に簡単に触れ、ドラマ「夕鶴」を分析したい。

〈注1〉「処女作」「処女戯曲」という表現は、日本独特の、一種の差別用語であるとわたくしは考えている。従って他国で使用されている First Work にあたる〈第一作〉を使用する事にしているが、作者が用いている場合のみ「　」付で引く。他に「夕鶴」「山脈（やまなみ）」も、木下は「処女作」の中に入れている。つまり「風浪」「夕鶴」「山脈（やまなみ）」が First Work として一括りされているのだ。この木下の意識的な分類に合わせて、本書でもこの三作を出発の時期に入れる。

第四節　「山脈（やまなみ）」――〈愛〉の行方

とし子　ねえ、まじめに聞いてよ、お願いだから。……このままで、今までの通りに、あなたはかつ子さんと周ちゃんと、あたしは省一さんの帰って来るのを待ちながらお母様と、静に別々に暮らしてっちゃいけないの？……なんにも……なんにもなかったことにして……二人は会ったことがなかったことにして……全部を忘れちまって……そうしちゃいけないの？そうすることはできないの？　ううん、できる。できるわよ。あなたが来さえしなきゃ、もうこれっきり、きょうっきりあたしの前に姿を現わしさえしなきゃ……それでいいんじゃないの？

――　間　――

山田　――できないね、僕には。

（略）

山田　実際……どういうことなんだろうなあ……君が僕の前に現われた時には君は既に村上の婚約者だったってことは。……そして僕は既に結婚して子供まであったってことは。……村上は君の旦那さんじゃないって、最初に君に会った時に……村上から君を紹介された瞬間に僕ァそう思ったよ。

――　幕　――

（『木下順二集』２巻　岩波書店一九八八年）

「マディソン郡の橋」で日本中を席巻した家族持ちの「純愛」がベスト・セラーになったのは一・二年前である（現在からだとおよそ一〇年前になる）。「山脈（やまなみ）」は五〇年以上前の純愛、宮内省高官の長男で出征軍人の妻と妻子ある農業経済学者の愛―戯曲の現在時間では十分に姦通罪の対象になる不倫の愛である。

「山脈（やまなみ）」は一九四八年三月に起筆、七月に完成、一年後の四九年三月季刊『別冊芸術』に掲載された。(注1)木下順二の二作目の戯曲で、木下からは自然主義的といわれ、不満の多い戯曲と位置付けられている。ここではこの〈愛〉と自然主義的という枠組みについて考えてみたい。

大きな枠組みで見ると「山脈（やまなみ）」は、やはり木下順二の戦争批判の戯曲系列に入るのだろう。が、細部にはそこに収まり切らない問題を数多く抱えている。初めに引いた台詞の愛の行方がどうなるかは戦争という異常時に自我を通すことの重大さという問題を孕み、山村に疎開した都会の人間と農民との軋轢、農村指導者の翼賛体質、農業経済学の理論と実践の乖離、原爆の悲惨さ、さらには疎開先の農民の二組の愛の有り様まで、さまざまな問題の本質が戦時であるからこそ明らかな相貌を持って現出されている。しかもそれらは、まさにディテールスを重視した内に展開されていて、「農家の日常があまりにも生き生きと舞台いっぱいに描かれて活気にみちているので、とし子の恋愛が少しわかりにくかった。」（大原富枝「青春のドラマ」[注2]）という舞台評がでるほど、総体としてのリアルさ、精密さを持つ。これを後に「自然主義的」（一九七八年）といって木下は否定するのであるが、おそらく木下のこの否定にはドラマトゥルギーの問題が横たわっているのではないかと思われる。

一幕のとし子とたまの引越しの場は一九四五年の春、二幕はとし子の父と夫の初七日で敗戦前の夏、三幕は敗戦後の秋でとし子が再度疎開先の農村を訪れる場、一幕と二幕の間にとし子の父は空襲で、夫は戦争で死ぬ。二幕と三幕の間にとし子は山田と駆け落ちし、山田は原爆で死ぬ。この三つの幕の展開の背後にわたくしは久保栄の戯曲を思い浮べる。以前から登場人物の台詞の息遣いが「火山灰地」に非常によく似ていると感じていたのだが、今回再読してその思いを強くした。生活の場のディテールスを重視し、周到に張り巡らされた伏線を持ち、事件を舞台のうしろで起こしてその結果の行為や思考を中心に描く方法はすでに「火山灰地」で試みられたものである。

「火山灰地」の初演を見た木下が「いわばやむを得ないというような気持ちで毎日を流していた私たちへ、ヒリつくような強い衝撃を与えてくれた」（「一九三七・七・七——蘆溝橋」）と書いたその舞台、つまりその戯曲のドラマトゥルギーを劇作にあたって手本にしたとしても不思議ではないだろう。さらにまた久保の戦後の第一作「林檎園日記」について「おとどしのやはり今頃帝劇で、同じ滝沢（修）さんと山本（安英）さんが演じた『林檎園日記』の舞台から受けとった、あの静かな強い感動を、再びぼくは客席において、心行くまで味わいたい」と「山脈（やまなみ）」の初演プログラムに木下は書いた。基本的に木下は久保の戯曲を肯定しているといっていい。その上で、同時にこのプログラムに「今度上演するに当って、上演台本には非常に大きな訂正を加えた。しかし今のぼくには、単なる訂正で解決されない不満と批判をこの戯曲に持っている。」（注３）とも書いているのである。この「不満と批判」は「山脈（やまなみ）」を書き上げてから生れたもので、「戯曲あるいは演劇というものに対する」考え方が「相当質的に変って」（注４）きて「創造方法の点」においても違ってきたからなのであった（「今年の日記」一九四九、二、二〇）。おそらく木下は久保戯曲の創作方法に大きく影響されながら、それを乗り越えるドラマトゥルギーを「山脈（やまなみ）」擱筆後に探り始めていたと思われる。あえてリアリズムと言わずに「写実的、自然主義的手法」（注５）という言語を使用するところにも戦後劇作家木下順二の、戦前劇作家久保栄を乗り越えようとする思いをわたくしは見出すのである。

さて、とし子と山田の恋愛である。

大原富枝は「とし子の恋愛がわかりにくい」「とし子が山田とともに広島へ出奔してしまう場面が、現在形として描かれないで、過去形でもって敗戦後のとし子の出現によって語られるのは、なんとしても弱くて残念な気がしてならない」（前掲注２）と書いた。この種の批評は「火山灰地」にもあったことを思い出す。

菅井幸雄は『木下順二集』の解説で、鈴木政男の話――二人の恋愛について「非常にエゴイスト」であるから「同情はしても共感は持てなかった」と話したことを引きながら「エゴイスティックな恋愛こそが、社会からの脱落という形をとりながら、その底部においては、太平洋戦争下に生きる日本人の姿を照射する役割を果しえた」とし、三幕の戦後でとし子の新生が描かれているのは「山田をはじめとする多くの日本人の死を悼む鎮魂の意味をもっている」(注6)と述べた。

宮岸泰治は「とし子は山田の愛を確かめたいが、山田が彼女のことを『一個の主体』として扱ってくれない物足りなさをも抱いている。その気持ちが、彼に赤紙の来た最後の時になって、彼と駆け落ちするという大胆な行為をとらせる」(注7)と読んだ。

わたくしはとし子と山田の恋愛ははっきり描かれていると思う。すでに幕開きからとし子は山田の嫁に間違えられるという伏線がはられていて、彼らの未来が暗示されている。とし子は山田の愛をその身体に十全に浴びているからこそ、この山村へ疎開したのだ。一幕のとし子はたしかに迷っている。しかし二幕のとし子は山田の仕事―農村の民族的習慣をノートに取りながら、そのメモが一ページ増えるごとに、一冊増えるごとに山田への思いを深くしていく。

山田が現われる前に、きぬに向かってとし子は次のように話している。きぬは結婚前に子ができて、いたずらものといわれ、嫁に来た今も結婚制度を踏み外した女として何かにつけて非難されている。「今はそういう時代なのよ。そうなのよ。なんにもあてにならないのよ。あてになるのは、自分が今この瞬間生きてるってことだけ。そうじゃない？……だったら、どうして自分の好きなことを、やりたいことを、そのまま正直にそう思うっていっちゃいけないのかしら？……そうしちゃいけないのかしら？（二幕）」

かつては出征軍人の妻として悩み、そして今は軍人の未亡人として苦しみながら自身の今を、未来を、思いのままに描きたいと激しく意識し始めている。他方山田は、もう来ないで、というとし子に変名で手紙を書き続け、妻と別れる準備をしている時、赤紙が来て二人の未来をどうすべきか苦しんでいる。それはしかしとし子を「一個の主体」として扱わないというものではない。むしろとし子の前に現われた二幕の彼は〈明日広島へ行かなければならない〉という極限状態に置かれたことで明白に意思表示をしている。「こうやってさ、今二人が顔と顔とを突き合わして、お互いの息と息とを顔の皮膚に感じながら向い合っている。向い合ってよかった。今この瞬間にこうやって会えてよかった。この感情――この二人の愛情ってものが、これこそがこの世界の中で、いや宇宙の中で唯一最高のものだ。」入隊まで広島で共に過ごす、駆け落ち、そのために徐々にその道を意図せずに作っているのである。しかし二人にはそれは意識されない。

山田は出征すれば命がないと考えているから、とし子の未来を大切にせざるを得ない。このままの関係――つまりとし子には村上の未亡人で生きるほうがいいと告げるのである。山田はあえて性愛を拒否しているといったほうがいいかもしれない。しかし二人はこの幕の初めからすでに精神的性愛を共有している。とし子と山田の散らされた台詞――それは必ずしも相手に向かって発せられているとはかぎらないのだが、熱い二人の想いはすでに完全に一致している。「いいわねえ、赤ちゃん。……」「いいえ、行くわ。行ってあたし、とにかくあなたと一しょにいられる最後のぎりぎりまで一しょにいるわ。」「あたしは今まで、我慢して我慢して自分を殺してきたのよ。かわいそうなほど自分を殺してきたのよ。だけど、もういや。もういやよ。」「死にたかないよ僕だって。誰が死にたいもんか。畜生、生きたいよ。生きて生きて生き抜きたいよ。君と一しょに生きられたら僕ァどんな山奥だっていいよ。君さえあれば、君といられさえすりゃ、それだけでもう僕は黙って一生満足して過ごすよ。だけど……死んじゃうんだよ、殺されちゃうんだよ僕ァ」

木下順二は実際に入隊する頃、激しい恋愛をしていたらしい。その時の熱い思いを、その強烈な熱をこの戯曲に書き込みたかったと後に語っている。そういう作家の若々しい情熱は二人の恋愛に描き出されているといっていい。しかし情熱だけではなかった。ここで軍人の妻の恋愛、妻子ある男の恋愛という制度からはずれた愛を描きだしたところに木下の戦争批判、制度批判をわたくしは見出す。木下は戦前の社会が大切に維持してきた制度を意図的に壊しているのである。先にあげた〈いたずらもの〉もその一つだ。常に批判されるのは現実に子を胎む女であって男ではない。男は批判の対象にはならない。疎開先の若い嫁をいたずらものに設定し、そのきぬを通して農村に残る旧弊な因習を批判した。さらにまた既に制度を破ったきぬが、これから制度の枠組みを壊そうとしているとし子の決意の聞き役となっていることも見逃せない。新しい時代に生きる男たち、女たちは、自身のエゴに忠実に生きよと語り掛けているのがよくわかる。しかしとし子と山田の愛は原爆──戦争によって壊される。個人の〈強烈な願望〉を通しても、国という大きな存在の勝手な歩みがそれを壊す。国の歩みを勝手にさせないためには個人はいかようにすればいいのか……。「山脈」の〈愛の行方〉にはそうした問いかけがなされているのである。

（一九九六、八、六）

（注１）一九四九年三月〜四月、民衆芸術劇場が初演、とし子は山本安英、山田は滝沢修が演じた。その後もぶどうの会、劇団民藝が再演している。
（注２）『木下順二集』２巻「月報11」所収　一九八八年十一月
（注３）「劇団民藝第４回公演パンフレット」所収　一九四九年三月
（注４）「『山脈（やまなみ）』の日記」『日本演劇』所収　一九四九年四月号
（注５）「『山脈（やまなみ）』──自然主義の先へ」劇団民藝公演　パンフレット所収　一九七八年五月
（注６）『木下順二集』２巻解題　前掲書
（注７）宮岸泰治著『木下順二論』岩波書店　一九九五年五月

（初出　日本文学協会発行『日本文学』一九九六年一〇月号）

第五節　「夕鶴」――飛翔する〈つう〉

「夕鶴」は、一九四九年一月『婦人公論』に発表され、ぶどうの会によって同じ年の一〇月初演された。以来、鶴女房の「つう」は山本安英の持ち役となり、一九九三年に逝くまで一〇三七回の上演を記録した。これは杉村春子の「女の一生」（森本薫作）とともに一人の女優の上演記録として新劇史に残るものであり、また〈新劇〉の中で多くの人々に鑑賞された演劇の一つということができる。特に「夕鶴」は文学として中学校・高等学校用国語教科書に取り上げられた数少ない戯曲でもある。戯曲を〈読む〉という伝統のないこの国で戦後に書かれた「夕鶴」が、どのように読まれたかは別にして、小説や詩歌同様に〈読む〉ことの列に加えられたことは特筆されていいだろう。

にもかかわらず「夕鶴」は上演ときりはなして検討されたことは、管見の限りない。それは『第一次総合版「夕鶴」』（未来社一九五三年）、『夕鶴の世界　第二次総合版』（未来社一九八四年）や、ここに収められなかった「夕鶴」に関する論評を見ても明らかである。早くに女性解放の視点で優れた「夕鶴」論を展開した鈴木敏子の論評にもそれが見出される。（注1）つまり戯曲「夕鶴」が舞台「夕鶴」にいつのまにか重なって語られているのである。

ここではわたくしたちの国の劇作家の中でドラマトゥルギーについて最も数多く発言している木下順二が、「夕鶴」をいかなるドラマトゥルギーのもとで、何を、どのように描いたのかを明らかにしたい。つまり戯曲「夕鶴」を上演と切り離して新に読み直してみようとするものである。

一　「戯曲とは」

「夕鶴」は、戦時中に東京大学の師中野好夫の勧めで初めて書いた「鶴女房」（一九四三年）を書き改めたもので、いわゆる「鶴の恩がえし」として親しまれている民話（佐渡の昔話）にその大筋を求めることができる。民話を書き始めた動機について木下は次のように語る。

民話に取材した戯曲は、ラジオ・ドラマを入れればもう十以上僕は書いて来たかと思うのですが、一番最初に民話のことを、戯曲の材料として考えたのは、戦争中、もう戦局も大分激しくなった頃だったと思います。その頃のやり切れない雰囲気の中で、また思ったことを書こうと思えば何をどう書いたところで大抵は怒られてしまうような情勢の中で、民話に取材したささやかな戯曲を書くということは、単に一種の息抜きであっただけでなく、随分楽しい仕事であったということができます。（略）『夕鶴』の原型――今の『夕鶴』の形を取る前の、第一稿とも云うべき『夕鶴』――などもその頃の作品で、これが僕の、民話戯曲の勉強の第一期であったと云えるわけです。

（『日本民話の美しさ』一九五一年八月）(注2)

「鶴女房」を「夕鶴」に書き直すとき二つの点を改めたという。一つはセリフの表現で、「鶴女房」ではつうとほかの男たちは同質のセリフを話していたのだが、「夕鶴」では異質にし、「何か純粋な日本語」と男たちの「ある意味での共通語的形態」とを書き分けた。今一つは「次元の違った世界」を表現する、「おんなじことしゃべってるのに、ある瞬間から決定的にわからなくなるという断絶」そういう「アイディア」を考えたことであった。(注3)これは「夕鶴」の賛否両論でしばしば問題にされた〈純粋性〉と〈俗性〉あるいは「聖」と「俗」という見方、さらにはつうと与ひょうの「断絶」という問題が、セリフと世界という問題設定で初めから創作意図にあったことを物語る。

これまでの論評が木下の創作意図の範囲を越えていないということは、実際の舞台でそれがほぼ完全な形で表現されていたことを逆に告げているのかもしれない。つうをやった山本安英をしのぶ会で木下が「「夕鶴」を初めて上演したのは四九年でした。私はただ一遍、書いただけなんです。それを山本さんが上演のたびに背筋を伸ばして新しくけいこをして、新しい発見をして千三十七回までやってくださった。これは本当に感謝しています」(注4)と語っている。たしかに舞台「夕鶴」は、木下の指摘するように山本の功績によるものだと思われる。が、ここでは初めに記したように舞台にはふれない。木下順二が〈せりふと世界〉の、先に引いたような創作意図をもって書き改めた「夕鶴」を読みなおすことに重点をおく。したがってこれまでの論評、あるいは舞台については触れないことを断わっておきたい。

　さて、先の創作意図であるが、これは本質的には一つのことを指摘していると思われる。人間と人にあらざるもの――それは境界を越えてきた存在と言い換えることができるが、その関係は部分的に重なり合うことの可能な言語空間でのみ成立する。しかしその重なり合う言語空間は部分的であるが故に亀裂が入ると「断絶」に通じる。人間の言説は「共通語的形態」で表現されるがこの言語は共通であるから〈制度的言語〉でもある。それ故に制度から外れた「純粋な」言語形態との間ではいつでも摩擦、つまり「断絶」は起りうる。それは両者が極めて限られた部分でしか言語を共有できず――いいかえれば思想を共有できず、空間においても共存できないからである。「共通語的形態」つまり〈制度的言語〉に〈純粋言語〉が回収されそうになると拒否反応がおこり、「断絶」が生じるのである。このように創作意図を理解しておきたい。

　一方、戯曲について、木下は「結局書き切れないもの（注5）」という主張を早くも一九四八年に書いている。その翌年、戯曲に現される〈時〉について「幕のあく前の永遠に近い過去から、幕のおりたあとの永遠に近い未来へと流れていなければならない」とし、戯曲の世界は「一つのミクロコスモス」で「それ自体として、そこにいる何人かの人間を中心として回転していなければならない。むしろ回転することによってそれは独立し、また独立する故に回転する。そしてこの回転そのものがドラマティックということだ（注6）」と規定している。この木下の戯曲論は今日まで変わらない。

さらにアリストテレスの発見と急転も様々な表現で語り続けられている。一九六八年の『ドラマとの対話（注7）』に集約された「強烈な願望」の達成が「強烈な」個性の破滅にいたるという木下の〈発見と急転〉が「夕鶴」執筆時に既に与えられていたのかどうか定かではないが、この点も検討していかなければならないであろう。

二　つう

「一面の雪の中に、ぽつんと一軒、小さなあばらや。家のうしろには、赤い赤い夕やけ空がいっぱいに――」の初めのト書きが示すように、「夕鶴」の〈時〉は冬、ある日の夕方に始まり、翌日の夕方に終わる。〈場所〉は与ひょうの小さなあばらや、〈筋〉はつうが与ひょうの要求通り美しい布を織るまでで、登場人物は与ひょうとつう、それに与ひょうを唆す惣ど運ず、つうの遊び仲間の子供たちである。語られる言語はつうが〈純粋言語〉を、他の人々は方言を話す。それはこの戯曲の世界がいわゆる田舎で、そこの「共通語的形態」が方言であり、与ひょうを取り巻く世間の〈制度的言語〉が方言だということを示している（注8）。

「夕鶴」は初めに与ひょうとつうの楽しくそして幸せな日常が表現される。二人は仲の良い夫婦で子供たちを相手に毎日楽しく遊んでいる。これはいつもの彼らの日常であった。もちろん二人には出会いから今日までの楽しい過去もある。その過去は物語の転回と共に明らかになる。
与ひょうには「畑打っとったら、くろに鶴が下りてきてよ、矢を負うて苦しんどったけに、抜いてやったことがあ」り、「いつだったか晩げにな、寝ようとしとったらはいって来て、女房にしてくれちゅうた」から女房にしたというつうとの出会いがあった。
ドラマが「それ自体として、そこにいる何人かの人間を中心として回転」し始めるのは、惣どと運ずが与ひょうの家を訪れる場からである。二人の登場で与ひょうとつうの生活に翳りが掛かる。惣どと運ずは誰もいない家に土足で上り込み部屋を覗き、鶴の羽を見付ける。二人の世界を侵犯する男たちの行動は、このドラマの未来を予告する。しかも彼らは与ひょうに会う前につうに会う。これは男たちの目的が与ひょうではなく女房のつうであり、彼女の織る布であることを意味している。女房のつうを〈見た〉惣どは言う。

ばかはばかなりに、昔は大した働きもんだったがのう。どうしてあげなばかなところへ、あげなええ女房が来たもんだ。

与ひょうは今は「働きもん」ではない。それは幕開き、百姓が寝るには早すぎる夕やけの空いっぱいに広がっている明るい時間に、「いろりのはた」に眠りこけている与ひょうの姿が全てを語っていた。何故彼は変ったのか。運ずは応える。

　いつどこからともなく来よったが……お蔭で与ひょうは懐手で大金儲けだ。（中略）（女房の織る布…引用者）町へ持ってけば、いつも十両に売れるわ。

　女房の織る布を町の人は「鶴の千羽織」と言ったという。つうは与ひょうに何度か布を織ってやって大金儲けをさせていたのである。つうと与ひょうには一つの約束があった。布を織るとき決して部屋を見ないこと、覗かないことである。〈二人の約束、二人のための布〉は、惣どと運ずの登場で二人だけのものではなくなり約束は掟に、布は交換価値のある商品に変質する。

　ほんもんの千羽織なら、とても五十両や百両の騒ぎではねえだぞ。（惣ど）

　生きてる鶴の羽千枚抜いて織り上げた千羽織、高価な貨幣価値を持つ布について語る男たちの言語はまさに〈制度的言語〉であってつうの所有する〈純粋言語〉とは通じあえない。初めての出会いで彼らに断絶が起こる。

　運ず　何だあらァ？　こちらのいうことは…

惣ど　うん、一つも言葉が通じんような…まるで気配が鳥のようだ。

金儲けを企み千羽織か否かを疑う男たちの言説は境界を越えてやって来たつうにとっては了解不能なエクリチュールであったからである。

ここで問題の布を何ゆえ与ひょうに織ってやったのかを問わなければならない。木下が下敷きにした「鶴女房」ではそれは次のように記載されていた。

（嫁にしてくれという綺麗な姉さんに…引用者）「俺は一日日雇ひに歩いて、やつと日を送つて居るんだ」とことわつたが、（略）到頭嫁になつた。

二、三日もたつと、嫁は「六尺四面の機場を拵へてくれ」とたのんだ。兄ちゃんは「金もないに、どうしたらええ」と思つて居ると、嫁さんは「俺がええやうにするから拵へてくれ」と云ふので、（略）作つてやつた。（布は…引用者）そこらで着るもんでなかつた。嫁は「それを天朝さまの処へ持つて行つて、千円に買うてくれと云へ」と教えた。（略）教えられた通りに云ふと、天朝さまは千円くれた。

（鈴木棠三『佐渡島昔話集』三省堂一九四二年）

ここでは綺麗な姉さんは明らかに貧乏な兄ちゃんを救うために布を織っている。姉さんが世俗的に描かれているのは民衆の間で語り継がれてきた昔話――民話であるからだろう。「夕鶴」のつうはどうか。つうは第一独白で次のように語る。

　あんたはあたしの命を助けてくれた。何のむくいも望まないで、ただあたしをかわいそうに思って矢を抜いてくれた。それがほんとに嬉しかったから、あたしはあんたのところに来たのよ。そしてあの布を織ってあげたら、あんたは子供のように喜んでくれた。だからあたしは、苦しいのを我慢して何枚も織ってあげたのよ。それをあんたは、そのたびに「おかね」っていうものと取りかえて来たのね。それでもいいの、あたしは。あんたが「おかね」が好きなのなら。だから、その好きな「おかね」がもうたくさんあるのだから、あとはあんたと二人きりで、この小さなうちの中で、静かに楽しく暮らしたいのよ。あんたはほかの人とは違う人。あたしの世界の人。だからこの広い野原のまん中で、そっと二人だけの世界を作って、（以下略）

　この第一独白にはいくつもの種明かしと問題提起が書き込まれている。まず布であるが、「織ってあげたら」「喜んでくれた」と語るだけで布を織る契機については触れていない。しかし二人の日常を考えると次のような推測が可能だろう。百姓の与ひょうは田を耕している。つうは何もしない。鶴の化身のつうに出来ることは何かと考えた。千羽織――自分の羽を抜いて布を織ること。それでつうは布を織った。つうの美しい布を見て与ひょうはとても喜んだ。それが嬉しくて又織った。男と女の間の歓喜という精神の行為に要因を求めることができる。この場合はつうが鶴であったから千羽織であったが、間に在るものは何でもいい。ここに喜ぶ——喜ばせる関係という普遍的な問題を見出すのはたやすい。本物の鶴か否かという惣どや運ずの疑問——登場人物の〈鶴か人間か〉という探求が、読者あるいは観客のそれとは重ならない代わりにわたくしたちは、例えば先の普遍的問題を突き付けられているといっていいだろう。

　この独白が問うものはまだある。

つうは人間になった鶴の化身で、与ひょうと同じ人間の女ではない。が、つうも与ひょうと同じ〈世間〉に生きている。与ひょうの〈世間〉には商品と貨幣と掟が存在する。しかし境界を越えてきたつうにはそれらは無用のものである。つうの望みは、与ひょうと「二人きりで、この小さなうちの中で、静かに楽しく暮らしたい」「二人だけの世界を作って、畑を耕したり子供たちと遊んだりしながら、いつまでも生きて行く」ことだった。与ひょうは田を耕し、つうは機を織る。与ひょうの働きは一晩眠れば翌日の力を再生産することのできるものであったが、つうの働きは、肉体を消費しなければできないもので再生産には非常な時間がかかり、かつ精神も疲弊する。[注9] その違いにつうは気付かない。与ひょうも気付かない。喜ぶのが見たくてした行為、それは羽を抜くという自己犠牲（肉体の消費）であった。それを自己犠牲と認識せず、つうは自らを追い詰める行為を繰り返していたのである。しかもつうの願いは家族に似て非なる家族の幻像を作り出すことであった。遊び仲間の子供たちは二人の子供の代替物になる。世間から隔絶した家族の像をつうは思い描いていたといっていい。だが、家族は世間にあってはじめて家族になり得る。他者の存在がそれを認識させるのである。与ひょうとつうの自滅は目に見えていた。つうが与ひょうとの静かな生活を望めば望むほどそれは離れていく。しかもそれは他ならないつうが与ひょうに与えた美しい布が原因であったのであり、与ひょうもまた布を欲しがることがつうを失うことになると気付かずに「布を織れ」と要求するのであった。この二人の行動に木下のドラマ論を見いだすのは容易である。

三　与ひょう

それにしても与ひょうは布をお金に換えることをどうして考えたのか。「鶴女房」の姉さんのように売ってこいとつうはいわなかった。何が与ひょうを駆り立てたのか。

想像されるのは、運ずの誘惑であろう。運ずはつうに会った時、「向うの村の運ずっちゅうもんで、あの布のことではいつもどうも与ひょうどんに…」と挨拶していた。しかもつうが鶴かもしれないと惣どに言われたとき「ああどうしよう。おら与ひょうをだまして大金儲けをしてしもたが…」と恐がっていた。与ひょうは綺麗な布をつうに貰ったとき嬉しくて運ずに自慢して見せたに違いない。丁度惣どと運ずが布を織らせろと与ひょうをけしかけていたときに「えへへへ。

あの布、美しい布だろうが？　つうが織ったんだで。」と自慢げに語っていたように…。布を見て金儲けを企んだ運ずは与ひょうを騙し、布を都へ持って行って売った。布は予想以上に高い値で売れて運ずは大儲けをした。与ひょうには半分の金も渡してないに違いない。しかし与ひょうは布を売ればお金が入ることを知ってしまった。畑仕事では決して手に入れることのできない大金を掴んだのだ。幕開きで与ひょうが囲炉裏の傍で寝ていて働かないのはそのためであった。つうの与ひょうに対する愛は予想もしない結果を生み出していた。今や愛する与ひょうはつうを苦しめる存在として彼女の前に立ちはだかっているのである。そしてそれをつうは知らない。

　布を織らせようとする惣どは与ひょうに「もうあれでおしまいだ」とつうが言ったから駄目だと断わられる。惣どは与ひょうの気を惹くために様々な手を考える。初めは「織らんちゅうたら、出て行ってしまうぞちゅうておどか」せと言う。しかし与ひょうはその気にならない。そこで次は「何百両だ」と言うがまだ乗ってこない。最後に惣どは「都見物」をさせると言った。〈都〉という言葉で与ひょうの心は動く。実は与ひょうは都へ行きたかったのである。与ひょうは都の話をつうからいつも聞いていた。都に憧れていたといってもいいだろう。与ひょうはつうと交渉する気になる。与ひょうは初めはやんわりと、そして最後には居丈高につうに対峙する。

①つうはええことしたなあ、何べんも都さ行って…
②うん…あのなぁ…おら…都さ行きたいんだけんど。
③都さ行ってどっさり金儲けてくるんだ。そんで、えへへ、おら、またあの布が欲しいんだけ

んど…

④都さ行って、たんと金を儲けて…うん、おら、つうといっしょに都さ行くだ。

⑤布を織れ。織らんと、おら、出て行ってしまう。

⑥布を織れ。すぐに織れ。今度は前の二枚分も三枚分もの金で売ってやるちゅうだ。何百両だでよう。

与ひょうのつうへの要求は①から⑥へとエスカレートしていく。つうはついに与ひょうの言葉がわからなくなる。「ああ、あんたは、あんたが、とうとうあんたがあの人たちの言葉を、あたしには分らない世界の言葉を話しだした…ああ、どうしよう。どうしよう。どうしよう。」

絶望的な状況に落込んだつうは、雪の中で錯乱状態になる。与ひょうは驚き、恐れてつうの様子を窺うが、それは先の⑤や⑥の言葉を口にした居丈高な与ひょうではなくなっていた。「どうしただ？　つう…」としんぱいしてつうを抱く与ひょうは、やさしい与ひょうに戻っていた。そうなると、また、つうは迷いはじめる。

つう　そんなにあんた…都へ…行きたいのね…

与ひょう　そら、おめえ、えへへへ…

――間――

与ひょう　都は美しいそうよのう。今頃はもう、桜が咲いとるちゅうが。

——間——

与ひょう　べこがよ。人の乗る車曳いて、仰山歩いとるちゅうて、つう、よう話してくれたなあ。…

与ひょうの都への憧れもつうが植え付けたものであったのだ。つうは自らの話した言説〈純粋言語〉に逆襲されているのである。与ひょうを喜ばせようとしてつうの行為は全てつう自身を追い込んでいく。しかもつうはそのことに気づかない。「お金」のせいにする。自己の行為を否定できない第三独白のつうは哀れである。

これなんだわ。…みんなこれのためなんだわ。…おかね…おかね（略）もう今は…ほかにあんたをひきとめる手だてはなくなってしまった。そうしなければあんたはもうあたしの側にいてくれないのね？（略）そんなに都へいきたいのなら…そして、そうさして上げさえすればあんたが離れて行かないのなら…もう一度、もう一枚だけあの布を織って上げるわ。（略）都へ行っておいで。…そしてたくさんおかねを持ってお帰り。（略）きっと帰ってくるのよ。そして、今度こそあたしと二人きりで、いつまでもいっしょに暮らすのよ。ね。ね。…

つうは初めの独白とほとんど変わらない二人の生活をまだ求めている。それはつうが境界に生きる存在だからである。そして与ひょうの言う「出ていってしまう」が本心ではないことに気がつかない。与ひょうの〈嘘〉がつうを最後の行為へとむかわせる。与ひょうは二人で都へ行くことを夢みている。与ひょうはつうを騙したことを悪いと思っていない。なぜなら愛しているからである。人間の、「共通言語的形態」の言葉を話す男のやり方で、愛している。つうは言葉を〈純粋〉に、そのまま受け取る世界に生きるから与ひょうが「出ていってしまう」ことを信じ、本当に恐れる。〈純粋言語〉には裏はない。ここで既に与ひょうとつうの関係は断絶している。たとえ布を織っているところを覗かなかったとしても二人の関係はいずれ終わる。

与ひょう与ひょう　どこへ行く　暗い雪の野原を　あてもなく　つうを求めて
つうよ　つうよ　その声が枯れ枯れになり　やがてしらじらと朝の光が雪の上
昼になっても　つうよ　つうよ
夕方になり　家のうしろは　きょうも一面に赤い夕やけ空

（『木下順二作品集』一巻　未来社）

この詩は『夕鶴の世界』に収められた戯曲「夕鶴」にはない。演出をした岡倉士朗が上演時にカットし、戯曲でもカットされた。(注10)しかしこれがもはやこの場にのみあてはまる詩ではないことは明瞭であろう。これは機屋を覗いた与ひょうが、鶴は居るがつうの居ないことに驚いてつうを探し歩く場にのみ当てはまる詩ではない。与ひょうの未来を象徴している詩である。与ひょうはこれからあてもなく、つうを求めて歩き続けなければならない。与ひょうは彼の虚偽と物欲を象徴する二枚の布を持って、つうを探し求めるのである。

さて、つうである。つうは自己犠牲の象徴のように見られているが違う。つうは惣ど、運づ、そして与ひょうが覗いたのを知った。一枚だけ織るつもりだったつうは、二枚織る。

それは「使えるだけの羽根をみんな使ってしまったの。あとはようよう飛べるだけ…（笑う）」と告げる言葉にあるように、ここから飛び去る羽根を残して織ったものである。つうは与ひょうを見切ったのだ。つうには与ひょうの嘘を見抜くことはできなかったし、また与ひょうを変えてしまったのはつう自身の行為からでた結果であることを認識しないが、肉体を消費するという自己犠牲を通して気付く。愛は自己犠牲の上に存在するものではないことを…。境界を越えて来たつうは自身を生かす力を残してまた境界を越える。もちろんここには異類婚につきものの、姿を見られたら立ち去らなければならないという前提が背後にあるのだが、約束を破った――信頼を裏切ったことを理由にして彼女は去る。二人の関係が終わったからである。つうと与ひょうの最後の対話で分るように二人は完全にすれ違っている。

つう　　永く待たしてごめんね。さあ、布が織れたよ。ほら…ね？　ほら…、布。

与ひょう　あん？　…おお、布か。おお、布が織れたか。おお、おお、おお…
つう　…（与ひょうの喜ぶさまをじっと見ている）
与ひょう　ううん、こら立派だ。こら美しい。おお、二枚ある。二枚もあるでねえけ。
つう　そう。二枚。だから今までかかったの。それを持って都へ行っておいでね。
与ひょう　うん。都さ行くだ。つうも一しょに行こうな。
つう　…（泣いている）
与ひょう　な、つうも一しょにあっちこっち見物して廻ろうな。
つう　――あんた…とうとう見てしまったのね…
与ひょう　ああ、早く都さ行きたいもんだ。つう、こらよう織れたなあ。
つう　あれほど頼んでおいたのに…あれほど固く約束しておいたのに…あんたはどうして…どうして見てしまったの？
与ひょう　何だ？　何で泣くだ？
つう　あたしはいつまでもあんたと一しょにいたかったのよ。…その二枚のうち一枚だけは、あんた、大切に取っておいてね。そのつもりで、心を篭めて織ったんだから。
与ひょう　ふうん、ほんとにこら、立派に織れた。
つう　（与ひょうの肩をつかんで、しっかりと）ね、大切に取っておくのよ。大事に大事

　に持っていてよ。

与ひょう　（子供のように）うん、大事に大事に持ってるだ。つうのいうことなら、おら、何でも聞く。だけに、なあ、つうよ、一しょに都さ行こう。

「つうのいうことなら、おら、何でも聞く」という与ひょうの言葉は、裏切ったあとであるだけに余計に寒々しい。救われるのは、つうが飛び去ることができたことである。つうの羽根（彼女の肉体）は長い時間をかけて再生されることだろう。しかしその傷ついた精神の回復はそれ以上に長い時間を必要とすることだろう……。

四　〈愛〉と〈信頼〉

かつて郡司正勝は鶴のイメージが時代を追って変化してきていることを指摘した一文で、鶴は支配階級のめでたい鳥であったこと、庶民にとって鶴は神に近い存在、神の使いであったこと、鶴が民衆の側に降りてきたのは鶴殺しのパターンとして浄瑠璃・かぶきの世界に影をおとしてからだと述べた。[注11] であるからこそ〈女房は鶴ではないか〉と惣どが口にしたとき運ずは驚き「ああどうしよう。おら与ひょうをだまして大金儲けをしてしもうだが…」と恐れたのである。

鶴を射ることのできるのは支配者、それも殿様であったというから、女房はかつて鶴であったときに支配者に矢で射られ、それを民衆の一人に助けられたという構図になる。「鶴女房」は貧乏な兄ちゃんを助けるために布を織り、支配者であった天朝さまに千円で買ってもらう。欲が出た兄ちゃんは又織ってくれといい、女房は織る。布を織っているところを見てはいけないという条件があったが、兄ちゃんはそれを破る。女房は見るなといったのに見たから「暇を貰う」といって去る。二人の関係には愛は存在しない。この民話には恩返しという表面的な思想ばかりではなく支配者が犯した過ちを民衆が正すという哲学があり、その上でいかに善良であっても人間には物欲と禁忌を犯す弱さがあるという哲学があったと思われる。(注12)

木下の「夕鶴」には人間の物欲や約束を破る弱さと共に〈愛〉とその背後に抱えなければならない〈信頼〉そして〈自己犠牲の否定〉という問題がクローズ・アップされて描かれている。つうは人間の女ではなく境界に生きる女であるからこそ、状況をほとんど無視して終始絶対的な〈愛〉を求め続けた。しかしこれが〈制度的言語〉を語る人間たちには不可能であることをぼろぼろになって飛び立つ鶴の姿を通して告げている。そしてその〈愛〉と〈信頼〉を相対化してしまった与ひょうは、布を持ちながらあてもなく歩き続けることになる。オイディプスは自らが無意識に犯した過ちを永遠に贖うために歩き続けたのだが、与ひょうは無意識に犯した過ち――物欲のために愛を裏切り、信頼を裏切ったその行為にいつ気付くのか、それはこのドラマには描かれていない。「永遠の未来」のこととして残されているのである。

以上、みてきたように木下順二の First Work である「夕鶴」は、のちに木下が明らかにするドラマ論に非常に近接したところで書かれた戯曲であった。昔話に材料を求めたが、そこにはわたくしたちが今なお抱え、しかも解決されない男と女の間にある〈愛〉と〈自己犠牲〉、〈信頼〉と〈裏切り〉という重い問題が横たわっていた。木下順二はこの国の劇作家のなかで、自己犠牲を選択する女を描かなかった数少ない劇作家の一人であるが、この「夕鶴」にもそれを見出すことができる。さらにまた「夕鶴」をこの戯曲が生れた戦争状況の中に置いてみるなら、国民一人一人の自己犠牲の上になりたっていた戦争を否定する象徴的戯曲と読むことも可能であるにちがいない。その自己犠牲を止めるか止めないかは当の人間に、つまりわたくしたちの手に残された問題なのである。これもまた「永遠の未来」のこととして、今、存在し続けている。

（注１）鈴木敏子「木下順二作『夕鶴』批判」『日本文学』一九六七年四月　四七～五六頁
（注２）『木下順二評論集』二巻　未来社一九七三年　六六頁
（注３）内田義彦・木下順二「解説対談」『木下順二作品集』一巻　未来社一九六二年二三一頁
（注４）木下順二「ことば抄」朝日新聞一九九四年二月一〇日夕刊
（注５）「戯曲とは」初出『デモス』、『木下順二評論集』一巻　未来社一九七二年三七頁
（注６）「戯曲のことばについて」初出『不死鳥』、注５前掲書所収　七八～八〇頁
（注７）『ドラマとの対話』（講談社一九六八年）の中で次のように書いた。

ぼくの信じるドラマの概念は、自己決定というものを含んでいなければならない。自分が正しいと思うものを追求して行く行為が、結果として自分を否定する行為でしかないということを発見する。それがドラマだとぼくは信じているんです。（二三頁）

ある願望があって、それも願わくは妄想的でも平凡でもない強烈な願望があって、それをどうしても達成しようと思わないではいられないやはり強烈な性格の人物がいる。そして彼は見事にその願望を達成するのだが、それを達成するということは、同時に彼がまさにその上に立っている基盤そのものを見事に否定しさるのだというそういう矛盾の存在。（二〇八頁）

（注8）人それぞれが持つ世間は違うという阿部謹也氏の世間論は瞠目にあたいする。阿部著『「世間」とは何か』（講談社新書一九九五年七月）を参照されたい。

（注9）つうの肉体の消費は再生可能な羽根であるが、同じような肉体の消費に〈性の商品化〉がある。これについては現在、種々の論議がなされているが、肉体の消費はやはり「ゆっくりとした自己破壊」（H・グリーンウォルド著『コール・ガール』荒地出版社一九五九年）で、精神の荒廃を招くものであろうとわたくしには思われる。女の性の解放を性の商品化に結びつけるのは問題のすり替えである。これについてはいずれ別項を用意したい。

（注10）『木下順二集』一巻所収の「夕鶴」では、この詩はト書きのごとくポイントを落として書き込まれている。岩波書店一九八八年四月三五頁。

（注11）郡司正勝「日本の鶴のイメージと『夕鶴』」『國文学』一九七九年三月一二七頁。

（注12）社会主義国家の崩壊も中国の変質もわたくしには、人間にある物欲——私有財産への執着にその要因の一つが求められるように思われてならない。

（初出　原題「木下順二『夕鶴』を読みなおす」『演劇学』第38号　早稲田大学演劇専修50周年記念号　一九九六年一二月、拙著『近代演劇の扉をあける』所収　一九九九年一二月　社会評論社）

付記

木下順二の「夕鶴」は、團伊玖磨作曲のオペラ「夕鶴」（内外の上演回数五百回以上）のほかに、次の外国語に翻訳されている（『木下順二集1』江藤文夫解題）。
①英語　一九五二年　倉橋健訳"Twilight of a Crane"、②英語　一九五六年　スコット訳"Twilight Crane"、③ロシア語　訳年不詳　リヴォーヴァ・マロコヴァ共訳、④中国語　一九五七年　周浩如訳「夕鶴」、⑤中国語　一九六一年　陳北鷗訳「夕鶴」、⑥朝鮮語　一九六二年　辛東門訳、⑦アラビア語　一九六二年　モハメット・アル・シャファキ訳、⑧イタリア語　一九六二年　マリオ・テッティ訳、⑨スペイン語　一九六四年　ジョセフィナ・ケイコ・エザキ訳、⑩英語　一九六七年　中川龍一訳、⑪ドイツ語　一九六八年　ユルゲン・ベルント訳、⑫エスペラント語　一九六九年　宮本正男訳、⑬ヒンディ語　一九七四年　NHKインド国際放送台本訳者不詳、⑭チェコ語　一九七五年　スヴェトワ訳、⑮ポーランド語　一九八一年　ミコライ・メラノヴィッチ訳、⑯シンハリ語　一九八一年　A・ラジャカルーナ訳。

第Ⅱ章

「日本が日本であるためには」

——一九五〇年代から六〇年代へ——

『オットーと呼ばれる日本人』
1962年初演

井上理恵

第一節 「暗い花火」――ある実験

「暗い火花」は一九五〇年、『中央公論』一二月号に発表された。当時の日本は、アメリカ占領軍が日本中にいて、MPのジープが走りGIが巷を闊歩し、ジャズやダンス音楽が流れ、〈アメチャン番組〉と言われたCIE検閲下のNHKラジオ番組が作られていた。(注1) 前年には、下山事件、三鷹事件、松川事件が相次いで起り、吉田茂首相が単独講和に応ずると返答、「単独」か「全面」かで「国論は二分」していた。

五〇年の初めに、マッカーサーが「日本国憲法は自衛権を否定せず」と宣言してその後の布石をつくり、二月にはGHQが「沖縄の恒久的基地建設開始」と宣言、自由党吉田内閣の池田隼人蔵相は「中小企業倒産もやむなし」と放言。野党外交対策協議会は「平和・永世中立・全面講和」の共同声明を出す。が、五月にマッカーサーは共産党非合法化を示唆し、他方吉田は「米軍駐留を条件の早期講和」という意向を渡米した池田蔵相からドッジに提案させる。六月、集会・デモが禁止され、共産党中央委員全員の追放をマッカーサーが指令した。その直後に朝鮮戦争が勃発する。七月、警察予備隊がマッカーサーにより創設される。労働者が、日本労働組合総評議会（総評）を結成すると、「アカハタ」が無期停刊される。そして「レッド・パージ」が始まる。今、歴史を振返ると日本がアメリカの太平洋上の軍事基地として重要な存在になっていく様子がわかり、体制批判の芽が潰されていく様子もよくわかるのである。

この年の最後に登場した「暗い火花」は、前年一二月の「山脈（やまなみ）」初演以来、木下にとっては一年ぶりの現代劇であった（初演はぶどうの会・岡倉士朗演出　一九五七年四月　中野公会堂）。

前述したように、この作品の背景には同時代の「講和」に向け、刻々と変わる政情があり、中小企業の倒産があり、労働者の意識の変革や労働組合の結成、労働運動への国家の弾圧があった。それを自然主義的に書き込むことをせず、音楽や照明や登場人物のセリフに「散らし」て、「風浪」とも「夕鶴」とも「山脈（やまなみ）」とも異なる〈一風変わった〉ドラマに仕上げた。自然主義的なリアリズム演劇が全盛であった時に、木下は大いなる実験をして現代戯曲の新しい道――非リアリズム劇、あるいは不条理劇への道を切り開いたと、わたくしは見ている。当時、この作品は、木下が〈実験している〉ということは理解されたが、現代戯曲の道を拓くそれとは見られなかったのである。

木下が「『暗い火花』のこと」（「ぶどうの会通信」一九五七年三月）で触れたように、野間宏は「この戯曲のことを、戦後文学の『実験小説』に相当する作品であって、人間の意識の追及を試みようとした『意識のドラマ』だと」いった。二〇世紀文学の扉をあけたプルースト（一八七一～一九二二）やジョイス（一八八二～一九四一）の〈意識の流れ〉を、木下は戯曲で描出しようとしたのである。

野間の指摘は的を射ているが、これまで〈意識〉を表現した舞台がなかったわけではない。が、一九一〇～二〇年代に登場した有島武郎の「老船長の幻覚」、郡虎彦「鉄輪」、社会劇といわれた中村吉蔵の写実的心理劇「剃刀」、鈴木泉三郎「谷底」、そして表現主義演劇で描出された諸舞台、あるいは一九三〇年代半ばに世態的リアリズム（久保栄）とか現代写実劇（岸田国士）とか表現された劇作派の心理劇とは、〈自然主義的手法〉の否定という一点で「暗い火花」は異なるのである。

木下は野間の発言を肯定しながらも、次のようにこの作品について記していた。

今から七年前（ということは敗戦の五年目）にこれをぼくが書いた時、いわゆるアプレ・ゲール派の小説家のように、ただ意識追及の実験のためにのみ書くという意識だけでこれを書いたのではありませんでした。

今も以前も、いつでもぼくは、その時々に書く一つ一つの作品に、その時ぼくの持っているすべての問題を一時につめこもうとしては失敗しています。『暗い火花』で、ぼくは、野間君もいってくれているように、『山脈（やまなみ）』の持っていた自然主義的な欠陥をぬぐい去ろうとしました。ぬぐい去る方法としてその時ぼくは、自然主義的な手法では表現できない、そしてしかも現実に存在して人間と社会とを動かしている人間の機能——意識——を、何とかして表現してみようと考えついたようです。そういう欲求から生れたものが、この作品の大半を占めている、あの一種突飛な表現方法なのです。

（「『暗い火花』のこと」『木下順二集』九巻）

後年、この作品は一五年後に発表される実験的な現代小説「無限軌道」（本書の川上美那子の論を参照されたい）と共に、『木下順二集』九巻（岩波書店一九八八年）に納められている。この収録方法を知ると、両者ともに斬新な視点をもった現代の〈戯曲と小説〉の実験的作品として木下の中に位置付けられていることがわかるのである。

どのような戯曲であったのか、特徴的な部分を指摘したい。この戯曲は、いわゆるドラマの〈発見・急転・破局〉という構図をもたない。それだけでもこれまでの作品とは、異なる。筋はあるといえばあるが、直線的・時系列的ではない。

大陸で〈面白おかしく贅沢な生活〉をしていた中小企業の工場の所有者広田と職人六兵衛そして利根や健吉たちが、今後の工場の在りようを巡って親会社との関係や機械の導入、労働組合の結成等など、各人各様の異なる意見の中で揺れ動く状態を描いている。したがって自然主義的な意味での特別な筋はなく、出された問題の発展も解決も結論も出ていない。

それについて加藤周一が、「暗い火花」は「出口のない闇のなかに消える。そこで対立は、解消されるのではなく、芸術的に統一されているといえるだろう」（木下『暗い火花』のこと）と言いい、それに対して、「小さな町工場におおいかぶさっている問題が、現実においてすでに解決できないものであったこと、その問題はまた、それを戯曲の世界に再創造するという立場から見ても、ぼくの中でどうにも解きがたいものであったこと。それらのことで、この材料にとりかかったぼく自身が、毎日々々『出口のない闇』に追いこまれていくという実感を持ちながら、原稿用紙を無為ににらんで過していたあの頃のことを、まざまざと思い出します。」（前掲）と、木下は当時の内的な〈創作の闇〉に触れる。まさにそのような〈闇〉が全体を被っている戯曲なのである。

事務所の二階に住まわせてもらっているキャバレーづとめで大陸生れのマリが、ヒョットするとユリ子と腹違いの広田の娘であるかもしれないとか、親会社の古田がマリに気があるとか、マリは利根が好きで、利根の婚約者のユリ子は健吉が好きだとか、そんな人間関係もあるにはあるが、それらはこのドラマではさほど重要ではない。

広田の工場がつぶれるか否かは古田の提供する機械に掛かっている。この親会社と下請け工場の関係は、当時の中小企業の現実であった。つまり普通の働く人々がどうやって生きていけばいいのか、ということが思考の対象として提示されている。あたかも池田蔵相の発言を現実化するように中小企業は上と下に分別され、下の多くは倒産していく。その現実の過程が描出される。事件が起こるのは、機械の導入を反対していたベテランの職人六兵衛が、最後に死ぬことだ。これは時代の転換を意味する象徴的な死である。

戯曲を見ると、表記に特別な方法が取られている。登場人物名はあるが、戯曲の時は示されていない。幕開きから長いト書き、二〇行ある。バック・ミュージックかと思うようなダンス音楽の指定、舞台装置の設定が詳細に告げられている。上手にある二階家の説明で、どうやらここは事務所らしい。ジープの通過する音とライトで、「時」は夜であることがわかる。同時にそれはアメリカ軍占領下というこの戯曲の時代を教えてくれる。

音楽・効果音・照明・装置等々のト書きの最後に、二階から「若い女（マリ）が下りて来る。」哀愁を帯びたメロディを口ずさんでいて「二十四、五。りっぱな体格」というから今風に言えばグラマーな若い女ということか……。マリは「大陸」を感じさせるメロディをハミングしている。「大陸」とは、もちろんかつて日本が植民地化していた中国だ。

彼女はラジオのスイッチを入れる。占領下、ラジオ（ＮＨＫ）は非常に珍しく貴重な器機であった。ニュースや音楽、ラジオ・ドラマや落語漫才などを家庭に運んでくる唯一のメディアだった。民放はまだない。薄暗い工場の事務所には最新器機があったのだ。

ラジオからアナウンサーの声が聞こえる。「ドッジライン」「国連の原子力管理」「臨時的休戦協定の提案」等など……。ラジオのセリフの表記が変っている。句読点がなく、代りに一字アキ、二字アキの処置がとられている。この表記はセリフ総てに及ぶ。ト書きには句読点はあるが、文字の大きさ（ポイント）が少し小さくなっている。セリフとト書きの間にも一行アキの処置がとられている。セリフの句読点に当たる部分のアキは、〈間〉や〈表現の変化〉を意味していると推測され、木下が俳優の発話やアクションにまで拘っていることがわかる。つまり戯曲を書きながら演出をしているのだ。

停電。部屋に飾られた虎の首とマリの対話。低いドラムの音。暗闇で突然激しい電話のベル。暗闇で電話を取った男が広田鋳造所の利根。彼は親会社佐久間製作所の古田に会いに行った叔父の広田を探している。利根は広田の娘ユリ子と婚約しているらしい。職人の六兵衛は危篤だ。その息子健吉が利根と口を聞かなくなった、などなどが、脈絡なくマリと利根の対話で浮ぶ。

過去の叙景へ。職人三〇年のベテラン六兵衛と利根。無届の残業が禁止された。古くからの職人六兵衛は、そんなことはお構いなし、「仕事ってもなァな　時間で切ったりしてちゃろくな事ァできねえもんだ　やろうとなったら夜明かししてでもやっちまわなきゃいい仕事ァできねえ」と仕事から眼をそらさない。息子の健吉を「あいつァだめだ　野郎仕事ァ半人前っかできねえ癖して工賃や時間のことばっかりいってやがって」という。

利根と六兵衛の対話で工場の仕事の効率を上げること、賃金を上げること、機械の導入、労働時間の短縮などの問題が、国家の政策と労働者の現状からこの中小企業の工場にも押し寄せていることが理解される。

突然健吉にスポットが当たる。「（立ったまま、勢いよくぶつけるような調子で）もう少しするとなおとっつァん　モールデンマシンてェ機械がうちィはいるかンな（以下略）」が、六兵衛は機械の導入を拒否している。

暗転から利根、「税金　税金　古田　いやだおれは六兵衛さんのその眼　その眼　健吉の眼　健吉の眼？　ぼおっとして坐ってる　枕もとに　その眼（略）おやじァ死に切れねえよ　お前がそういうのか健吉（略）そうさ　責任は全部おれさ　給料不払い　差し押え　差し押え　六兵衛さんは死にかけてる　そうさ　責任はみんなおれさ」

マリと利根の対話の間に入る形でこんな風に過去と現在に場面は変り、部分的にしかつながらないセリフ、対話は成立するが、コミュニケーションが取れているかというと、それは否だ。そこには自然主義的な時間は流れない。リアリズム演劇全盛の時代にはどんなに斬新な場面展開であったことか……と思う。まさにこれは非リアリズムなのである。あるいは「暗い火花」は日本的不条理劇の始まりに位置すると言っていいかもしれない。しかしこれを観客が当時理解するのは困難であったのだ。

「ゴドーを待ちながら」がパリに登場したのは一九五二年だった。この作品はそれよりも早い。ベケットの足跡を辿った堀真理子が、後期ベケット作品に影響を与えた日本の伝統演劇（能）に触れた処で、「『ゴドー』や『勝負の終り』といったベケット初期の比較的一般になじみのある芝居では、少なくとも『人間』とおぼしき登場人物が複数現われて、ああでもないこうでもないとやりとりをかわす。放たれたせりふがコミュニケーションの手段となっているかどうかは別にして、表面上は『対話』が『成立』しており、登場人物は対話を求めてもいる。そもそも西洋演劇では対話が演劇の重要な要素だった。（注２）」と記している。

　不条理劇には対話が成立していないかのように理解している人たちもいるが、西洋演劇であるからやはり確実に成立しているのだ。この指摘を読んで、確か二〇〇〇年であったと記憶しているが、パリで「ゴドー」を観た時〈何だ、普通の芝居じゃないか……〉と感じたことを思い出す。

「暗い火花」は「ゴドー」と異なり、登場人物の内面が映し出されている。しかし心理劇ではない。それはト書きとして興味深く書かれているのだ。例をあげよう。

　一つは、心理的な抑圧を舞台の装置が与えていると記した部分だ。マリと利根の対話の間、近所のダンスホールの音楽が鳴っている。「いらいらするように高まっていた音楽が急に小さくなる。／少し前から、家の背後の暗やみの中に再び先刻の赤煉瓦が徐々に浮び上って来る。その赤煉瓦の与える感じはさっきと違って、ろうそくの光の圏の中に坐っている利根の上にのしかかって来るような重圧感である。」（／は改行、以下同）。赤煉瓦はかつての工場である。爆撃で上部が壊された廃墟のような建物。

　このト書きが実際の上演でどの程度表現されたのかは分らないが、現在ならセリや回り舞台を使ったり、あるいは映像処理でかなりいい表現が可能だろう。（注３）

　もう一つは、登場人物の一部にストップモーションをさせているところだ。

「電話のベル――二度――三度――／利根はこちらに背を向けたまま作りつけたように動かない。」

「奥の机に広田（五十位）、精力的な感じ、行儀悪くふんぞり返っている。その横の机にユリ子（二十三、四）。／広田の前に健吉が立っている。（略）一瞬間、室内の人々はユリ子を除いて全部作りつけたように「死んで」おり、ユリ子だけが「生きて」写しものをしている。（略）一瞬間の後、広田も健吉も「生きて」動き出す。利根だけは背を見せたまま作りつけたように――」

〈動かない〉ということの指示を「作りつけたように動かない」とか「死んで」とか、記しているのが面白い。舞台の一部で登場人物が、動きをストップさせる手法は、近年ではしばしば見かけられる。自然主義的表現では考えられなかったことだ。(注4)

「暗い火花」は、簡単に見てきたようにこれまでの新劇の舞台とは異なる新しい表現の可能性を書き込んだ戯曲であった。この戯曲の特徴は、時空間の飛翔や登場人物の心理的動きを、リアリズム演劇に不可欠な現実的な社会状況を描出する中で構成されたことだ。「暗い火花」は、その意味でまさに日本的不条理劇といっていいだろう。

木下に「おもん藤太」という民話劇がある。これは西川鯉三郎に舞踊劇を依頼されて誕生した作品で、まず一九四六年頃、昔話の〈手無し娘〉を題材にして放送劇「おもん藤太」を書いた。「素描のつもりでまず甚だ素朴な放送劇」にしたらしい。その後西川鯉三郎のために舞踊劇として書きなおされ、一九五六年に「菊五郎劇団でやりたいという話」があって「今度どうやら芝居にして、今度は梅幸さんの両手をなくしていじめることになった」と「大歌舞伎パンフレット」（一九五六年六月）に記している。鯉三郎には〈片手のない娘〉を書いたのだ。『木下順二集』三巻に収録されている「おもん藤太」は、おもんの失った手が我が子を救いたいと願う母おもんの強い愛情で、再生するという優しさあふれる美しい戯曲である。そしてここには「暗い火花」で実験したような時空間の飛翔があり、しかも自然主義的に作られていない。それは舞踊劇だからだという事もあろうが、わたくしには「暗い火花」の実験を心理表現抜きで使ったように思われる。

木下はこの後も社会的現実に視点を向けながら、それを描出する戯曲の「あたらしい表現の在りよう」を模索し続けていくのである。

（注１）拙著『菊田一夫の仕事　浅草・日比谷・宝塚』社会評論社二〇一一年六月　六二〜六四頁参照。
（注２）堀真理子『ベケット巡礼』三省堂二〇〇七年三月　三二頁参照。
（注３）宝塚歌劇団の小池修一郎（潤色・演出）が、宙組大空祐飛お披露目公演「カサブランカ」で、現在時間から過去の時間へ移行する場面で、大セリを使いながら背後のスクリーンにパリの街の建物を動かしながら映し出していた。それは見事な場面転換で主人公リックの心象風景の描写にもなった。

（注4）（注3）と同様の舞台で、一幕の最後に、主人公を銀橋中央に出し、後ろの舞台で、出演者全員にストップモーションをさせて、前半の終りを告げて、次の幕への期待を見せた表現があった。これもミュージカルでは近年よく見られるものだが、意味なく用いている舞台も見かける。そうなると形骸化するのである。

あるいはまた、表現主義演劇が盛んに上演されていたときやプロレタリア演劇の一幕物では、簡単なストップモーションが演出上使われていたと推測される。しかしそれは「暗い火花」のように戯曲に「死んで」「生きて」とト書きに書き出されてはいなかったのである。

第二節　「蛙昇天」論――事件の民話化と声の発見

阿部由香子

「やむにやまれないみたいなきもち」で書いた戯曲

一九五一年、木下順二は雑誌『世界』に「蛙昇天」を発表した。この戯曲は、前年に起こった「徳田要請問題」とその犠牲者である菅季治《かんすえはる》という人物を題材に取り上げて演劇化した作品である。すでに「夕鶴」「山脈」「暗い火花」と完成度の高い現代劇を発表してきた木下が、同時代に起こった社会的な事件を劇として仕立てるときにとった手法は、登場人物たちを人間ではなく蛙として設定し、蛙の世界で起こった出来事を人間である私たちが見る、という枠組みの用意であった。ぶどうの会による上演の直前には、この作品について「ぼくにとってずいぶん不満な作品」で「自分に対して無理をしているような感じのところもないわけではない」と迷いや不安を吐露するような表現をした後で、次のような言葉を続けている。

ただこの作品を書いたときの、一種やむにやまれないみたいなきもち――というようなこわばった言葉をつかうのはいやなのだが——が、いってみればぼくの支えである。

（「あとがき」『蛙昇天』一九五二年六月 未来社）

木下がこの戯曲に対して抱いた不安は二つあると考える。一つは、大きく社会を騒がせた事件を扱った演劇が観客にどのような反応で受け止められるかということである。事件の概略については後で触れるが、政治事件を取り上げることで作家として如何に評価されるかという覚悟もあったにちがいない(注1)。

もう一つは、時間が経過して事件が風化した際にも、この戯曲そのものの生命力が保てるかどうかである。木下はこの二つの不安を念頭においた上で、蛙の世界を用意したのではないかと思う。実際、初演から三十年が経過した一九八二年、「蛙昇天」が岩波文庫から刊行された際の「あとがき」にはまず「徳田要請問題」を題材にしたことを説明した上で次のように続けている。

『蛙昇天』がその事件を素材としていることは、読んでくれた人、舞台を観てくれた人、これまた一人残らず分っていたはずであるといってよかった。

そこからいろんな議論が起った。そういう事件を描くのに、なぜ蛙の世界のことにしてしまったか。あるいは、現実のその事件が忘れ去られてしまった頃には、この作品は作品として通用しなくなるのではないか。あるいは、巧妙にカモフラージュしているがやはり作者の

本性はアカである。あるいは……（略）
　当時を知らない今日の読者には、上記のことがらは何のことだかちんぷんかんぷんだろう。そういうちんぷんかんぷんの方々にこの作品を、書かれてある通りにすんなりと読んでもらって楽しんでもらえば（また詰らながってもらっても）作者はそれで満足だというのである。
（「あとがき」『風浪・蛙昇天』一九八二年　岩波文庫）

　この文庫本の「あとがき」からさらに三十年ほど経った現在、事件のことを知らないままこの作品に対峙しても、ドラマの主題は明確に伝わり、演劇的な趣向を意欲的に取り入れようとしたことがよく分かる。しかし、登場人物たちが議論し、問題にしていることの核心がはっきりしないもどかしさも同時に覚えることとなる。つまり、この作品は同時代の日本人に対して問題意識を投げかけた部分と、時代が変わっても理解されるように、事件を戯画化し、主人公を取り巻く状況を典型化した部分とを両立させようとしたのではないだろうか。この作品を発表した当時に木下が抱いていた言いようのない迷いや不安はそのあたりのことと深く関わっているのではないかと思う。
　ただし、それでも木下はこの作品を書かずにはおれらなかったと言う。「徳田要請問題」が起こった一九五〇年、木下は三六歳。自殺した菅季治は三三歳であった。青年期に太平洋戦争をくぐり抜け、つなぐことができた命でやっと新しい時代に希望を見出そうとしたにもかかわらず、彼らの前にはいくつもの理不尽な混乱に満ちた状況が立ち塞がっていた。木下は、菅季治という人物の死にやりきれない気持ちを抱き、彼の言葉と行動、そしてそれを抹殺した社会の構造を戯曲にすることこそが、作家としてできることであると信じたのではなかったか。それは同時代の読者や観客に対して一石を投じることであり、菅の悲劇が忘れさられていくことへの抵抗でもあった。そのための演劇的な手法を様々に模索した跡がこの戯曲の中にはみてとることができる。

以下、「蛙昇天」の中に木下が実際の事件をどのように織り込んでいったのかを確認しながら、「やむにやまれないみたいなきもち」の正体に目を向け、一九五〇年前後の作劇法と木下の劇作家としての本質について考えていくこととする。

菅季治の孤独

まず、題材となった「徳田要請問題」の経緯と菅季治について簡単に記すこととする。一九一七年愛媛県に生まれた菅季治は東京文理科大学で哲学を学んで卒業し、さらに京都大学大学院へ進学したのち、一九四三年に招集されて満州で敗戦を迎えた。その後カザフ共和国カラガンダで一九四九年十月まで俘虜収容所での生活を送ることになった際、ソ連軍とのやりとりのためにロシア語を学び、通訳として活躍していた。

問題は、菅が帰国して三ヶ月も経たない一九五〇年二月頃、俘虜の中でも帰国が遅くなった人々が、現地では日本共産党の徳田球一書記長からソ連当局に対して、「反動分子は帰さないように」という要請があったのだという訴えをおこすようになったことに始まる。本当に徳田からの要請があったのかどうか、緊迫する政治状況の下、具体的にカラガンダの収容所でソ連の将校の言葉を通訳した菅の証言が注目される事態となっていく。やっと帰国がかない、再び研究者として平穏な日々を送り始めようとしていた菅の住まいに、三月六日、『アカハタ』と『朝日新聞』の記者が取材に訪れる。その日の菅の日記には次のように記されている。

六日×アカハタ紙記者一人と写真手一人が来る。一五・〇〇－一六・〇〇
朝日新聞記者一人と写真手一人が来る。一八・〇〇－一九・〇〇
わたしは人一倍気が弱い臆病者である。意くじなしである。他人の顔を正視することも出来ない。こんな機会にもブルブルふるえ、涙が出て来る。しかし真実は守らなければならない。われわれの時代には真実でないものが支配していた、などと後の世に笑われてはならない。そのためには、国民すべてが真実を真実として判定する健全な常識をもたなければならない。（注２）〔傍線筆者〕

菅は、自分が引きずりだされようとしている場所の恐ろしさを知りつつも、真実を知らしめることの大切さを考え、カラガンダで通訳した言葉を新聞に寄せることにする。彼が翻訳して伝え

た言葉は以下の通りである。

「いつ諸君が帰れるか――？　それは諸君自身にかかわっている。諸君がここで良心的に労働し、真正の民主主義者となる時、諸君は帰れるのである。日本共産党書記長トクダは諸君が反動分子としてではなくて、よく準備された民主主義者として帰国するように期待している」（注3）〔傍線筆者〕

「トクダ」からの言葉を「要請」ではなく「期待している」という和らげた表現で訳したことを主張したことになろう。しかし、連合国軍司令部から二日にわたって呼び出しを受け、とうとう三月十八日に参議院特別委員会、四月五日に衆議院考査特別委員会に証人として呼ばれて執拗に糾弾されることとなってしまう。彼は、あらゆる質問にすべて誠実に答え続けるが、証言台に立ったが最後、政治家たちの言説に振り回され、誘導尋問を繰り返され、日本共産党を庇護するような態度であると決めつけられてゆく。

さらに徳田本人はそのようなことは発言していないと明言したため、菅はいったい誰の言葉を通訳したのかとあらぬ疑いをかけられていくことになる。誰も助けの手を差し伸べてくれないまま、菅は四月五日に六通の遺書を残して鉄道自殺をする。その中の一通「世間の人々へ」にしたためられた内容は、一貫して「事実を事実として明かにする」ことの大切さを訴えたものであり、それが果たせずに「私はたゞ悪や虚偽と闘い得ない自分の弱さに失望して死ぬ」とある。（注4）死後も、彼を自殺に追いこんだ委員会のあり方に批判の声もあがったものの、反対に「結局、菅氏はソ連のスパイなり或いは手先としてあんな証言をしたのだが、やがて引揚げてくる人たちによってバクロされるのを恐れて死んだのだろう」という声もあり、遺体の解剖の結果「菅氏は先天的の自殺体質者であった」というような発表までされたようである。（注5）

自らが知っていることを正しく伝えようとしただけであるのに、その言葉は受け止めてもらえないばかりか、まったく異なる理屈で歪められ、攻撃されることとなった恐ろしい事件である。最後に死をもって訴えようとした行動もまた、きちんと伝わらずにおわり、当時の社会がいかに混沌としていたかが伝わってくる。

この一人の青年の身の上に起こった悲劇を、木下はほとんどそのまま掬い取るように作品化した。「蛙昇天」の主人公シュレは人間ではなく蛙であるが、アカガエルの池での俘虜生活において通訳をしていた点、「アオガエルの池のカプリ党」からアカガエルの池に対して「俘虜がアカガエルになるまでは帰してもらっては困ると要請」していたと政治家に訴えるカエルたちがあらわれる点、シュレが政治家たちの前で証言することになる点、そして菅と同様に自らの無力と世の中に対する絶望を感じて死を選ぶ点などが事件を下敷きにしている部分である。特に主人公シュレの懊悩、決意、挫折を表現する際に、菅が日記や手記に残した言葉をいくつも使っていることが確認できる。

例えば、シュレが母親のコロに向かって、「アカガエルになんかなってやしないから安心しなさい」と言い聞かせる場面で、収容所においてアカガエルの考え方を批判することもあれば、アオガエルの封建制を批判したために周囲からつまはじきにされたことがあったと次のように語る。

シュレ　（略）僕はいつも中ぶらりんなんです。人民大衆ってものに感動しながら、自分はいつもその外側に立って見てる。そうかってって、もう前みたいにこのうちの中に坐って落ち着いて本だけ読んでる気持にはなれやしない。一体……どうしたらいいんです？僕は。(注6)〔傍線筆者〕

菅もまた、手記の中で次のような言葉を記している。

一九四七年夏、軍国主義が支配していた一一分所で、ていさいだけの民主主義研究会――民主主義の名さえ出さずに――「政治経済研究会」では、うそごまかしが言えず、つい天皇制を批判してしまった。そのため多くの者に憎まれた。

一九四九年春以来、「われらの祖国ソ同盟のために！」とか「断乎反動を粉砕せよ！」などとはなばなしくアジることを期待されたのに、わたしは、「ソ同盟にも不自然な所や遅れた所がある」とか「反動と言われる者も日本人民である。彼らに自由に民主運動を批判させなければならぬ」などと説いた。そのため、アクチーヴたちから「プチブル」「日和見主義」と避難〔ママ〕された。わたしは中ぶらりんである。この中ぶらりんである自分自身にそむけないのである。（注7）〔傍線筆者〕

自分自身の中ではすべて信ずるところに基づいた発言であっても、「アカ」なのか「アオ」なのかという対立の中では「中ぶらりん」になってしまうことがシュレの苦しみの根源にある。戦時中の軍国主義下において、自らの体も言葉も奪われていた青年たちは、唯一、閉じこもって思考する自由だけが残されていたのではなかったか。シュレも菅も日記や手記の中では能弁である。観念的な言葉と迷いが連ねられていくが、それが彼らにとって自分の精神の均衡を保つための手段だったのであろう。

もう一つ菅の言葉がシュレのセリフとして使われているのは、逡巡したのちにやはり事実をありのままに公表しようと決意をする場面である。

シュレ　（略）……（間）うん、僕は、新聞社に訂正を申しこもう。あの記事は嘘なんだ。嘘は正さなきゃいけない。真実は守られなきゃならない。われわれの時代には真実でないものが支配してたなどとのちの世に笑われちゃいけないんだ。僕は通訳の当事者なんだ。本当のことを知ってるんだ。新聞記事の訂正という小さなことでも、僕はやらなきゃいけ

ないんだ。そうだ。僕ァやるよ。〔傍線筆者〕

前掲の三月六日の菅の日記の言葉と同じように「われわれの時代」の誤りをなし崩しにして放っておいてはならないという責任感が強く表明されている。木下が「蛙昇天」を執筆した意図もこの「われわれの時代」への責任と無関係ではないだろう。真実を希求する生き方を貫いて死んでしまった菅の虚しさも、「中ぶらりん」な立場も木下は我が身に重ねるようにして受け止めた。それゆえに主人公は蛙に仕立てたものの、菅の残した大切な言葉はそのまま作品の中に残したのだろう。

そして、そこからさらに劇作家としての木下は、この作品の中にいくつかの仕掛けを用意し、菅の人生とは異なる設定を書き込むことで完成させていった。次に、作品化するうえで木下が新たに何を書き加え、観客にどのように見せようとしたかという部分に目をむけていくこととするが、そこを整理することで「蛙昇天」という戯曲が、菅季治の非業の死を後世に伝えるためだけに書かれたのではないことがはっきりみえてくるのではないだろうか。

池の底の世界

戯曲「蛙昇天」の構成を簡単に紹介する。

●「男」の登場

池の底のカエルの世界を想像してみるように観客を誘う。もしも石を投げ込んだならば、カエルの世界ではどのような騒ぎになると思うか想像させ、実際に石を投げ込んだところからカエルの世界の幕が上がる。

プロローグ「水の底」

上から落ちてきた岩がカエルたちの世界を混乱させている。カプリ党の陰謀だと演説する者、天災だと達観する者、そして事件を自分たちのために利用しようと目論むデモフリ党の議員たちが現れる。

第一幕「議員ガー氏とその娘ケロの家」

岩石落下事件を利用して敵対するカプリ党を攻撃しようとしている議員ガーとグー。彼らのもとに五年ぶりにシュレがアカガエルの池から「大分違った色合のカエルになってかえってくるらしい」情報が入る。さらに彼がカプリ党やアカガエルの池の言葉を俘虜たちに通訳していたことも判明する。

第二幕「コロと息子シュレの家」

自分が通訳した内容が異なるニュアンスで理解され、世の中で騒がれつつあることを知りながらも厭世的な態度をとっていたシュレだったが、友人のグレと再会し、従妹のケロや母親と話しているうちにこのままではいけないと悟り、行動することを決意する。

第三幕「議場」
シュレは事件の証言者として次々と政治家の質問に答えている。しかし通訳した内容を正確に伝えようとするためにに出てきたにもかかわらず、言葉のあげ足をとられ、誘導尋問が続き、次第に「積極的なデモクリスト」「純粋なカプリスト」「完全なアカガエル」であったのではないかと決めつけられていく。言葉を尽くして説明しても受け止めてもらえないまま、シュレは失神して倒れてしまう。
第四幕「コロと息子シュレの家」
すべてが無駄に終わったことに絶望するシュレ。グレに自分の限界を語り、コロを許し、そして姿を消してしまう。
第五幕「議員ガー氏とその娘ケロの家」
政治家のガーとグーはシュレの自殺の原因は事件と無関係であることにするための相談をしている。それをすべて聞いていたコロとケロとグレがあらわれ、シュレは「あなた方の犠牲」となって死んだのだと責める。グレは言葉ではなく唸り声を立て続けて反抗の意を示す。次第にカエルの声がすべてをおおいつくしていく。

●「男」の再登場
冒頭の「男」がカエルの声に耳を澄ませながら「いい声」と「悪い声」があると述べて去っていく。

第一幕で発端となった「徳田要請問題」について描き、菅季治の身の上に起こった出来事が第二幕から第四幕まで、前述したように事件の概要をかなり忠実に取り上げられている。この劇の構造について関きよし・吉田一は次のように指摘している。

三幕を中心にして、前後にまさに対称的な位置で場面が設定され、ドラマが進行する。奇数幕では「政治」と「権力」のかけひきとその非情さが露骨に示され、偶数の二幕と四幕はシュレの思いと彼をめぐる親しい人たちの思いとかかわりとが交錯し、互いの情熱と認識の双方が深まりながら表現が進んでいく。シュレの国会喚問の第三幕はこのドラマの核心だともいえるし、また、巧みに設定された「劇中劇」としてもとれる。(注8)

冒頭で池の上の世界から投げ込まれた石は、プロローグでゲー議員にあたって命を奪い、クォラックス博士に怪我を負わせている。しかし石の波紋はそれだけではすまず、蛙の世界の事件は次第に大きくなり、社会の力でシュレを死に追い込んでいく。上から下に落ちていった石の動きを追うように観客を事件の中心にひきこみ、そして最後には再び水面に戻ってくる。きちんと計算された五幕構成となっている。

木下は前述したように冒頭と最後に人間の「男」を登場させることで、蛙の世界で起こった出来事に枠組みをつけた。仮に冒頭から実際の一九五〇年当時の日本の政治的混乱を描写し、菅季治を主人公とする出来事をそのまま差し出したとしてもそれはドラマとしては成立しない。木下自身も次のように述べている。

『蛙昇天』の場合は、執筆前年に起ったなまなましいあの大事件を人間の登場する芝居として書いたのでは、どうしても現実に拘束され、観客の持っている現実の知識によって芝居の内容が限定されてしまうと考えた。かといって架空の国などを持ってくれば、現実との間隙が却って空疎な印象をつくってしまうだろう。ならば例えば蛙の世界に置き換えることで、現実を離れた現実として、事件を典型化することはできないか。――そして、どこまで成功したかは分らないその典型化が、蛙の世界ということと相俟って、現代の事件を一種民話化したということになったのだろうと思う。(注9)〔傍線筆者〕

時間と場所を具体的に設定することをさけ、人間の世界からも切り離すことで現実から距離をとり、出来事を客観視するための構造を使うことがふさわしいと考えたのであろう。この手法の選択には、当時占領軍の指導下にあった状況も影響していたと思われる。同時期の一九五一年に文学座が上演した「崑崙山の人々」を書いた飯沢匡は、中国の仙人の世界を舞台にして占領軍を風刺する手法をとった。あえてファンタジックな中国の世界を用意したのは「当時の新劇があたかもアメリカの植民地みたいな気分になっている」ことへの抵抗であり「今の目から見れば異化効果の見本みたいな」ものであったと当時を振り返った飯沢の言葉が残っている。(注10)「蛙昇天」の「男」の登場も異化効果を意識したものであったかもしれない。

というのも一九五一年に『世界』に発表した初出テキストと、一九五二年に上演され、単行本化された際のテキストには大きな異同がいくつかあり、初出では人間の「男」が冒頭と終わり以外にもさらに二回ほど多く登場しているからである。一ヶ所は第三幕「議場」の中盤、シュレの日記の言葉がクィック委員によって読み上げられて議場が騒然とする場面において、「ドボーン」という大きな音とともに岩が投げ込まれるところである。蛙たちがプロローグと同様に大騒ぎしはじめたところで「男」が次のように登場する。

この時「プロロウグ」で出て来たあの人間の男が、舞台全面の端っこにひょいと姿を現す。すると途端に舞台全体が本当の水の底のように薄暗くなり、同時に全部の喧騒がぱたりと止まつてその代り無数の蛙の鳴き声が一勢一面に広がりわたる。そして薄暗がりの中で影絵のように、岩の上で腕を振り回す例の隊員、下の方ではみんなが立つたり坐つたり——そしてその中でシュレの影だけは立像のようにじつと動かないで——（略）

男　（歩きながら）あんまりうるさいんでもう一つ石をわたしはほりこんでやりました。そうしたらぴたりつと鳴きやみました。けどそれもひと息だね。（略）それにしても随分しいんとしちやつたもんですね。……ちよつと薄気味悪いみたいだな。……まあ……いずれにしても、もう大したことはないと思うけど……もうちよつと皆さん、そこに坐つてて見届けて下さい。いったいどういうことになるんだか……[注11]（入る。）

野次や怒号が飛び交う騒然とした議場の中で、一人だけ「立像のように」たたずむシュレの姿は彼の孤独を表現している。そしてその影を見せながら、劇の中盤でいったん蛙の世界から観客を引き戻すことで、目の前で繰り広げられている物語は人間の世界とは別の世界で起こっていることを意識させようとしたのだろう。

もう一ヶ所は、第四幕「コロと息子シュレの家」の最後、シュレがケロやコロの前から姿を消してしまう場面である。一九五二年以降のテキストではケロがシュレのノートをめくってみると、次のような詩が書いてあるのを見つけて読み上げる。

一匹　蛙がね／あるひるさがりに／すうっと岸の方へ泳いで行った
尤もそれは水面から／そう／一尺も下のところでしたかね
今まで／まんなかでゆらゆらと浮んでいたのが／ひょいともぐって
すうっと池の岸の壁へ向って泳いで行った／そのまま　むうっと頭を突っこんだ

やわらかい土　池の壁の赤土へね／むうっと直角に突っこんだ／
音もなく　むうっとね／深く
そして　それきり　何の音もたてない／動きもしない
静かな　なまぬるいひるさがり／なんかの葉っぱが二、三枚池の表に落ちてきた

蛙のシュレが自殺したことを暗示する詩である。初出テキストでは、この場面でまた「男」が登場する。そして舞台中央で膝を抱いて座り、「遠いところを見たまま、のんびりと、ゆっくりと、しかし無表情に」この詩を語るのである。（注12）

ノートに書いてあった詩であればシュレの言葉だが、「男」が語る言葉となると、この場面に別の演劇的効果が生じてくる。つまり、シュレという蛙の死が人間の「男」によって語られて物語化する力がより強まることとなる。観客はあくまでも出来事を「男」と一緒にみつめる傍観者でしかない。事件の翌年に発表した初出テキストは、〈蛙の世界の出来事〉というフレームを殊更に強調していたといえよう。反対にその異化的効果を和らげるような書き換えを一九五二年の初演前にしたことに、木下の思惑の変化が認められるのではないだろうか。それは「蛙昇天」の中で本当に重要な人物が実はシュレではなく、彼の母親のコロであることともかかわってくる。

口癖から主張へ

「男」の登場場面の相違に加えて、テキストの大きな加筆として見逃せないのは第五幕の冒頭部分である。現行のテキストでは、息子が命を絶ったことを嘆き苦しむコロの前にシュレの幻が現れる。断片的に彼の言葉や苦しんでいた姿がコロの前にフラッシュバックとなって見えることとなる。そして最後にシュレが伝えた「ただね、お母さん、戦争がいやならいやだっておっしゃい。いいたいと思うことはやっぱり口に出していうべきなんだ。」という言葉が内部で意味を持って受け止められ、彼女は意思をもって行動する母親へと変貌していくこととなる。

このシュレが亡霊のようにコロの前に現れる場面は初出テキストにはない。上演に際してこの場面が加筆されたことで、ますます母親のコロが実際の舞台で際立って観客の心をとらえることとなったようである。コロを演じたのは山本安英であった。初演の劇評や回想にも次のような印象が記されている。

久米明（学徒）、山本安英（学徒の母）、桑山正一（引揚者で学徒の親友）、国会議員（小沢重雄、美濃部八郎）らが中心となって、それに民芸劇団の若手が参加、演技陣のバランスのとれた舞台である、終幕の山本の戦争反対のセリフはやや取ってつけたようだが観客の胸をうつ。（注13）

赤カエルに抑留されたシュレ（久米明）は哲学青年、自己に忠実に事実を事実として政治的立場にとらわれず真実を求めようとする。議員たちはシュレを赤と断定。母のコロ（山本安英）は息子への思いを絶叫する「戦争はいやです！　あの子がそういえと申しました。本当に、心からそう思ってる者だけがこの言葉をいってもいい」と。「そうだわ」「そうだ」の声が客席・ロビーにもこだました。(注14)

幕切れで、母親のコロが「戦争はいやです！」と二度叫ぶのだが、その声は、この芝居を見てから三十年をこえた現在でも、私の脳裏からはなれない。いまもなお「蛙昇天」のテーマは生きつづけているのである。(注15)

コロは、息子の死に直面するまでは典型的で平凡な母親として登場し、シュレからも半ば馬鹿にされるようにして口癖をたしなめられていた。それは戦争前は何かというと息子の身を案じて「あなたしっかりしてちょうだいよ」と口にするのが口癖だったが、最近では「戦争はいやァね え」という言葉を無意識のうちに繰り返しているということである。シュレはコロに次のように進言する。

シュレ　いくらお母さんがいやだと思ったって、戦争は起きる時には起きる。……お母さんだってそう思ってるんでしょう？

コロ　……

シュレ　僕はそのことが今度はっきり分ったんだ。実にはっきりと分ったんだ。みんな僕たちとは関係のないところで事が運んで行ってる。ね？　僕一匹がいくら証言台で絶叫したってそのことはどこにもなんにも関係ないんですよ。グレみたいないい奴がいくら池じゅうに溢れてたって、池はちっともよくなりゃしないんだ。いくら戦争はいやだって口を揃えてみんながいったって、戦争は起きる時には起こっちまう。

コロ　じゃ……どうすればいいの？　わたしたちは。

ところがシュレは最後に家を出ていく際には考えを変えて「やっぱりね、お母さん、戦争がいやだと思うんだらいいやだっておっしゃい」とコロに伝えて死んでいく。そしてコロは息子の幻影と対話をすることで、シュレが何に殺されたのか自ら思考し、口癖とは違った訴えるための自分の言葉を獲得するのである。きっとそれまでも漠然と「戦争はいや」なものだと感じてはいたのだろうが、自分の息子が死んだのはなぜか？　なぜ死ななくてはならなかったのか？　という疑問が真の痛みとともに彼女の体に入り込んだことで、初めて怒りの感情に裏打ちされた言葉が力強く叫ばれる。第五幕で政治家グーとガーが、シュレの死を適当にごまかして片付けてしまおうと相談しているところへ乗り込んでいったコロは、息子は「あなた方の犠牲です」と啖呵をきって次のように続ける。

コロ　一匹のカエルが死んで行くんだって、そこにどんなに大きな深い苦しみがあるか考えてみることもできない方がそんな……そんなに簡単に、何万も何十万もの男や女が死んで行かなければならない戦争のことを……口先だけで戦争の犠牲だとか何とか、そんなことおっしゃったって、あなた方は、あなた方はそんなことおっしゃる資格はないんです！戦争のことなんか、あなた方何も考えてらっしゃりゃしないんです！

もはや時代に振り回されてオロオロしては嘆くだけの無力な母親ではない。息子を死に追いやった実体に立ち向かい、かわりに無念な思いを晴らそうとする強い女である。関きよし・吉田一は「蛙昇天」の中にシェイクスピアの「ハムレット」の影を認め、特にシュレについて「彼の行動は真実を明らかにしようと苦悩する王子ハムレットを日本の現実に投げ込んだよう感じられる」としている。(注16)確かに、《シュレ＝菅》の孤独な姿と真実を追求するために立ち向かおうとする行動、対決すべき相手が伯父である点などハムレットのイメージといくつも重なるところがある。しかし木下は、《シュレ＝菅》を悲劇の主人公として描いて終わらせるのではなく、さらにその遺志を受け継いで行動するコロを用意して同時代の観客にも訴えかけた。世の中を動かす言葉や権力を持たない庶民も、たとえ無力かもしれないが声をあげ続けることはできる。論理的な裏付けや弁証法を知らなくとも、痛切な気持ちを伴った訴えは時として権力とは違う力をもつことがあるかもしれないという希望をつなぐ幕切れなのである。

また、コロの叫びが、息子は「あなた方の犠牲です」という言葉ではなく、「戦争はいやです！」であることも見のがせない。戦後を迎えてもなお戦時中と変わらぬ理不尽さが横行する社会に対して、今度こそ声をあげずにすますわけにはいかないという切実さもはらんでいるのだ。木下は山本安英の声によってならば、そのような思いが観客の心に響くことを確信していたのかもしれない。

いい声と悪い声

最後に「蛙昇天」で木下が用意した仕掛けとは、第三幕「議場」において政治家たちの不毛な言葉の応酬の場面を見せたことである。「事実を事実として」証言したいだけと繰り返すシュレの誠実な言葉と、それを歪曲して屁理屈をならべたて、誘導尋問によっておかしな方向へ導いていってしまう政治家たちの言葉とはまったくかみあわない。それでいながら珍妙な言葉の積み重ねによってシュレを追い込んでしまうだけの力をもっている。政治家たちは始めからシュレが訴えたいことを受け止める気がないため、いくら大量の言葉を交わしあってもコミュニケーションが成立しないのがこの場面である。ここでも菅季治が実際に証言台に立った時のやりとりがそのまま使われている箇所があり、実際の証人喚問の再現に近い内容でもある。ただし、木下はここで蛙の声と政治家のがなり声を重ねることを作品の中で試みている。

第三幕は「一斉に鳴き立てる無数のカエルの声のうちに」幕が上がる。そして次第に「カエルの鳴き声の中に「議事進行！」「委員長！　委員長！」「黙れ！　発言中だ！」「インチキだ！　アカガエルだ！」「続けろ続けろ！」という怒号や野次が混ざっていき、明るくなったところで委員会が始まる。

人間には理解できないはずのカエルの鳴き声と、政治家たちの声とを重ねているのは、人間らしい心が通いあう言葉とみなしていないからであろう。質疑応答の部分にしても、「単純率直に」「率直明快なる御返答を承りたい」「極めて重要な点を一点だけお訊ねしたい」というような様式的といってもいいような言葉の渦の中で、一つの事実を示したいだけのシュレの話し方はまったくなじまずに、異質な言葉として浮くばかりである。問答におけるディスコミュニケーションを描いた場面といえよう。

言葉によるコミュニケーションが成立しなくなると、それが声としてしか認知されないという手法は、すでに「夕鶴」における与ひょうとつうとの会話のなかでも登場していた。次第に与ひょうが変わっていくにつれて彼が口にする「おかね」や「かう」という言葉の意味を理解できないつうは、とうとう与ひょうが話す言葉がなんにもわからなくなってしまう瞬間がやってくる。

その時、つうは「鳥のように首をかしげていぶかしげに与ひょうを見まも」ったのちに叫ぶ。

つう（叫ぶ）分らない。あんたのいうことがなんにも分らない。さっきの人たちとおんなじだわ。口の動くのが見えるだけ。声が聞こえるだけ。だけど何をいってるんだか……ああ、あんたは、あんたが、とうとうあんたがあの人たちの言葉を、あたしに分らない世界の言葉を話し出した……ああどうしよう。どうしよう。どうしよう。(注17)〔傍線筆者〕

民話「鶴女房」を題材にした「夕鶴」と、同時代の事件を題材にした「蛙昇天」との双方に、言葉の断絶によって絶望感を覚える場面が出てくることは、この時期の木下の戯曲を考える上で重要な鍵となろう。

「蛙昇天」の最後は、コロの訴えとともにグレとケロも一緒に「そうだそうだっ！」と声をあげ、それだけでは諦めきれないグレが「うう、うう、うう、わあ……」という大きな唸り声をあげて敵意をあらわにする。政治家たちは「きみきみ……」と慌てふためき、彼らの声に次第にカエルの声が重ねられて終わる。

そこで人間の「男」が再登場し、池の上の世界に戻り、「しかしまったく、いつかもいったように、同じ一面のカエルの声でもこうやってよく聞いているといい声もある、悪い声もある、そういうことはあるわけだ。」と耳をすませながら去っていく。ここでいう「いい声」がシュレやコロのような声だとすれば、蛙（人間）が生きていく上で大切であると思うことを真っ直ぐに伝える正直な生の声のことであり、「悪い声」がグーやガーや政治家達の声だとすれば、蛙（人間）がその場限りの保身や政治的な策略のために状況をコントロールしようとする作為に満ちた声のことである。民話に登場する「聞き耳ずきん」をかぶって耳をすませると、鳥や木々のささやきも大切な言葉として受けとめられるように、木下は、もっと人々が耳をすませることで真の言葉か偽りの言葉か聞き分けるべきであり、その大切さが演劇によってより伝わると考えていたのではないだろうか。

木下が戦時中に帝大英文科の恩師である中野好夫に民話の劇化をすすめられ、『全国昔話記録』を読みながら「夕鶴」や「二十二夜待ち」を書き始めたことは知られているが、一九六一年頃になると民話劇を書き始めた気持ちについて次のように語っている。

あの頃の、戦争中のぼくの気持ちを五二年の文章で魂のふるさとだとか、郷愁だとかいう表現でいってるが、そして民話を戦争中に考える姿勢というものが、抵抗というような自覚的なものではなかったことはまず確かでしょうけれども——どういうか、つまりあの頃、ぼくは作品を発表する機会をもち得なかったしそういうことは別としても、何か現実というものに眼をそむけて作品を書こうとすると、やはり困っちゃったわけだな。困っちゃったという意味は——というより、ぼくの——何というのかな、センティメント——ぼくの、簡単にいえば、気持ちからすれば、例えばそこで戦争はいやだというような作品を書くよりも、民話という素材の中で、自分なりに持てるイメージ、ヴィジョンというようなものを勝手に書くことのほうが一番自分にぴったりしたというか、のびのびできるという意味でこれを書いた。(注18)

「聞き耳ずきん」をかぶり、民話の中から民衆の生の声を聞く行為は、戦時中の現実世界で耳に入ってくる声を遮断することでもあったろう。閉塞した状況下で「悪い声」に耳を閉ざし、「いい声」に耳をすますことで日本人として生きていく希望を持ち続けようとした経験があったからこそ、菅の孤独な死に対して「やむにやまれないみたいなきもち」を抱いたのである。

また、木下が民話に可能性を見いだしたことがもう一つあった。それは「民話化」が時間や場所を越えて伝え広まりゆく働きをもつことである。木下は民話について説明する際、「昔話」「伝説」「世間話」まで含まれるとしたうえで、その話が「たとえ自分の村で本当に起ったことではなかったとしても、どこでも起こり得ることであり、また起ってほしいこと」だと語り手が願っていることに目をむけている。だからこそ話が広まってゆき、民衆の話となるのだとしている。

さらに、そのような過程を経て語られてきた民話を題材にして木下が作品を書く行為とは、「意識的に話をつくる」ことであり、民衆が「無意識に話をつくって」「自分の語る話がどのような効果を持ちどのような役目をはたすかということについて」本能的に感じていただけであること

とを区別している。(注18)

つまり、題材が民話であれ同時代の事件であれ、それを木下が「民話化」するということは、意識的に一般化もしくは典型化して戯曲にしたてることであり、伝承されている内容に忠実に作るというよりは、話の役目や意義を見極めて、そこが普遍的に働くような創作をしていくことなのである。それは「蛙昇天」の作り方を見ても当てはまることであろう。コロという母親を第五幕で行動させたことがやはり重要なのであり、戦後の木下自身も、シュレや菅のように迷い悩んで孤独なまま終わる青年ではなく行動すべく戯曲を書き続けた。そしてその中でもとりわけ民話劇は、日本中のアマチュア演劇の集団によって数多く上演されることとなっていく。木下が戯曲を書く行為は「民話化」の作用と直結していたともいえるかもしれない。

ただし、人間を蛙に仕立てることで事件を戯画化したり、出来事を典型化することによって、演劇としては失う部分もあったのではないかということを最後に述べておきたい。それは舞台芸術でありながら人間の身体性を意識した表現が希薄であることだ。「蛙昇天」に限ったことではなく、木下戯曲は物語性、ドラマの骨格、明確な主題に加えて演劇的な趣向もかなり凝らされていることが多いにもかかわらず、人物の身体の痛みや衝動、五感に訴える表現などは目につくことが少ない。戦争が人間にどのような痛みや苦しみをもたらしたのか、死の恐怖や極限の飢え、人が人でないものに変わってしまうほどの地獄を描いた作品も戦後に登場していたなか、木下はそのような直接的に感覚に訴えかけるような部分をあえて劇世界から遠ざけているように感じる。

それが彼の演劇観によるものなのか、もしくは本人自身の身体への意識からくるところなのかは分からない。そして、それゆえになおさらのこと声の発見は木下戯曲を生きた演劇にするためにとても大切な過程であったのではないかと思うのである。

（注1）『世界』（一九五一年六月号・七月号）に二回に分けて掲載された際のテキストの末尾には「この戯曲はある事件にヒントを得て書いたものですが、作品そのものは、もちろん実際の事件や人物とは一切関係なしに、まつたく自由な空想によつて描いた創作であることをお断りしておきます」と作者の言葉が付されている。

（注2）菅季治「日記」『語られざる真実』一九五〇年　筑摩書房（『戦争と平和　市民の記録』一九九二年　日本図書センター）

（注3）「手記の概要」『朝日新聞』一九五〇年三月八日

（注4）「世の中の人々へ」『朝日新聞』一九五〇年四月八日

（注5）「座談会・菅季治の死をめぐって」『語られざる真実』一九五〇年　筑摩書房（『戦争と平和　市民の記録』一九九二年　日本図書センター）

（注6）「蛙昇天」『木下順二集4』一九八八年　岩波書店〔以下「蛙昇天」からのテキストの引用はすべて同じ。〕

（注7）菅季治「カラガンダ俘虜収容所」『語られざる真実』一九五〇年　筑摩書房（『戦争と平和　市民の記録』一九九二年　日本図書センター）

（注８）関きよし・吉田一『木下順二・戦後の出発』二〇一一年八月　影書房
（注９）「民話劇『蛙昇天』」『木下順二集４』一九八八年　岩波書店
（注10）飯沢匡「『崑崙山の人々』の思い出」『悲劇喜劇』一九八四年五月　早川書房
（注11）「蛙昇天」『世界』一九五一年六月　岩波書店
（注12）「蛙昇天」『世界』一九五一年七月　岩波書店
（注13）「風刺は不十分」『朝日新聞』夕刊　一九五二年六月十四日
（注14）関きよし「戦中体験と戦後の出発」『悲劇喜劇』二〇〇五年四月　早川書房
（注15）菅井幸雄「蛙昇天」『悲劇喜劇』一九八四年六月　早川書房
（注16）（注８）に同じ。
（注17）「夕鶴」『木下順二集１』一九八八年　岩波書店
（注18）竹内実・木下順二「解説対談」『木下順二作品集Ⅱ』一九六一年　未来社

第三節　「沖縄」「オットーと呼ばれる日本人」
――戯曲で現代をとらえる

井上理恵

「日本が日本であるためには(注1)」

木下順二は「蛙昇天」（一九五一年）のあと、一九五五年の年頭に雑誌『新劇』の巻頭言で、衝撃的な発言をする。「ドラマトゥルギーは、技術ではなくて思想なのだという問題を、改めて考えさせられている。（略）思想といっても、むろんイデオロギーのことではない。技術に対する、それの基底となるものとしての思想。批評の技術も、その基底となる思想というものを持っているはずだ」と、劇作家の表現の根底にある〈思想〉を重視した。

この劇作家としての姿勢は、後に「元来ドラマというものは、自然時間ではない時間をつくりださなければならない。自然主義的な演劇では、舞台の上を流れる時間と自然時間とが一致している。そのこと自体をいけないというわけではないが、しかし本来ドラマとは、限られた時間と空間の中に、無限にひろがっている時空を引き撓めて持ちこむのがドラマなのであって、（略）基本的にドラマにおいては、一つのせりふの書きかた自体の中に意味としての時間は組みこまれている。」（「今日の問題」一九八二年）という表現のドラマ論になる。が、これは長い間のドラマに対する逡巡と考察の結論であったとわたくしは見ている。

社会科学を取り込んだドラマ構築への模索の始まりは第一作「風浪」を執筆した時からだということは既にふれたが、その後の歩みを少し見ると、木下は、「風浪」「山脈（やまなみ）」「夕鶴」「暗い火花」「蛙昇天」、そしてラジオ・ドラマ「東の国にて」を書いたのち、世界旅行に出発する。ヨーロッパの演劇や風土に触れる時間を持ったのである。つまり海外の〈文化〉を身体で感じ取ってきたのだ。これは坪内逍遥や久保栄の体験しなかったことであった。そうした時間は、日本人木下順二の演劇観やドラマ理論構築の栄養になった。

社会科学や思想の上に成り立つ木下のドラマ論が机に坐って構想されたものではないことは、一九五六年一〇月の砂川闘争に参加していることでも理解される。木下は、「全学連の幹部諸君と現地で、また関係している大学の学生諸君と学校で、ぼくはそれぞれ話しあう機会をもったが、共通していえることは、他人に無理強いしないという態度が彼らの中にあったということ」だと「砂川の学生たち」（『週刊サンケイ』）に書き、「一九五六・一〇・一三――砂川」（『知性』）には長いルポルタージュを載せた。ここではそれには触れない。言説をいくつか引いたところで要旨にしかならず、その息遣いを知るのは難しいからだ。木下の現実社会で生きる姿を知りたければ、これを読んで欲しいと思う。

ここに出てきた「関係している大学」は明治大学である。木下は一九四六年四月から明大で〈演劇〉を教える教員であった。同僚には少し年長の山田肇がいた。山田は、山本安英の周りに戦時中から集まってきた人々の作った演劇勉強会「ぶどうの会」に参加していた。ぶどうの会は、山本安英・木下順二・岡倉士朗を顧問にして勉強会を続けていた若い演劇人の集団である。山田はここで演劇理論を教えていた。会の名称は初めからあったわけではなく、NHKの学校放送に山本や彼ら（久米明・桑山正一・磯村千花子・青木宗隆など）が出演することになって一九四七年四月にぶどうの会という名称が生れた、と山本安英は書き残している（『テアトロ』一九四八年）。

木下戯曲は民話劇も現代劇も一九四八年以後この集団が初演することが多かった。既に触れたが、「夕鶴」もここが初演した（一九四九年）。後で触れることになるが、この山田肇がぶどうの会で若者たちを〈教育〉し〈プロパガンダ〉して事件を起こし、木下を悩ますのである。

さて、世界旅行後の戯曲は、中国の〈古典劇『除三害』に学んだ〉民話「おんにょろ盛衰記」（『群像』一九五七年五月、初演ぶどうの会一一月）であった。この中国の「除三害」はあまりに教訓的過ぎるのだが、中国の劇場で中国の観客の中で観ているとそのように感じなかったという。それはなぜか……と言う問題提起から、木下は国家と民族の中のドラマの問題を考えていく。「おんにょろ盛衰記」は、舞台上の発話方法に拘る戯曲で、しかも多数と異端という問題を提出する興味深い戯曲で「教訓」にはなっていない。

「帰国してすでに一年以上、ぼくはいまだにとまどいつつあるが、しかし何とか、少しずつその方向をみつけだせそうに思っている。（略）日本の現実をとらえるためのドラマトゥルギーを、われわれの手でつくりだすということが必要だ（略）外国の方法の単なる移植ではない、そしてまた日本在来のふるい『芝居かき』の術でもない、日本の現実をとらえるためのわれわれのドラマトゥルギーをつくりださねばならぬ」（「日本人のドラマトゥルギー」『新劇通信』一九五七年九月）という視点を公表する。

それはもう少し立ち入ると、「『下から』の立場を明確に持ったうえで、『上から』の問題をも包みこむ理念、あるいは方法論をつくりださなければならないと思っている（略）ずいぶん時間のかかる仕事にはちがいないのだが。」（「『上から』の戯曲と『下から』の戯曲」注2）ということになる。いずれにしろ木下は、同時代の日本社会の現実を書き込んだドラマの方法を、それも外国の移植ではなく日本の古い方法でもなく、新しい自分達の方法を探っていく。それはもちろん出発の時点にあった社会科学を取り込んだ芸術創造の方法論であった。これは、かつて久保栄も主張した。これについては後で触れる。

そして60年代の「沖縄」の執筆へと向うことになる。だが、この間に一九五八年一二月にモスクワ芸術座来日公演があり、新橋演舞場で「桜の園」「三人姉妹」「どん底」「おちつかない老年」を上演する。そして翌年の岡倉士朗の余りにも早すぎる予期せぬ死、さらに60年安保闘争、ぶどうの会の分裂、……と立て続けに木下に〈事件〉が押し寄せる。それを少し見ていこう。

モスクワ芸術座来日で、木下は翻訳劇と創作劇のことを考えた。

「単にくらべてみたり、また単に刺激を受けたりしているだけでは、極端にいえばなんにもならないということになるのではないか」と問題点を提出する。そしてこれまでの翻訳劇上演批評は「戯曲通りにちゃんとやれということ（略）つまり『ほんもの』に近づくこと」をしばしば指摘してきたが、それは、「かつて築地小劇場で小山内薫氏のいったことで、それはその時意味を持ったが、いま必要なことは、こっちの問題と相手がひっかかってくる手がかりをどこにみつけるかということなのだ。すると私の念頭に浮ぶのは、今日の時点における歴史意識という視点から、この問題を真剣に理論的に深めようとした数少ない人々のひとり、久保栄氏の名前である。原理的な、そして初歩的とさえ思えるところから、私たちはもう一度この問題を考え始めてみる必要があるだろう。」（「モスクワ芸術座の来演と翻訳劇の問題」朝日新聞一九五八年一一月二〇日）

小山内薫が最も早い時期に日本に移植したモスクワ芸術座の作品が、まさに「ほんもの」が、いま日本にやってくるということは、日本の演劇と創作に対して「一種象徴的なことがらのように」思えると書いていた。この木下の発言時、久保は既に同じ年の三月に彼岸へ旅立っていた。木下が言う、久保の〈思考〉の「原理的」「初歩的」云々が何を指すのかこの一文では具体的によく分らないのであるが、おそらくそれは久板栄二郎の「神聖家族」（一九三九年）について評した長文にあると推測される。

「新劇作家の永いヨーロッパ・ドラマトルギーの模倣時代は、このようなものの影響（ヨーロッパ的ドラマトルギー…井上）から自己を消滅するための準備的な段階であった。」〈いま僕らは、永い模倣時代の殻をぬけ出て、あたらしい芸術的内容を形式的には民族的伝統のうえに鍛えあげなければならない〉、〈ヨーロッパ的ドラマトルギーと日本的ドラマトルギーの合流点に立とうとしている〉〈ふたたび「反覆することのない」特殊な劇的ハンドルングを、その歴史的具体性とその普遍的意義とにおいて描きださなければならないだろう〉そして最後にゲーテの反語をあげた。――脚本（ほん）を書いて与えるなら、こまかく砕（か）いて与えろだ！――おおあたりが取りたければ、総あたりで行くに限る（久保栄「『神聖家族』断想」『テアトロ』一九三九年五月号）。

久保の指摘にある大多数の大衆に喜ばれるには「総あたりで行く」というゲーテの一節は、木下も度々引いているが今も世界に通用する。しかしそれでは、日本固有のドラマトルギーは、いつまでたっても誕生しないのだ。

さらに木下は続ける。

芸術座を観劇しているとき、俳優の誰かが、「われわれはチェーホフのせりふに書いてある以外のことはなんにもしてなかった」と冗談を言った逸話をひきながら、モスクワ芸術座の俳優が「行間に」示すうまさ、おもしろさを（自分たちが）観て、演じているその俳優は「桜の園」という戯曲を楽しみながら、俳優として演技を楽しむことができたのだと、見ている。「この楽しさは、近代劇と伝統演劇の両方の楽しさを合わせたもの」なのだ。幕間に「創作劇がやりたいなあ！」と言った滝沢修の声を聞く。モスクワ芸術座の俳優は「桜の園」を「自国の創作劇として（！）やっている。」からだ。

滝沢の言葉は、「誠にもっともな感想だ」と創作劇を書く立場の木下は思い、その時の感想の中には「チェーホフに対する感嘆と同時に、その正確な舞台表現が、チェーホフの自然主義的限界を私に改めて教えてくれたという感想もはいっていた」（「〝行間〟に示される妙味」東京新聞五八年一二月五日）と書いた。

木下は、一九世紀以来の自然主義的表現から、どうにかして抜け出したいとずっと考え続けていたから「チェーホフの自然主義的限界」を感じることができたのであり、同時に俳優達の演技の素晴らしさが「初歩的とさえ見える訓練とけいこ」を彼らが繰り返している日常の上にあることにも気付いていて、そのことにも敬意を表していたのである（「練り上げたアンサンブル」福井新聞五八年一二月二二日）。木下は、現代演劇を、俳優の演技を、どのようにしていけば新しい現代演劇ができあがるのか、常に考えていたといっていい。

ところが次に来たのが思いがけない岡倉士朗の死であった（五一歳で病死）。岡倉は木下の二〇年余の友であり、木下戯曲を舞台で立体化してきた演出家であった。木下は、耐えられないようなショックを受ける。

「私の作品をこれまでほとんど例外なしに演出してくれたあの得がたい年長の友人」、「どうにもしょうがなく気が合った」という岡倉と「二十三年間きれ目なく語りあって」きた。急にいなくなった岡倉を、「あるべき日本演劇というもののイメージの追及と、スタニスラフスキー・システムを日本の劇術として創造的にとらえる仕事」（「三十年新劇と共に」『週刊読書人』五九年三月二日）をしてきた存在だと没後の追悼文で位置付けている。これは言い換えるとスタ・システムで基礎を構築し、その上で日本演劇の固有の劇術を創り上げるということだった。それは木下の思考の根底にあるものと一致したのだと推測される。

岡倉はモスクワ芸術座を羽田に送る日、一月一一日に突然発病した。そして一九五九年二月二二日になくなった。わずか四〇日余りの入院であった。実姉が藤森成吉の妻で、その縁で立教大学の学生の頃から新築地劇団に関係し、山本安英という女優と出会い、新築地劇団で「土」と「綴方教室」を演出した。木下は岡倉士朗の演出を〈日本的なあいまいな部分も棄てず、西洋合理主義一辺倒にもならず〉「その両方の統一を自分のなかに実現しようとし続けた。その前半の「代表的な成果」が「土」であり「綴方教室」で、この舞台で「日本の新劇は、はじめて農村と都会の底辺にうごめく民衆をリアルに捉えるリアリズムの方法の端緒を与えられた」（「岡倉士朗氏をいたむ」）と評価する。この岡倉の姿勢（思想）は木下の目指す演劇と共通するものがあったのである。以来岡倉は山本と共に歩み、戦後のぶどうの会の演出を全て担当してきた。劇団民藝の代表者でもあった岡倉士朗は、狂言・オペラなどの新劇以外の演出もして戦後の短い時間を駆け抜けたのである。

さて、この時期の木下の種々の論評を読むと、運動する木下順二の姿が浮びあがる。そしておそらく岡倉の突然の死と安保闘争と訪中公演とが、このあと起るぶどうの会の分裂を招いたのだとわたくしは推測している。

60年安保闘争に関する木下の一文も見ていきたい。

それは国会前の状況をドキュメンタルにわたくしたちに知らせてくれるものだ（「一九六〇・六・一五――国会前」『木下順二評論集』六巻）。少し長いが引いてみたい。

安保阻止新劇人会議のデモの隊列は、指示により歩道に上って停止していた。（略）私たちの左にはぴったりと国会の低い柵があり、その低い柵のすぐ内側には、青ナベをかぶった警官たちが、数尺おきに、私たちのほうを向いて黙って立ち並んでいた。

列外指導班のぶどうの会の小沢重雄がメガフォンで、「ただいま前のほうで右翼が挑発をかけていますから皆さん用心してください」と前のほうからの指令を伝達した。（略）右手の広い車道の前方から、比較的まばらな人群れを、先端に白布を巻いた棒でなぎ倒しながらわらわらと迫ってくる二、三十人の男達の姿が（視野に）はいった（あとでその布の下にクギが隠されてあったことを私は知ったが、）それは棒を持った両腕を肩のつけ根からまっすぐ伸ばして、右ななめ左ななめと相手を叩き伏せるやりかただった。

その動きは、なぜかのろのろと高速度映画のように私には見え、しかしそのとき、もう二間ほどのところへ彼らは迫ってきていた。私の左に山本安英がい、逃げる道は国会の柵内しかなかった。山本安英を構内に押し込もうとしつつ、棍棒は背中で受けとめるしかないと思った私の目に、プラカードをいっせいに突き出して腰をひきながら防衛の姿勢をとっている若い俳優たちと、構内に黙って立ち並ぶ青ナベの無表情とが同時にうつり、どこかでパシャッと音がして、その音が構内の動かぬ警官へ絶叫している女優たちの声の中から耳に残った。次の瞬間、飛び出してすぐそこまで突っこんできた一人の暴力団員。彼が棒を捨て飛んで逃げる姿。それをきっかけのようにさっとひいて行く暴力団。――そして、それをきっかけのように、構内の警官たちがぞろぞろと車道へ出てきた。／気がつくと、何ごとかを早口でしゃべっている俳優小沢重雄の真青な顔がすぐそばにあった。肩から胸へ、しぶきのように血が飛びちっていた。午後五時三十分であった。（略）彼らは確かにゆっくりと、事の終わったところで出てきた。が、構内に立っていた一人一人の青ナベにすれば、命令がない以上、無表情で突っ立っているより仕方なかっただろう。なぜ出てこないと青ナベどもにどなりつけながら、私の中には執拗にそのことがあった。クギを包んだ棒をむちゃくちゃにふり回す暴力団に何ともいえない怒りを感じながら、形容しがたくばかばかしい彼らの顔つきを、私はただ滑稽としか感じとれなかった。命がけの滑稽感。なにかそらされている感じ。（／は改行）

反対のプラカードを持った静かなデモ隊、見張るが決して人民を助けない警察、意味もなく襲ってくる右翼、そんな哀しい図が見えてくる。同時に木下の裡に沈みこんだ重い怒りも……見える。

木下にはこれより前に驚いたことがあった。安保条約百年記念行事がアメリカで行われ、なんとオペラ「夕鶴」が一九六〇年一月にマンハッタン音楽学校で上演されることを朝日新聞で知った時だ。木下は「日米両国の人民の親善は何より望ましい」と思い、反対する理由はないと上演許可をだしたらしい。それが記念行事に使われることになって「甚だ閉口している。日本で私が、安保批判の会の会員として静かにデモっているとき、私が上演を承諾した作品がアメリカで、安保条約大賛成の主旨によって上演されているとすれば、私はまことにコッケイな存在以外のなにものでもあり得ないではないか。」（「『夕鶴』と安保条約」）と書いた、こんな予期せぬことも木下に起っていたのである。

木下は「安保阻止新劇人会議」に所属し、新劇人たちと闘っていた。上記の体験もした木下は劇作家としての仕事もする。「安保闘争で忙しかった。忙しさは（略）組織を急いでつくるところから始まって、いま、六月十五日という日をテーマにしたラジオ・ドラマ、というより（略）一種のシュプレヒ・コール」を書いたと…。世に問うたのは一ヵ月後である。これは七月に「雨と血と花と」と題して放送された（東京放送、演出東山〔酒井〕誠）。滝沢修・山本安英・真山美保・市原悦子など多くの新劇人が自発的に参加したという。書かざるを得ない心的状況が木下に存在したからである。

そして九月から一一月の訪中公演に出発する。新しく「大躍進」している中国で、訪中新劇団は「夕鶴」と三本のシュプレヒ・コール劇（三池炭鉱・沖縄・安保阻止のたたかいの記録）を上演した。その留守に、――山本も木下も居ない留守に、ぶどうの会に思いがけない叛乱が起きていた。木下は〈本来こういう問題は内部で話すべきで、外部に出すような事柄ではない〉のだが、「外に向って個人的野心にもとづくこじつけをほとんどわめき散らすがごとき行動をとったものが出て、世間を騒がせた。」、そのためにその経緯を「やむを得ず」書いたという。このことに、激しい憤りをわたくしたちは感じることが出来る。

ぶどうの会の大騒動について木下は、「ぶどうの会への手紙」（「ぶどうの会通信」34号一九六一年三月一〇日）、「リアリズムと観念論」（読書新聞一九六一年四月）、長文の「ぶどうの会の問題について」（『テアトロ』六一年五月）、「近況報告」（大阪労演パンフ六一年八月）等々に記している。世間では「政治と芸術の問題」のように言われたらしいが、実はそうではなかった。それを木下は「誰にも一切遠慮」しないで問題を整理したのが、『テアトロ』の長文である。問題は山田肇が、一九五五年頃から考え続けていたことが契機になって起った。木下と山田は明治大学の同僚である。これも木下には、推測するに、〈やっかいな〉ことであったと思われる。そしてあくまでもこれはわたくしの推測だが、木下が一九六三年三月に明治大学を退職するのも、この問題と無縁ではないように思われてならない。

以下、これらの文章から〈事件〉を簡単に触れてみたい。何故、このようなことに触れるかといえば、木下順二が、演劇研究や作劇という〈象牙の塔〉〈書斎〉の住民では決してなかったこと、行動する人であったこと、激しい感情の起伏を裡に秘めていた人、社会の中、集団の中で生きていた人であったことを明らかにしたいからである。そしてそうであるからこそ、「沖縄」も「オットーと呼ばれる日本人」も「神と人のあいだ」「子午線の祀り」も書く事が出来たのだと考えている。

「リアリズムと観念論」の中で、木下はぶどうの会の「芸術内容」について、「日本という国において、タテの軸としての歴史、ヨコの拡がりとしての社会、この両者の交点においてなされる現実認識を基本として、しかし表現は極めて多彩多様でありたいという、そういうリアリズム。」(注3)を岡倉と木下で話し合って構築してきたと記す。これはこれまで見てきたとおりの木下の演劇に対する姿勢であり、それを実践してきた。山田肇がそれを否定したのである。それは若い俳優達に〈座学〉の理論を教えていた山田が、ロルカの二作品や真船豊「鼬」など数作品演出をして自身の主張を全面的に展開しはじめた。言い換えれば「木下の戯曲のほとんど全面的な否定、従ってその木下の戯曲をもとにしてなされた岡倉と山本の仕事の相当部分の否定」であった。

木下たちの「芸術内容を否定する考え方」が七年目(一九五五年)辺りから出されはじめた。しかしその時は岡倉がまだ元気であった。それで表面化しなかったのだろう。岡倉が五九年に亡くなる。そして「芸術内容を否定する考え方」が現前化し、それが木下の「ぶどうの会への手紙」になったのだ。つまり、「山本さんも岡倉さんも山田さんも、会員ではないのだが運営委員会のメンバーではあるという関係」が続いていた。それを「今度の経過の中で辞退したから、ぼくは全く身軽です。」「お互いに縛られない親しい緊張関係というものを、あなた方とのあいだに全く新しくつくりだして行きたい」と、この「手紙」に木下は書いていた。

山田肇が主張する木下・岡倉の「芸術内容を否定する考え方」が登場し、これまでの方針に異議を称えたからだ。山田が演出をして「まともな戯曲」を考えようという〈観念論〉がはびこりだしたのであった。「まともな戯曲」（主張者は、まともとは、まともな男——子を産ませることのできる男、という表現をしたらしい——この表現には開いた口が塞がらないし、あまりにも差別的家父長的発言であきれる。具体的にどんな戯曲をさすのかわたくしには理解しにくいが、要は岡倉・木下路線ではない戯曲ということなのだろう。）観念論の主張者は演出の仕事に手を染め始めた山田肇で、彼の主張がぶどうの会の中で拡がりだす。山本安英中心路線に反対の若者たちと言っていいのかもしれない。ところが山田も驚くようなことが起る。

「世間を誤解させたのは、それまでに演出を一、二度やったことのある某であった。あの観念論に同化した俳優の何人かを、この某が、多分に個人的野心から誘って突然、といっても準備された突然だが、これは山田の制止を超えて脱会し、突飛ともいえるほど激越な連判状をつくって無数に配送した。／残った会員は、あの観念論の同調者も含めてこの行動にあっけにとられ、次に大いに怒り、彼らを除名した。」

そして山田も「自分の問いに対する答えはぶどうの会では得られない」と会と一切の関係を断

つ意思表示をして、彼に同調する人々も「山田のいない会には、いる気がない」と退会した。そして反対者は〈みな、居なくなった〉のである。「東の国にて」の初演は、こうしたぶどうの会の「混乱」を含んだものであった。

木下は、次の作品「沖縄」へと向う。

木下順二は一九六八年に「内攻する敗戦の後遺症」の中で、〈一九四五年八月一五日〉を次のように書いた。

「終戦、というべきではない。敗戦、と、日本人はみずからいうべきである。そう言う論が、戦後の日本の中で何度も、少なくない人々によって強調されてきた。（略）私は意識的に〝敗戦〟ということばを使う。だが、多くの人々が別に意識的にでもなく〝終戦〟といっているように、私も今や、長年の習慣の結果、かつては意識的に選び取った〝敗戦〟ということばを、ただ習慣として使っているといえないか。だとすれば、また巡ってくる〝八月一五日〟が、私たちに突きつけるいくつかの重い課題の中には、当然そのことへの反省も含まれているものと考えてよかろうではないか。（注4）」

これを読むと、木下が言葉の真の意味で真摯な存在だと思わずにはいられないし、ずっと〈闘う姿勢〉を自己の裡にも外部にも持ち続けた存在だと認識せずにはいられない。

そしてこれより五年まえに「『流される』ということについて」（一九六三年）の中で、藤島宇内のエッセイ「日本の三つの原罪」に触発されたことを告げている。藤島は、「沖縄、部落、在日朝鮮人という三つの問題を、日本の近代史における『原罪』だと考えている。原罪というのは、平たくいえば、われわれの祖先が犯してしまったところの、いまさらとり返しのつかない罪」で、「今われわれが、免れるべくもなく負わされている罪」ということだろうと木下は書き、それは昔のことは「水に流して」しまいましょうというのと全く逆の意識だと指摘した。

明治以来一世紀の間に「急速に今日の日本にまでふくれあがってきたその過程の中で、必然的に犯してしまった罪というもの」それを、〈懺悔〉と言う意味においてではなく「今日から明日へかけての原動力となるように、とり返しのつかないものとして意識する方法はないものか」、我々は「流されて」いるのかいないのか、「歴史をとらえる目」というものがあるとすれば、それは一体どういうものなのか、と木下は問うたのである。それが「沖縄」と言う戯曲であった。「暗い火花」のところで触れたように、日本はＧＨＱが「沖縄の恒久的基地建設開始」と宣言した後で、自由党吉田内閣は「米軍駐留を条件の早期講和」を取り、沖縄を担保に独立した。それを「今から二十三年前に日本国は、沖縄と、それから広島と長崎の悲劇において、そこでの犠牲において、辛うじてその全土の安穏を保障されたのである。（略）そこにおいてのみ敗れたといっていい」（前掲文）と記す。たしかにわたくしたちの〈安穏〉は、沖縄と広島・長崎の犠牲のうえにあり続け、現在もそれを引き摺っているといっていいのだろう。にもかかわらず多くの人々はそれを忘却の彼方へ押しやっている。

敗戦・占領とつづく日々について、木下は「敗戦の痛みはまず占領軍の巧妙な政策によって次第に急速に薄められ、次にバトンを引き継いだ第二走者としての日本政府が、国民の生活と精神の中に大きな空どうを残しながら推し進めて来た政策によって、痛みはまさに消し去られてしまったかに見えるというのが、戦後日本の走路だったといえないか。」と問い続ける。

〝敗戦〟はいつのまにか〝終戦〟になり、敗戦の痛みの変わりに〝繁栄〟がはびこる。そのわたくしたちの国で「世界に向って堂々とヒロシマを論じ、オキナワを論じ、実体あるものとして『世界に唯一の原爆被爆国民』ということばを口にしたい」とこの文章を結んだ。(注5) この発言は、「沖縄」を書き、「オットーと呼ばれる日本人」を発表・上演した後のことである。したがって木下の戯曲「沖縄」と「オットーと呼ばれる日本人」を見ていかなければならない。

（注1）第二章のタイトルに使用し、この節の初めにおいた「日本が日本であるためには」は、毎日新聞一九六二年六月一七日に発表され、単行本『オットーと呼ばれる日本人』（筑摩書房一九六三年三月）に収録された一文のタイトルである。岩波版『木下順二集』五巻所収。

（注2）「御料車物語」（国鉄工場労働者を扱う）や「鹿鳴館」（明治の上流階級を扱う）などを例にとって記した一文で、東京新聞一九五七年五月二五～二七日の三回にわたって発表された。『木下順二評論集』四巻所収　未来社一九七四年五月。

（注3）気を付けておきたいことがある。それは「リアリズム」とは言ったが、「リアリズム演劇」とは

木下は言っていないことだ。

（注4）木下順二「内攻する敗戦の後遺症」（「東京タイムズ」一九六八年八月五日）、『木下順二集』五巻所収。以下引用文はこの文章から引く。

（注5）広島・長崎をカタカナで表記することについて木下は次のように理解した。「広島をヒロシマとカナ書きにしてある文章によくぶつかる。それは広島を、単に日本の広島と考えず、世界の中に今日ある痛みの集約点として、象徴的な地点として考えようということだろう。同じ意味で、私は、沖縄をオキナワとして考えることが必要だと思う。」

「沖縄」――〈とり返せないことをどうしてもとり返すために〉

戯曲「沖縄」は一九六一年七月『群像』（講談社）に発表された。が、これは部分であり未完であった。のち木下は、これを書き改め、江藤文夫によれば「『群像』に掲載されたものは、作品番号からけずられた」（『木下順二集』五巻解題）という。完成戯曲はぶどうの会が一九六三年一〇月に竹内敏晴演出で初演し（砂防会館）[注1]、『木下順二作品集Ⅶ』（未来社一九六三年一二月）に収録された。

当時沖縄について木下は、以下のように把握していた。

本土は「沖縄というものをつい忘れて日本を論じている」、それは「沖縄を無視したって本土は痛くもかゆくもないという関係」「本土は沖縄を一方的に利用するだけ利用すればそれでいいのだという関係」「そういう政治的関係が、両者の間に（略）非常に長い期間にわたってあり続けた」からである。始まりは江戸期、一七世紀の〈薩摩の島津氏が「支配者」であった時代〉、その後沖縄は清国に近づき、日清戦争によって沖縄と清国（中国）との関係が切れて、沖縄は完全に明治政府の支配下に入った。この時、富国強兵で沖縄は「一番ひどい飛ばっちりを受けた」、そして今度の太平洋戦争だ。「日本本土は、これまでの歴史的関係の中でも、それこそ最大限に沖縄を「利用」した。ひとくちにいえば、沖縄の全滅に近い犠牲において、本土はいわば一億玉砕を免れたのである。」結果「本土の『繁栄』や太平ブームも、またまともな意味での『平和』も、すべて沖縄の犠牲の上に成り立っていると考える考え方が成り立つ」（「『沖縄』について」一九六三年）と書く。そしてこの〈沖縄の歴史と犠牲〉を戯曲「沖縄」に書き込んだのである。沖縄を舞台にした戯曲で初めて沖縄と本土、アメリカと日本国との関係を直視したといっていいだろう。

時は「敗戦から十五年目の夏」、場所は沖縄本土から西南数百キロのちいさな島。一九六〇年の夏のことである。

六月の安保条約改定阻止運動は敗れ、一九日に新安保条約が自然承認、二三日新安保条約批准書が交換され発効する。岸信介首相は役目を終えたかのように退陣した。そしてこの作品の舞台となる小さな島はアメリカ軍に接収されるという話が浮上する。

幕開き早々明治期の沖縄の英雄、東風平村の謝花昇の話が出される。(注2) 現代の謝花昇は喜屋武朝元、区長の息子だ。彼は沖縄にできた唯一の大学に通っている。久し振りで島に帰ってきた。この島の豊年祭りがはじまる時であった。

一幕の１場は、一九六〇年現代の夏の浜辺。安保条約が発効された夏。

トランジスタ・ラジオの音楽が鳴る中で朝元を中心に那覇にいる友人の玉城・玉城の女友達垣花シズ・朝元の妹はな・はなの恋人で村の青年団員伊原野ら若者たちの口から、この島がアメリカ軍に接収される話がでていることが知らされる。敗戦後一五年も経過していて、にもかかわらず沖縄の島には戦後がまだ来ていないことがわかる。そしてここには昔からの旧い沖縄の歴史も息づいている。

この劇は、その〈新しい動き〉と〈はるか彼方からの政治的文化的歴史〉、そしてつい最近の〈沖縄が犠牲になった戦争〉との三つ巴の政治と文化のぶつかり合いが描かれるのである。その描出方法は、ディテールスはリアリズムで、舞台転換や場の表現は自然主義的演劇ではない。「暗い火花」以来の木下の表現方法を分りやすくしたと見ることもできる。

彼らの話題の中心は〈接収〉だ。「アメリカーが攻めて来る」のではないかと言ったかと思えば、「接収というのは本当かもしれんな。」と呟き混乱している。が、「攻めて来ることが絶対ないとはいえんさ。なにしろ向うは、こちらの意思や常識を超えた絶対的な存在だ。」と位置付ける。更に「取り上げた土地の代金、ちゃんと払います。土地を離れた農民諸君は、基地でどうぞ働きなさい。商売しなさい。」「通貨をドルに切りかえたから、アメリカ資本の会社はふえる。」「沖縄資本といっしょになって、あっというまに大きな製糖会社はいくつもできる。どうかそこに雇われて、賃上げ闘争、労働時間の短縮競争」などなど「何でも大いにさわぎなさい。それならば構いません。」と現在の周到な〈アメリカー〉の沖縄支配を告げるのである(注3)。アメリカの沖縄政策に反対さえしなければ、なにをしてもいいのである。

次の2場では、少し前一五年前の戦争だ。洞窟の中。この島に戻ってきた波平秀が居る。秀は過去の時間を確認するために、あるいは忘れないために洞窟へ来る。前場のトランジスタ・ラジオの音楽やジェット機の音などが時々聞こえる。そして秀の耳にアメリカ軍の「無駄ナ、抵抗、ヤメナサイ。――出テ、コイ。出テ、コイ。」「――火炎放射器デ、焼キ殺シマス。」が響く。秀の心の動き、幻覚あるいは幻想だ。

この場に聞こえる男の声と見えてくる姿は、喜屋武朝元。秀が出会った人と年頃の同じ朝元にかつての想い人を仮託しているのである。男の声が朝元であることは観客にだけ分るというト書きがある。

秀の声と男の声。戦争中の師範学校女子部と鉄血勤皇隊の男子部の学生たちの戦時中の在りようが二人の対話で綴られる。秀が密かに恋心を感じていた人、しかし言葉も交わさなかった男子学生らしき存在。照明と音楽（「学徒出陣の歌」「勝利の日まで」「海ゆかば」の混成ハミング）がト書きに指定されている。秀が呼ぶ男子学生の名前は、南風原《はえばる》。1場と2場の照明と音楽の使い方は、「暗い火花」に似る(注4)。

暗やみの中から声がして、懐中電灯が光り、現実時間へ戻る。島の男山野が登場する。山野は本土の人間で軍隊の時沖縄にいた。彼はこの島で一肌上げようと思っている。自分が声を出して読んでいた手紙を聞かれたと思い、秀を問い詰める。が、秀は過去を彷徨っていたから聞いていない。過去の男との対話は「心の鳴り寄せ」だったのかと自身に問う秀。それを聞いて「神寄せ、神移り」、「ユタでなければノロのような」そんなことができる女なのかと執拗に問いただす山野。山野が秀を利用しようと考える伏線が張られたのだ。

秀は又、過去に戻っていく。「大きな蛆虫――人間のからだぐらいある大きな蛆虫――少しずつ、あたしの体の上に乗ってくる――少しずつあたしのからだをなめ始める――」

秀の独り言のような言葉を聞いて山野は「奇妙なうなり声――汗をふく」。蛆虫は、山野にとって戦時中に死んだ兵士であったようだ。このセリフを聞くと秀は陵辱されたと思われるが、それはまだ分らない。「その中にぼおっと浮んでるあなたの顔――あなたの顔――ああ（倒れる）」、〈あなた〉は、恐らく南風原。そして現在の朝元。

山野が抱きとめると、喜屋武朝元が現われる。気付いた秀は、朝元を南風原と思い縋りつく。そして秀と同じように死体の山の底から抜け出した経験を持つ山野は、「そうだったんだよ。おれもそういう――はゝは。苦労したですよな、お互いにな。（略）あんた、おれの力になって下さいよ。」と秀に。山野はこの島に伝わる古い神事を通じて秀に助けてもらいたいと考えているらしい。しかし何か得たいの知れないところのある男である。

朝元はアメリカが接収にやってくることを告げる。山野は「今さら今ごろアメリカにこの島占領されてたまるかちゅうんだ。このかんじんかなめの時によ。一億総決起。絶対撃退だ。」と反論する。あくまでもアメリカと闘おうという。まるで戦時中の兵士のようだ。

秀は、山野が「日本の本土から来たヤマトゥチュー」だと知っている。「あんたは何でこの島におるの？」と問う。山野はこたえず、秀に同じ問いを返す。

秀は、洞窟へきて過去の時間を取り戻していた。朝元と秀の対話は、子供時代の沖縄、その後の沖縄の話へと移行する。

朝元 「今の沖縄の街など、空しい繁栄で一杯です。」

朝元 「しかしどうして島に戻って来たんですか？」

秀 （やわらかく喜屋武を抱く）「あたしはあなたがやりたかったに違いないことをやってきただけよ。――それをやって行こうとしているだけよ。――たぶん今夜のうちに、あたしはそれをやってしまうんだわ。そのことをするために、あたしはきょうまで生きてこられたんだわ、きっと。（略）あたしにとってとり返せないことを、どうしてもとり返すために。――（強い抱擁）」

秀は戦後初めて、この時、島に戻ってきたのだ、「どうしてもとり返すために」……

二幕は、「深い森の中の広場」、つまりこの島の文化と政治の歴史が示される。登場人物は、ほぼ二人ずつ登場して〈アメリカーの接収と島の人のそれへの対応〉の進展具合を対話の中から動かす方法がとられている。そこに秀の〈ノロ後継ぎ問題〉とこの島の歴史が絡む。

「月の出の直前の薄明かりの中に、踊る人々と、泡盛を飲みながらそれを見物する人々とがいる。」に始まる長いト書き。女神と男神が踊っている。この場も照明や動きが克明にト書きに示される。「歌と踊りは例えば紗幕の向うにへだてられたように弱まり薄まり、対話に対する『背景』とならねばならぬ。」というト書き。

この場は全て、主要人物は舞台前景に、踊り舞う人々は紗幕の向う後景にいる。沖縄の小島に伝わってきた豊年踊りを背景に置いて、前景で現在時間のドラマが動き出すということなのだろう。つまり現在は過去との連続のなかに存在するからで、それを表現しようとしたのだと推測される。

木下が、ドラマの内容ばかりではなくその表現、形象化に心を砕いていることがよくわかる場である。小説と異なる戯曲で、立体的に形象化しようとしている。どこまでも新しい舞台表現を追及しているのだ。これなども現在の舞台機構を使用すると簡単に表現できるし、実際奥行きのある舞台を使用する宝塚ではいつも幻想場面、あるいは同時間の同時行為を示す時などに利用されている。木下は、舞台表現の何歩も先を歩いていたといっていい。

初めに登場するのは、山野武吉とその妻けい。山野は、秀を見張る様にけいに言う。そして「ツカサの婆さまがあの人を後継ぎにする儀式」を成功させること。秀は嫌がるだろうが、「儀式を成功させるんだ」という山野は、秀が自分の言う事をきくと考えている。その根拠は、何か……、不明であるが死体の山から生き延びたという共通体験を根拠としているのかもしれない。山野は「この島で、村長さまや区長さまに負けねえぐれええらいことになるんだ」と告げてけいに全てを託す。

次がけいと秀。二人の対話は、けいの旦那さん（山野）と秀が初めて話したということだ。山野はいつもリュウキュウを避けていたから……。それは何故か……この疑問はあとで解明される。二人は踊りの輪に加わる。

そして次に山野と伊原野。山野は、青年団の伊原野にアメリカーへの反対運動をけし掛ける。「団体交渉ちゅうやつさ、そして、その勢いであした村長さまんとこへ押しかけるですね。」、あくまで反対を貫こうとする山野。

次は玉城と喜屋武朝元。この二人の場は長い。朝元は父が区長で伯父が村長、父はパイン工場を、伯父は製糖工場を経営している。つまり朝元はこの島の裕福な支配階級の出身なのである。この二人の対話は、現在問題になっている接収と過去から続いている豊年祭りの神様の話――玉城は、そんな神事を今も信じているのかと聞く。朝元は「おれがひとり前の村の人間になったことをこの祭で認めてもらったのは。あの祭のよるは、おれもあの神さまたちを本当に信じたのかも知れん。」といい、一番奥のガジュマルの木々に囲まれた、ガジュマルの座敷と呼ばれる場所で何が行われるのか、尋ねる玉城。それには応えない朝元。「秘密は誓いに従って絶対に守らねばならんのさ、そこで何をみたかということについては。」

紗幕の向うにツカサの老女が現われる。朝元が「この島最高のノロだ。島の生活は戦前までは、あの人の口ずさむ神のことばを中心に回転しとった。（略）区長よりも村長よりも、時には国家権力よりも人々の心の底に重く生きておったんだ。（略）娘が娘のままで、気品高く老いたようなおばあさんだ」と話す。これは山野が秀をこの老女の後継ぎにしたい理由を炙り出す。〈秀は自分の言う事をきく〉と、何故か思っている山野は、秀の言葉を通じてこの村を掌握したいと考えているのだ。この山野の狙いも朝元や玉城の対話から浮かび上がる。

山野は〈ヤマトンチューの軍曹〉、「あいつはとてつもない幻想にとりつかれとるらしい。今度の事件をうまく使って、一挙にこの島のボスになろうと考えとるんだ。」と朝元は見透かしている。同時に接収に対応する手だてがないことを彼も島の人々も知っている。どうにもできないのだ。

アメリカの占領下で沖縄は「怒りの島」になった。「赤い市長」を出現させた。しかしこれは「アメリカに、より柔軟な占領政策を教えてやったちゅうことなんじゃないのか？　え？　（略）あの頃のエネルギーはどこへ行ってしまったんだ？」「アジア全域に対する極東最大の核戦略基地、絶対不沈の航空母艦沖縄は、昼夜兼行でますます堅固に完全に構築されて行きよる。」と玉城は怒りながら、今沖縄全体をおおっている平穏さを不思議に思う。

朝元は、今夜なにかがやってくるような気がするという。秀は「どうしてもとり返しのつかんことをどうしてもとり返すための、何かを。」今夜する。それがなにか、秀にもわからない。秀は「それが何なのかは、まだあたしに分らないけれど。——あたしをしっかりと見ていて。それをあたしにさせるのはあなたなんだから。」という。

朝元は、「あんたがやること、それはきっと、おれのやろうとしてどうしてもやれないことなんだという気がする。（抱擁）——あんたはふるえていますね。」

この場の二人の対話は、神がかっている。二人だけしか通用しない言語空間が構築されている。俗を拒否する何かなのだ。秀は沖縄の人々が抱えていたやりきれない想いを、澄んだ佇まいの内に体現しようとしているのかもしれない。

山野は、〈娘のまんまの秀〉を、〈そうでなければならないのだよ、あんたは。いいな?〉といい、あたかもそうではないことを知っているかのように念を押す。〈虚〉を貫かせるかのように……身震いする秀。

そこへすえがでてきて、死んだ亭主の声を聞かせてくれという。「チョウセンとリュウキュウお断わり」(注5)の貼り札が工場中に貼ってある場所で働いていた「リューキュウ」の亭主は、その後兵隊に取られてまたそこで差別に合う。「沖縄兵だもんでまるで捕虜みたいに扱われて」そして戦死した。

亭主の声を聞かせてというすえに、秀は「あたしは、あたしは、あんたの思っている人とは違う、あたしは！」と「絶叫する」が聞き入れられない。ツカサの老女やノロたちが秀の周りをまわり秀を連れて消える。

次の場で、村長は「アメリカー」の言う事をきくと言いだす。「なんしろアメリカーにまけたんだからな。アメリカーは沖縄じゅうを隅から隅まで支配しとるんだ。」「けどアメリカーちゅうのは、いってみりゃ沖縄の神さまだ。神様のするこたァ何でもいいこった。正しいこった。」日本の〈神様〉は決して正しくなかったことを、心ある人々は知っている。このセリフは逆説的で重く、まさに先にふれた〈流される〉行為なのである。

そしてツカサの儀式が始まる。秀を中心にし白衣の女たちが取り囲んでいる。あがなう秀。最後に秀は絶叫する。「あたしのからだはきよくともなんともない！　あたしのからだは何度もけがされた！　日本兵からも、アメリカ兵からも、何度も何度も！」、混乱がおき、「何もかも、こらァワヤだ！」と惑乱する山野。「南風原さん！」と秀の声がつらぬく。そして朝元の腕の中に倒れる。

山野はヤマトの製糖会社から来た手紙をみせ、この島を領有しよう、島を守ろうと叫ぶが、玉城に、新しい刑法が沖縄で公布されたと指摘される。ドルが通貨の沖縄はアメリカと同じ、日本本土は、沖縄にとって外国なのだと……。

秀が山野の顔をみて、「この人がこの人を殺したんです！」と叫ぶ。つまり山野が南風原を殺したと……！

三幕1場、もとの洞窟。秀と朝元と山野。

山野は洞窟でアメリカという敵を監視する場所を作っている。三者のセリフは三人になったり二人になったりする。山野が仕事をしたり、眠ったりして、二人または三人の場が展開する。

秀は、朝元が南風原に似ているという。一五年前に死んだから、そのときのまま、「その人は、それから一つも年をとってない。――一つも年をとってないその人がそこにいるように見える。こうやってあなたを見ていると。――」

そして朝元に朝になるから森へ行きなさいという。

秀は残る。目覚めて森へ行こうとする山野に、「あんたも沖縄の人間を殺したの？」と問う。秀は日本の兵隊が沖縄で「十人のうち九人までがひどいことをしたわ。」と、島尻で体験したことを語る。言葉を濁す山野は、当時の状況に〈流され〉たことをごまかしながら言う。本土の町に「リューキューとチョーセンお断わり」という札が貼ってあったと秀が言えば、山野は「あわてて」しかし堰をきったように誰にも話さなかった〈心の闇〉を話し出す。秀にはそうさせる透き通るような「人を見とおす」ところがあると山野はいう。

この島にいる自分は「『ヤマトゥンチューお断わり』ちゅう貼り札」が「どっちを見ても貼ったるような思いでおらぁ、息こらしてこの十何年――なるたけ人さまの眼障りにならねえように

ならねえようにって（略）ハブが一杯おるすすきっ原にぽつんとおったてて住んどる」と心の闇を吐露し、「あんたはおれに。え？　まるでおれが生きとることが、こうやって死なねえでおれが生きとるちゅうそのことが、それがそのまま悪いちゅうとるみたいじゃねえですか、あんたは。え？」と問う山野。

秀「（ほとんど叫ぶ）そんなら誉めてあげましょうか。あんたはそれでもましなほうに違いないわ、あんたと違ってそんなことなんにも考えないでのんきにしゃあしゃあと生きとる人たちにくらべたらね。は、は。肩身のせまい思いをして息をこらしてはあはあいっとるだけきっとあんたはえらい人なんだわ。あっはは。」と叫ぶ。それでも山野の罪は消えないからだ。山野はここで沖縄に対する鬱憤晴らしを口にする。

「おれにいわせりゃ沖縄のやつらぐれえだらしねえ人間はいねえちゅうぐれえのもんだ。いつの世にもご主人持ちでへいこらしてやがってよ。やれ薩摩だ大日本帝国だ、やっと済んだらこんだアメリカーだ。しょっちゅう首根っこ押えつけられて頭ァなでてもらって――（略）沖縄人の乞食根性うたったことば、昔からあったっけな。え？」

秀「あんたがいくらそういうことといったって、あんたのしたことは消えやしない。」と問いつめる。

息巻いて話す山野。沖縄人はアメリカのスパイだと日本の軍隊は見ていた。「情報宣伝に使っとった学生よ、組にして毎日近辺の民家を、爆撃のなか軍情報の伝達に廻らせとった、そン中の一人がスパイ行為やっとるから斬れちゅう命令がきたんだ。」

秀は「いや！　いや！　——（耳をおおう）」　秀の手を「耳からもぎはなしながら」「夜中にぐっすり寝とるとこォ引き起こしてある地点へ案内命じて、やい聞け！　聞くんだ！　さみだれのビショビショ降っとるまっくらやみの中ァスタスタと歩かしといて——」「うしろからクバ笠ぐるみバシャッと叩っ斬った。」「おらァ腰ぬけの沖縄人の根性、叩きなおしてやっからな。てめえより上のほうばっかり拝んで廻るなァやめにしろ！」

秀「——この人が——あの人を殺した——」山野が南風原を殺した。無意識に秀は洞窟にぶら下がっている山野の命綱を切る。ここでまた秀の声が「中空を流れる。」

出てきた朝元は綱が切れていることを発見する。「——それをさせてくれるのは、あなたなのよ——（秀、とりすがるように喜屋武を抱く）」

「あたしのうしろにあなたが立ってる——」

山野を殺すことで「どうしてもとり返しのつかないことを、どうしてもとり返す——」ことがはたして出来るのか……。

三幕2場、一幕1場の浜べ。朝元と秀、綱を切った事を語り合っている。秀は綱を切る気はなかったけれど、自然に切ってしまった。

秀「それは自然なことだったとあたしには思える。あたしはやっぱりそれをしなければならなかったんだもの。」

秀「おっさんは、自分の責任ではない全部の責任をしょって固いさんご礁の岩の上に落ちてしまった。あたしに、綱を切られたために。」あんたじゃないという朝元。

朝元「それはおれです。しかしおれではない。おれだけじゃない。みんなです、この島の　いや、この島だけじゃない。みんなです。沖縄のみんなです、この責任をしょわなければならんのは。そうだ。あんただけの責任じゃない。」

そしてみんなに話してくれという秀。「全部を分ってもらうためには、おれは一体どうすればいいんです？」それには答えず、秀はニライカナイの国に話題を転ずる。

「沖縄の人間が、永い永い苦しい生活の中から生みだした理想の国」「すべてがしあわせと豊作を約束される国」「誰からも支配されず。誰をも支配せず」「誰もが誰もを愛していて、誰もが誰ものしあわせを喜んでくれて」「誰からも搾取されず、誰をも搾取しない国」

いつの間にか二人は理想の国の世界に飛ぶ。

秀「あたしはあなたを愛しているわ。」

朝元「おれもあんたを愛しています。」

けいが青年団の話し合いが続いていることを報せに来ると、秀はけいに「あたしをゆるしてね。」といって去る。入れ替わりに伊原野はじめ大勢が出てくる。そして「きょうのうちに宮古へ代表送ってあっちこっちの組織へ訴えかけようちゅうことに大体きまりよるんだがな。」と話の成果を告げる。沖縄は再び立ち上がろうとしていた。人々は新しい行動に移る決心をしたのである。

伊原野が崖下の山野を見付ける。「落としたんだ。崖から。」と言う朝元。「誰が?」と問う伊原野。そして一瞬、〈間〉が襲う。

シズ　（ある高みを指す）あ！　あれはだれ?

けい　あ！　あの人だ！

伊原野　ああ、真赤な朝やけの中に、浮きだすような真白な姿。（叫ぶ）おおい――

○　おい、あらァ、飛ぶぞ。

○　そうだ、飛ぶぞ。

間――

皆の叫び――

――急速に幕

秀は飛んだ。どこへ飛んだのか……ニライカナイへか、海か、宙か、それはわからない。が、「自分の責任ではない全部の責任をしょって固いさんご礁の岩の上に落ちてしまった」山野を、落としたその罪、綱を切ったその「全部の責任をしょって」飛んだ。そうすることで人々が状況に〈流されない〉ように、あるいはまた、あたかも残された人々の国が理想の国に変ることを願っているかのように……飛んだ！

この結末は、非常に詩的である。が、どうにもロマンティック過ぎるよう思われるが、はたしてそうなのか……。

ここでわたくしたちは「夕鶴」の最後を思い出さなければならない。つうは自らの無意識の行為、良かれと思ってした行為——布を織ったこと・都の話をしたこと——が与ひょうを変え欲望を喚起させ、つうを追い込み、結果大空へ、宙へ立ち去り、永遠に飛び続け、彷徨うことになる、あの場面だ。非常に酷似している。

しかしつうと秀は全く正反対の立場で彷徨うのである。秀は、〈どうしてもとりかえしたい〉と思い〈とりかえすため〉〈皆の罪を背負い〉、一人で責任を抱え込んで海に沈んだ。永遠に大海原で彷徨う行為を選んだ。こうしてみると秀の行為もまた、〈己の強い願望を果たすことでわが身を破滅させる〉という木下のドラマトゥルギーから生み出された存在であったことがわかる。そうであれば、一見ロマンティック過ぎるような場に、実は〈とり返したい願望〉〈愛〉〈希望〉を、どうにも書かずにはいられなかった木下順二の想いを、読み取ることができるのである。

（注1）波平秀・山本安英、喜屋武朝幸・小沢重雄、息子朝元・久米明、娘はな・亜木英子、玉城・伊藤惣一、伊原野・小野泰次郎、山野・桑山正一、妻けい・土屋美智子、すえ・福山きよ子、シズ・青木和子。

（注2）謝花昇（じゃはなのぼる）について、木下は「謝花昇の目」（一九七〇年一月一三日朝日新聞）、「私にとって沖縄とは何か」（『テアトロ』一九七一年七月号）で記している。明治二〇年代の初めに、沖縄の優秀な子を日本へ内地留学させるという本土の慈恵政策として一人農民の子であった謝花が、他の士族や貴族の子と共に選ばれた。学習院から東京帝国大学へ進み、林学科を一番で卒業する。卒業後農林技師として沖縄へ帰り、沖縄のために農業政策、林業政策を行おうとする。が、本土から赴任してきた奈良原繁と対立する。そして破れ、発狂し、一九〇八年四三歳で亡くなった。皮肉なことにその年、奈良原は退官して本土へ帰ったという。

　謝花昇に関する評伝は大里康永著『沖縄の自由民権運動』（大平出版社）があり、日本人の沖縄意識を批判した本に太田昌秀著『醜い日本人』（サイマル出版会）がある、と木下は上記の中で記している。

（注3）「沖縄」のセリフは『木下順二集』五巻（岩波書店一九八九年）から引く。

（注4）「沖縄」の表現・展開は、「暗い火花」によく似ている。わたくしのこの読後感は、（注3）に記した五巻の解題で、江藤文夫が完成版「沖縄」の初出は「未来社刊『木下順二作品集Ⅶ』に『暗い火花』とともに収録・刊行された。」（三五九頁）と記しているのを読んだ時に、やっぱり……そうなのだ……と頷いてしまい、納得した。木下の選択——作品収録は、同類作の集積であるから、この収録に作者の意図を受け取った気がしたのである。

（注５）「チョウセンとリュウキュウお断わり」の張り紙は、現実に存在した。同様に東京では、アメリカ占領統治下の七年間、接収された建物で「日本人は使用をご遠慮ください」とトイレのガラスに赤いペンキで書いてあって非常に屈辱的な思いを受けたと菊田一夫は記している。拙著『菊田一夫の仕事　浅草・日比谷・宝塚』（社会評論社）六三頁を参照されたいが、日本人――ヤマトゥチューは、自分達が体験していた屈辱的な惨めな思いを、沖縄や朝鮮半島の人々にしていたのである。木下が「考えさせられた」という藤島宇内の「日本の三つの原罪」については次節の（注２）を参照されたい。

「オットーと呼ばれる日本人」

未完の「沖縄」を『群像』に発表した後、木下順二は「沖縄」の完成を先に延ばして、一九六二年に「オットーと呼ばれる日本人」を書く。劇団民藝の宇野重吉からの作品依頼であった。岡倉士朗記念公演として上演された（注１）「オットーと呼ばれる日本人」は、民藝に宛てた「木下順二初の書き下ろし作品」である。

「沖縄」も「オットーと呼ばれる日本人」も現代の歴史劇である。そしてここで思いだしたいのは、一九六一年から六二年にかけて久保栄（一九五八年没）の「火山灰地」（村山知義演出）を久保没後記念公演として劇団民藝が上演したことである。木下は『民藝の仲間』（57号）で、尾崎宏次・宇野重吉と「火山灰地」についての座談会に参加している。周知のように「火山灰地」は一九三八年に初演された日本の一九三〇年代の現代史を描出した戯曲である。当時現代劇として久保は書いた。が、この時、六〇年代には既に戦前のれっきとした現代歴史劇になっている。そしてこの作品は木下も触れているように自然主義的な表現で作られているし、民藝の舞台も同様であった。ＮＨＫに映像が残されているが、実に驚くような見事な自然な俳優達の演技が展開されている。

木下は一九六三年に「戯曲で現代をとらえるということについて」の中で、自作の「風浪」をあげながら「歴史劇というと、例えば『歴史劇の問題』（一九三二年）とか『歴史劇の形象』（一九三九年）とかいう久保栄さんの文章をまず手がかりにして、その後私もいろいろ考えたのですが、『風浪』の頃は、まだ問題をわりと単純に考えていた」という。今は、少し違う。その一つは日本の「原罪」(注2)についてであり、もう一つは時代に「流される」ということについて考えたというのだ。つまり一九三〇年代半ばの〈典型的な人物を典型的な境遇の中から描き出した〉久保栄の「火山灰地」とは異なる視点で、戯曲に現代を描出するということを考えた。「沖縄」では「原罪」意識の問題を、「オットーと呼ばれる日本人」では「流される」という問題を、軸にもって〈戯曲で現代をとらえる〉ことを試みたのである。

一九六二年六月に書かれた「日本が日本であるためには」（毎日新聞六月一七日）の中で、〈選択〉というサルトルの言説について触れながら、二者択一の選択が出来る時は簡単だが、今は違う。

「日本人が日本人として主体的に考えを持つこと」その〈選択〉は「そんなに単純ではない」と言う。

それでは過去の太平洋戦争時の〈選択〉は、簡単だったか……。「簡単だった、といえばいえる。戦争協力か、反対か。そして反対という選択を簡単に行って、そして非常な勇気をもってその選択を一直線に守り通したきわめて少数の、十分な尊敬に値する人々が確かにいたことはいた。（略）反対という選択を簡単にとりはしたが、そのように一直線にではなく、もっと複雑に、あるいは柔軟に、時として自他ともにその立場があいまいに見えさえする態度でその選択を守ろうとしたところの、それよりはるかに多くの人々がいた。」

木下はさらに続けて、今日の問題として考える場合、「あの一直線の崇高とさえいえるコースよりは、（後者の…井上）これらの人々がそれぞれにたどった苦渋と苦難の道を考えることのほうが、私たちに多くのことを教えてくれるのではないか。」と問いかけて、「ゾルゲとともに国際スパイ団首魁として処刑された尾崎秀実という人」に、私は最も関心を持たずにいられないし、同時に「そのような関心を、どうしたら自分の問題として、今日における主体造出のテコとすることができるだろうか」と自他に問うたのである。〈苦渋と困難な道〉を考えるために木下は「オットーと呼ばれる日本人」(注3)を書いた。

木下は、ゾルゲ事件に題材を得たこの戯曲の書き方が「あまりに勝手であり、そうかといって、そこからヒントをえたとだけいったのでは、私はあまりに十分に素材を使わせてもらい過ぎている。」と言う。確かに戯曲を読めばわかるが、尾崎の歴史的行為の幾つかが描出されている。が、作家は素材を使いながら自己の思想を展開するのであるから、そこには作家の〈選択〉が、木下のゾルゲ事件にたいするというか、尾崎の在りようにたいする〈選択〉が、ここにはある。

ゾルゲと尾崎の絶対関心事に触れて、木下は「ゾルゲにとっては、特定の一つの国をでなく、直接世界全体を救うことが絶対の関心事」、「尾崎には、世界を救うという構想とともに、同時に祖国であるこの日本を、なんとしてでも救おうとしないではいられぬという切迫した気持があった。」「ゾルゲの任務は広大であるだけ」それだけ困難であり、尾崎の任務は、「その二重性からくる複雑さ」を「内容としているだけ、それだけやはり困難であった」という。木下は、「反対という選択を簡単にとりはしたが、そのように一直線にではなく、もっと複雑に、あるいは柔軟に、時として自他ともにその立場があいまいに見えさえする態度でその選択を守ろうとしたところの」尾崎秀実の〈任務と困難〉を、戯曲で描く。あるいは、こうも言えるかもしれない。

戦時中、「何か発言する。発言して、しかしそれが権力と抵触しない、あるいは抵触のすれすれで発言することによって抵抗しようとする。その論理をおしつめて行くと、発言権が大きくなればなるほど、権力側の意見とか当時の社会状況と妥協する部分が大きくなっていくということだろう。（略）そういう中で発言を大きくしながら、しかし境界線を越えないか、またその境界線を越えてしまって発言しながらしかし抵抗していくという姿勢が、はたしてあり得たかどうか。理論的にはあり得ない。（略）発言権が強まれば強まるほど発言する目的の効果が少なく小さくなっていくという関係があったわけで、そのような関係の中で苦闘した人々があったわけで、そしてそこのところで問題をドラマとしてとらえることはできないか」と考えた。まさに朝日新聞記者として上海に赴任し、満鉄調査部にもいて、のちに近衛文麿のブレーンとなり、諜報活動もしていたオットー・尾崎秀実、「祖国であるこの日本を、なんとしてでも救おうとしないではいられぬという切迫した気持があった」（「戯曲で現代をとらえるということについて」）。他ならないその人について、木下は「そういう一つの視点で現代をとらえてみようとした」と言えるのである。

これは自然主義的表現で描出できるドラマではなかった。切迫した気持でどんどん歩めば歩むほど自身を追い詰めていく。みごとなまでに〈悲劇〉になっている。しかも時間の限られた戯曲でいかように描き出したのか、オットー像を見ていきたい。

先ず、各場をみよう。Ⅰは、一九三〇年代初頭の上海で１・２のＡ・２のＢ・２のＣ・３・４の六場からなる発端だ。Ⅱは、一九三〇年代半ばの東京。１・２のＡ・２のＢ及びＣ・３の四場からなる転回と反転。Ⅲは、一九四〇年代初頭の東京。１・２・エピローグの三場からなる破局。

場所は順に、Ⅰ――フランス租界宋《スン》夫人の豪華なアパート、共同租界にある鄭の部屋、ガーデン・ブリッジのたもと、共同租界にある中華料理店、共同租界にある男のアパート、再びフランス租界宋夫人の豪華なアパート。Ⅱ――男の家、浮世絵の一杯ある画廊、Ｂ酒場・Ｃ南田の家、ジョンスンの家（仕事部屋）。Ⅲ——ジョンスンの部屋、あるビルの中の男のオフィス。
オットーを取り囲む人々を沢山登場させながら、オットーという男の意識と行動を、彼らとの関係性の中から表現していく。
宋夫人は、アグネス・スメドレー、男（オットー）は尾崎秀実、ジョンスンはゾルゲである。Ⅰ幕は上海、Ⅱ幕とⅢ幕は東京。これは尾崎の実際の足跡に沿っている。この頃の史実は以下の如くだ。

関東軍は一九三一年九月柳条橋を爆破した。三二年一月には、錦洲を、二月にはハルビンを占領、三月に日本は満州国建国をする。尾崎は三二年に上海から日本に帰国し、ゾルゲは三三年に日本に来る。三三年一月ドイツでヒットラー内閣成立、二月小林多喜二検挙・虐殺される。六月佐野・鍋山獄中転向、三四年プロット解散・左翼劇場解散。三五年日本共産党壊滅、三六年日独防共協定調印、三七年第一次近衛内閣、四〇年七月第二次近衛内閣——大東亜新秩序建設・日独伊三国同盟・大政翼賛会——、八月新劇事件（新協劇団・新築地劇団・『テアトロ』関係者一斉検挙）。四一年七月第二次近衛内閣解散、ゾルゲと尾崎は四一年一〇月逮捕される。四一年一二月日米開戦。巣鴨拘置所にいれられた二人は、四四年一一月七日に絞首刑にされる。

Ⅰ幕の1、ジョンスンはモスクワからの指令で上海にいる。各国の人々（共産党員）に諜報活動をさせていた。彼は日本の軍隊が満州で何を始めるのか、それが知りたい。「満州の、問題だがね、宋夫人――（略）満州に起り始めている新しい事態から一刻も眼をはなすわけには行かない。なによりもまずすぐ出かけて行って、日本軍のシベリア侵入工作を中心に、全体の状況を手際よく正確にとらえて帰ってきてくれる人間。」

ヨーロッパ人のグループにも、中国人のグループにも適任者がいない。日本人のグループに一人いる。「この仕事は日本人が最も適当だ。」というジョンスンの言葉に宋夫人も賛成する。それがオットーであった。ジョンスンは宋夫人の紹介でオットーを知り、一年間情報分析という仕事をしてもらっている。

が、こんどのは、「明瞭な諜報活動の第一歩だ。」というジョンスン。「これからの仕事は、場合によれば犯罪と呼ばれる性質の行為よ。」という宋夫人。彼がこの仕事を受けるか受けないか、それが二人の焦点であった。既にジョンスンはオットーに話していて、「一晩考えさせてくれといった。」その答えをこれから聞くことになっている。

次の場でその答えがでるのかと思えば、違う。これで時系列で筋が続かないこと、つまり自然主義的表現を木下が飛び越えようとしていることが理解される。

２のＡ、日野と鄭と林から、現在の革命裁判の様子が告げられる。鄭は言う「ひと口に革命といっても、まさに予想されたとおりのことがらが、全く予想もつかない姿をとって次々に現われてきます」と。日野は日本の軍人のタマゴたちに「帝国主義戦争絶対反対。祖国と同胞を侵略戦争のドロ沼に引きずり込むな」と書いた紙切れをマッチ箱に入れて渡すという。これが原因であとの幕で日野は捕まる。鄭は林に紹介したい人がいるのだと告げる。

そこに訪れた青年が、情報と秘密文書、日本政府の出先機関との関係、この組織に入り込んでいるスパイの話などを矢継ぎ早に話す。「共産主義の活動は、すべて現在自分がおる国の党の指揮下に属するのが原則だちゅうんだな。（略）現在中国側の反帝国主義団体には国民党のスパイがたくさん侵入しとるちゅうことだから――」鄭は「証拠が必要です、〈スパイが…井上〉誰であっても。」といい、処理するように頼んで帰す。オットーが来るからだった。やってきた男オットーは、何気ない話を林に始める。

男「しかしこうやって排日排日って、なぜ日本だけがこんなに中国で憎まれなければならんとあなた思いますか？　そもそも中国を最も長く最も露骨に侵略したのはイギリス帝国主義でしょう？　まずイギリス、それからフランスだアメリカだといろいろある中で、なぜあとから植民地争奪戦争に参加した日本だけがこう猛烈にやられると思いますか？」

林「おくれて参加しただけに極端に露骨に軍事的侵略をやったわけですから――ことに満州であああいうことまでやらかすんだから――」

男「いわゆる同文同種で長いつきあいがあるわけでしょう？　日本と中国とは。同じアジアの一員どうしで、だから本当は西欧の侵略者を腕を組んでいっしょに反撃すべき仲間であるはずなんだ。（略）あなた、突然急に長い旅行に出ること、できますね？」オットーは、〈ジョンスンの仕事〉を林に引き受けさせようとしていた。翌日の夕方あう約束をする。

２のＢは、短い場である。上海の喧騒と「打倒日本帝国主義」の貼紙、満州における「日本兵暴虐行為の絵」がみえて、車に……

２のＣ。ジョンスン・宋夫人・男・林たちは、中華料理店で食事をしながら語る。男は、日本陸軍の直接的な目標が、「満州を、どのような形においてにせよ、確保すること、（略）それに成功した場合、そこから更に、ソヴィエト連邦の攻撃に移るか、移らないか。それについては、陸軍の内部でも、恐らく意見が――ええと――対立している（略）それは、もっと大きな、日本全体の問題――政策と、関連をもっている。」

ジョンスンにとって「日本帝国主義は北を攻めるか南へ進むか」それが問題であった。林に北東へ行き、諜報活動をすることをジョンスンは要求する。宋夫人はジョンスンと立ち去る前に、この仕事を何故引き受けなかったかと男に問う。彼は「ぼくの職業がぼくを縛っている。」と応える。林は「非常に大きな組織をぼくは感じるな。――コミンテルンかな。」と聞くが、男は「ぼくもそれは全く知らない。」と応える。諜報集団の現実の在りようが分るのである。

３は男・オットーのアパート。ここでオットーと妻の対話から彼らの関係――妻が兄嫁であったことや彼らが愛し合っていることなど、つまり男の個人的情報がいくつか知らされるのである。上海で何か仕事をしているのではないかと妻が心配する。ここで彼はただの新聞記者でいたくないと語りだすのである。この場はオットーという男がなぜ諜報活動をするのかという伏線として用意された場であることが理解される。

男「新聞記者の仕事というのは要するに事件の分析と報道だ。（略）それはおれには耐えられない。（略）国家の命運に生涯を托す――いやもっと大げさにいうと、日本という国の歴史を決定する事業に参画する人間の一人になりたいという欲望がおれの中にはある。」

妻は心配する。男と同期の浜村が「奥さん、こいつは勝手なやつだから、用心してないとこいつのやることに捲きこまれちまいますよ」と新婚早々言った。一人になった男に突然声が聞こえる。「奥さん、用心しないと捲きこまれちまいますよ。」……浜村の声である。彼は検事になった。

4では、二ヵ月後、諜報活動をしていた林が戻ってくる。「満州を日本政府の完全な支配下に置く、そうして新政権を樹立させるだろう」と林は報告。中国に於ける日本軍の様子がセリフで報告書として作成される。刻々と変わる現在の状況が知らされるわけで、なかなか上手な展開だ。これは説明セリフを避けて軍隊の様子を知らせる必然的な方法である。

この場で男は、社の命令で日本に帰国しなければならないことを宋夫人とジョンスンに告げるのである。なぜ帰国するのか？　「理由は――単純です。ぼくは日本に帰りたい。」と男は言う。ジョンスンは、「きみがぼくたちと切れることは決定的な誤りだな。それは――たぶんきみ自身に対するね。（去る）」と批判する。ショックを受ける男に宋夫人は言う。「ジョンスンという英語の名前を使っているドイツ人は、祖国を持ってないのよ。そこがあんたと、決定的に違うとこ。ジョンスンの中にある祖国は、世界の中に、今ただ一つ存在するあの社会主義の国よ。」

この幕の最後は洒落ている。

宋夫人　「上海。――あんたの第一幕。――その幕が今おろされる。」
男　「そして第二幕。祖国の中での、逃げることのできない重苦しい幕が、やがてあげられるだろう。」

Ⅱの１は、男と友人瀬川のそれぞれの家族が登場する明るい場で始まる。男は今や中国問題の専門家で有名人になっていた。
「きみは今の日本をどう考えてるんだとやっぱり聞きたくなる。きみの近頃書くものを読んでていつも持つ疑問なんだ。」瀬川は体制的だと批判しているのである。転向手記を書いて出てきた瀬川は、拷問の様子を告げながら「転向手記なんてものは、思想の問題でも何でもないんだ。生理の、肉体の問題なんだ。」といい、男に「きみ自身はどうだというんだ?」と迫る。男は「ぼくは日本の党のあの公式的、といっちゃ悪いが、観念的で、不必要に戦闘的だとぼくに思えるやり方では日本は救えないと思う。（略）ぼく自身は、この日本の中で転向手記を書かざるを得ないところへ自分を負いこまないでやって行こうと思う。――そういう立場をぼくは守る。」「あるのかね?」と聞かれて「やってみるだけさ」と答える男。

この対話が、木下が描出しようと考えていた〈困難と苦渋〉の一つに向おうとしている男を表現しているのだ。

瀬川一家と記念写真を撮っているとき来客がある。林だ。林は、上海の様子を知らせる。宗夫人の「嵐の中の中国」の翻訳権をもらったと林に告げる男。スメドレーの「女一人大地を行く」のことだ。尾崎は白川次郎の名で翻訳をした。これは当時よく読まれた本で久保栄の「火山灰地」で足立キミが朗読をする小説だった。一説にはこの翻訳で尾崎は特高から怪しまれたといわれている。木下は史実をそこかしこに散らして入れている。

林はジョンスンの行方を聞く。彼の組織は中国から消えた。状況説明をする林の目的は、中国問題の評論家になった男に就職口を頼みにきたのだった。

2のA、フリッツとジョー、暗号のやり取り、短い場である。つぎのジョンスンの場に……。2のBとCは、舞台上で交互に照明があたり、演じられる。Bは酒場、フリッツとジョンスン、彼は東京にいた。Cは南田の家、ジョーと南田。ジョーは画家である。ジョーが諜報部員として役に立たないことが、この短い場で知らされる。ジョンスンは、日本人の協力者を探している。2のA、B、Cの各場は、ジョンスンが探している日本人の協力者が、男・オットーに決定するまでの場である。

なぜ「初めからあの人に連絡をつけなかったんです？　何年も連絡が切れっぱなしだからですか？」と聞くフリッツにジョンスンはいう。「あの男はいろんな点で最適任者だ。日本に帰ってからも、日本の中での社会的地位は大変あがってる。警察からも全然眼をつけられてないようだ。

（略）ただ彼は、あまりにも多く日本人であり過ぎる。あまりに多く日本を自分の中にもち過ぎてる。」そしてジョーに連絡させる決心をする。ジョンスンは、オットーをよくわかっていたのだ。

３は男とジョンスン。宋夫人の来日を告げる男。そしてジョンスンの申し出を受ける男。

彼はいう。「ぼくは日本の国内法にも、そしてやがて戦争が始まれば国際法にも抵触するだろう行為を、ただ漠然と自分は正しい目的のためにやってるんだからというふうに正当化したくない。（略）この行為を貫徹することは、すなわち基本的人権の確立、そして人間の解放だという信念によってあなたに協力したいと考える、ということです。」

ジョンスン「必要なことはね、オットー、みつからないようにやるということ、それだけだよ。」

男「日本におけるぼくの仕事は、日本の支配層をどう変えて行くかということなんだ。いやもっと正確にいうならば、日本の支配層の力をどう利用するかということなんだ。」

ジョンスン「きみは国粋主義者だ！」

男「ばかな！　それは――あなたもことばを正確に使ってほしい。あなたがドイツを簡単に無視できるようには日本を無視できないという点なら、ぼくはむしろ民族主義者だ。」

二人の論争は続く。ジョンスンはナチ秘密警察隊長のドイツ大使館情報部長と深い信頼関係にある。男は「日本の政治の上層部とその周辺に、相当の数の知人を持っている」と聞かれて、「左から右まで、相当のひろがりにおいてね。そして右のほうの人物とも交際しているという事実が――そのことをぼくは決して隠さないでいるわけだが――一層の発言の自由をぼくに保証している。」と応える男。

先に瀬川と争った時の男の一つの方法が、ここに表明されているのである。

Ⅲの1、ジョンスンの部屋にいる男とジョー。ジョンスンが遅れている。男は総理の側近になっていた。ジョーは、一歩外に出ると「必ずお供がついて来よるし。」と尾行の話をする。男はジョンスンを待つ間に総理の考えについてジョーと語る。「ソ連が盛り返してくると、ソ連は一体日本に対してどう出てくるか分らない。とすれば、何が何でも一刻も早くアメリカと戦争をしないという条件だけは今のうちにつくっておかなきゃならない。」「アメリカと戦争を始めりゃ、六ヵ月で日本が惨敗することは決定的だからね。」

ジョー「労働者はみんな去勢されたみたいに産業報国一本だし、（略）農民たちは『九段の母』かなんかの浪花節ラジオで聞いて涙をながしとるし、日本民族というのはとても革命なんかやれる民族じゃないね。」

男「今年の十月下旬までには南へ向ってシンガポール攻撃を開始する。どうしてもそれまでに総理とアメリカ大統領の直接会談を実現させるより方法はないんだ。」

二人の対話は、いささか長いところもあるが、オットーという男が、日本のことを思って真剣に考えていたことはつたわる。

遅れてきたジョンスンが来る。酔っている。そして彼女のゾフィーが警察に呼ばれたことを告げるのである。ジョンスンは日本を離れようとしていた。また、男とジョンスンの論争が始まる。「軍部が呼号している大東亜新秩序、大東亜共栄圏の理論を、そのままぼくのいう東亜共同体理論へ、社会主義の理念へ切りかえて行くんだ。」という男。

ジョンスンは「歴史は一歩一歩、必然的にしか発展しないものだ。民衆が変わらないで社会が変るものか。」

2は数日後、日野と男。彼は、「右からはぼくは左だというので睨まれてる。左からは右だと思われてる。その上警察からは四六時中つけ廻される。」ジョーが来なくなった。南田の家で絵を書いていたジョーだ。ジョンスンも分らなくなった。彼女がしばらく前から姿をけしていた。

そしてついに警察が男にも眼をつけた。男の職場の部屋の前には受付が出来た。訪問者をチェックするのだ。瀬川が来る。陸軍や海軍の報道班員で従軍したいから職を探してくれという。林も職を頼みに来る。男の立場も怪しくなってきていた。瀬川や林にはわからない、男にだけわかる権力の締め付けの輪が狭まってきていたのだ。

エピローグ。検事と男。検事は大学時代の友人だ。検事は男の転向手記について書き直せといって、一人で語っている。男は無言だ。弁護士が来る。しかし男は無言。国際スパイ。日本国を案じる憂国の士。彼は無言を通す。検事が怒る「何だお前のその態度は！　つけあがってどこまでだんまりを続けるきだ！　よし。今後は一切、日本人のおまえとしてではなく、コミンテルン国際スパイ団の巨魁としてのお前を取り調べる！」

最後に男は語る。

「(やがて) ぼくのこれまでの行動について、一つだけぼくにいえることは――ぼくは、オットーという外国の名前を持った、しかし正真正銘の日本人だったということだ。そしてそのようなものとして行動してきたぼくが、決してまちがっていなかったということ、そのことなんだ。」　幕

「オットーと呼ばれる日本人」は、重い戯曲だ。はじめはゆったりと対話が続く。ついで日本のアジア侵略の在りようを、登場人物の対話を通して描出しながら、オットーという男の「日本を救いたい」という熱い思いを浮かび上がらせていた。各場に警官が出てきて逮捕したり、あるいは軍隊が出てきたりはしない。が、幕を追うごとに男の顔と思考が明らかになってきて、戦争が前景化してくる。

彼は本当に国際スパイであったのだろうか……。日本を売ったのだろうか……転向して戦争で金を得たいと報道班で従軍を願う男とどちらが日本を思っていたのだろうか……という疑問を残す。そんな重い戯曲なのだ。

木下順二は、「尾崎秀実という、かつてせい一杯にその生命を生き切った実在の人の実際の行動から、遠慮なく素材を与えてもらった」という、この戯曲は、われわれに「生きる意味」を突

きつける。

初演の劇評は次のようであった。「この作品の長所は主題がはっきりしていることだ。国家への忠誠と個人の理想との矛盾は、今日も解決を迫られている問題であり、考えさせられる（略）まともな問題に、まともに取組んだ作者の姿勢はすがすがしく、この種の芝居にありがちな重苦しさを感じさせなかった。（略）作者は、映画的な転換を活用して、表現の速度をドラマの進行にうまく一致させているし、演出（宇野重吉）も幕あいの敏速な転換と、対象の明確な演技とをみごとに処理して、成功している。外国人に対してしゃべる日本語が（カタコトを使う意図は分るが）ぎごちない翻訳調で、生理的な違和感を覚えた。（大久保輝臣）」（朝日新聞一九六二年七月二二日）。

戯曲ではわからないセリフの様子がよくわかるが、自然主義的表現を避けた戯曲と舞台は好評だったと理解していい。

強烈なオットーという男の「この国を救いたい」という思いゆえに、この男は処刑された。〈強烈な個性の強烈な想いがその人物を破滅に導く〉、まさに木下のドラマ論がここにはある。木下のドラマ論が素材と戯曲に向う作家の熱い思いとで歩き出す。

「作品を書くことによって自分を変えて行こうとする作者の努力がまた現実をも変えるはたらきを持ちうるかどうか――そのことを通してのみ作者自身も本当に変ることができるのだが――が、ためされることになる。」（「日本が日本であるためには」）と木下は書いた。

受け取ったわたくしたちは、これをわがこととしてどこまで変れるか、がためされることになるのだ。

（注1）演出・宇野重吉、装置・伊藤熹朔、オットーと呼ばれる日本人・滝沢修、妻・赤木蘭子、ジョンスンと呼ばれるドイツ人・清水将夫、宗夫人と呼ばれるアメリカ女性・北林谷栄、フリッツという名のドイツ人・内藤安彦、王・中野孝治、林・大森義夫、鄭・鈴木瑞穂、日野・波多野憲、青年・梅野泰靖、瀬川・松下達夫、妻・南風洋子、ジョーと呼ばれる日本人・下元勉、南田・高野由美……などなど。

公演は、大阪サンケイホールで一九六二年六月五日から始まり、神戸・京都・名古屋と巡演して最後が東京東横ホールで七月一〇日～一五日、一七日～二二日で、その後三一日～八月五日、一四日～一九日と「アンネの日記」が間に入って交互公演をした。民藝で出している『劇団民藝の記録』を参照した。なお、同書収録の舞台写真によれば、舞台は写実的な装置と置き道具で作られている。

「オットーと呼ばれる日本人」は一九六六年に再演され、その後木下は、本書第Ⅲ章でとりあげている作品、「白い宴の夜」（一九六七年）、「審判　神と人のあいだⅠ」（一九七〇年）、「夏・南方のローマンス　神と人のあいだⅡ」（一九八七年）を劇団民藝に書き下ろす。

（注2）木下は藤島宇内著『日本の民族運動』（弘文堂一九六〇年五月）の中の「日本の三つの原罪」を度々幾つかの評論で引く。日本とは日本近代のことで、そこには朝鮮人問題・部落問題・沖縄問題の三つの原罪があると藤島はいっている。「沖縄」はその一つの原罪について書いた戯曲。木

下は中国に対する日本の残虐行為も〈原罪〉に入るといっている。

（注３）ゾルゲ事件の当事者の上申書と手記を現在私たちは読むことができる。

尾崎秀実『ゾルゲ事件上申書』岩波現代文庫二〇〇三年二月、リヒャルト・ゾルゲ『ゾルゲ事件獄中手記』岩波現代文庫二〇〇三年五月、がそれである。

これを読むと木下が、㊙文書で国立国会図書館に保存されている『特高月報』を、この作品執筆時に目を通していたことが理解される。それが木下のいう「あまりに十分に素材を使わせてもらい過ぎている」に当たるのだろう。

なぜならわたくしは一九四〇年に新劇事件で逮捕された久保栄と村山知義の調書〈司法省刑事局発行〉の『新協劇団関係者手記（村山知義・久保栄）』を、一九七三年に国会図書館で閲覧したからだ。この手記は、現在『久保栄研究』第十一号（久保マサ発行）に掲載されている。

第四節　小説『無限軌道』――近代機械文明のゆきつくはてに

川上美那子

一

劇作家木下順二の手になる唯一の長編小説『無限軌道』は、一九六五年九月『群像』（講談社）に一挙に掲載された。この小説は、構想されてから三年余に及ぶ国鉄と国鉄労働者に関する綿密な調査に基づき書き下ろされた作品である。翌六六年単行本となり、毎日出版文化賞を受賞した。作者は、刊行後二三年、一九八八年に「『無限軌道』の思い出―今だからいえる」（『木下順二集』九巻に収録）を書き、すでに国鉄が民有化されＪＲとなった時点でその調査の詳細、この小説にかけた作者の意図を語っている。「山手環状線という一本の無限に続く環（題名『無限軌道』の由来である）によってその生活とほとんど一生とを規制されている人の生き方や考え方―現代管理社会における人間の一典型。流出―暴走という力学的現象が現前してみせてくれる人間を超える力の存在。そしてこの二者の関係。そういうものが私の中にだんだん鮮やかに浮かび上がって来た。」そして『講談社文庫』の帯に印刷してある要約の末尾「巨大なメカニズムと闘う人間の状況を掘り下げ、現代と〈機械文明〉の意味を鋭く問う」が作者の意図に近いと紹介している。

私は、この大きなテーマが劇作家木下順二によって『無限軌道』でどのように小説として結晶しているか、その小説的手法にせまってみたいと思う。

近代小説は、人間の行動と、表面に表出されない意識や心理を同時に書く手法を編み出してきた。戯曲では〈セリフ〉や〈身体表現〉によって、人物の行動と心理を外へ表出するのであって、内部は演者の演技によって観客に伝達される。

木下順二は、一九五〇年に発表、上演した実験的な戯曲『暗い火花』についていくつかの文章を書いているが、その一つ「『暗い火花』のこと」で次のようにいっている。「野間君はこの戯曲のことを、戦後文学の「実験小説」に相当する作品であって、人間の意識の追求を試みようとした「意識のドラマ」だといってくれていますが、それはその通りです。（中略）『暗い火花』で僕は『山脈（やまなみ）』の持っていた自然主義的な欠陥を拭い去ろうとしました。拭い去る方法として、その時僕は自然主義的方法では表現できない（中略）現実に存在して人間と社会を動かしている人間の機能―意識を何とか表現してみようと考え付いたようです。」しかし、その方法は成功したとはいえず、「戯曲とは（小説に対して考えた場合）結局書き切れないものだ」（「戯曲とは―「新劇の危機」に関連して」）という感じを抱いて「出口のない闇」に閉ざされていったとも回想している。

小説『無限軌道』はこうした木下の戯曲の限界を超える手法を模索しながら、強い方法意識と構成力に基づいて書かれたといえる。

この小説は、東京国電（ＪＲ）の山手線（環状線とも）の世代の異なる三人の運転士を登場人物として、三人のある一日の労働と生活を描いている。

なぜ三年もの準備期間をかけて国鉄労働者をとり上げたのだろうか。

いうまでもなく、日本の近代産業は一八七二年新橋―横浜間二九キロメートルの鉄道の開通に始まる。一九〇六年の「鉄道国有化法」によって全国の幹線の私鉄が買い上げられ、全国に幹線鉄道網が張り巡らされ、明治から大正にかけて国鉄は日本全国を結ぶ唯一の交通機関として発展しつづけ、人間と物の流通は日本の産業資本主義を急速に発展させた。

第二次大戦中、戦時輸送に全力を傾けた国鉄は、戦争が終わると苦しい経営に追い込まれ、経営の縮小を図って、大量の人員整理計画を発表、高揚する国鉄労働組合の反対運動の最中、一九四九年、下山事件、三鷹事件、松川事件と奇怪な事件が相次ぎ、人員整理は完了する。国鉄はその公共性によって争議権を制限され、大量の労働者の所属する国鉄労働組合はもっとも強い抵抗力を持つ労組であったが、しだいに労使関係は摩擦が慢性化するようになり、弱体化を余儀なくされていった。

一九六〇年、日米安保条約が国民的反対運動を押し切って締結され、オリンピックの招致、高速道路の拡張、新幹線の発足など高度成長政策が推し進められ、『無限軌道』が発表された一九六五年は、米国のベトナム戦争が拡大、北爆が始まり、戦争に反対する運動もまた、広がり世界情勢は緊迫していた。

なかでも、国鉄は労働人口の集中と相俟って、東京のダイヤは世界一過密といわれる中、過酷な労働が国鉄労働者に強いられていた。

つねに、時代と対峙してきた木下順二ならではの問題意識に支えられて国鉄労働者を中心に高度成長政策と向かい合うテーマであったと思われる。

『無限軌道』は現在に至るまで、解題、解説のほかは、管見の限りまとまった批評や論が書かれていない。

一九六五年十月号の『群像』誌上の「創作合評」で、大岡昇平、平野謙、勝本清一郎という当時の錚々たる作家、批評家が取り上げ、勝本は「新感覚派につながる構成派的な乾いた新しい小説」とその方法を評価し、大岡は「新感覚派よりむしろ「意識の流れ」の手法」を評価している。が、総じて三人とも人間同士の葛藤あるいは人間と機械の相克が希薄だというところで一致しているが、ただ大変力のこもった難しい小説だとして評価は揺れている。『現代の文学８』（講談社、一九七四・三）に収録された際、「巻末作家論」で、渡辺広士がこの小説を取り上げ、「個人を超え、個人を圧倒しようとする巨大な力（中略）その力とは言うまでもなく、メカニックな機械と技術と組織の力である。そのことはまさにチャプリンの「モダン・タイムズ」以来、たくさんの作品による批判的な摘出を受けてきたことだ。だが、「無限軌道」が独特なのはそれを大づかみな警告ではなく、またある問題的な側面を誇張するか観念的な構図仕立ての批判でもなく、あくまで今日の労働生活の現実に即しているということだ」と指摘し、北川が事故を起こす場面を引用して、意識と手と足とを使って何とか事故を食い止めようと必死に格闘するところにテクノロジー全盛の時代の人間的なものの姿をみており、この小説が最後に電車の「自然流出」という象徴的事件でドラマチックに終わることを高く評価している。

二

さて、新しい構成力と意識の流れ手法が、この小説でどのように効果を表し、展開していくかを、作品そのものを解読することによって、その新しさと現代に通ずる機械文明と人間の相克を明らかにしていきたい。

0章から5章までの章立てになっているが、0章は平常国鉄の環状線とはどのように運行されているか、機械の細部を細かな数字をつかいながら説明している。いわば、1章以下の三人の運転士たちの仕事と生活を理解するための予備知識を読者に与える働きをしている。

この小説は、南庫吉、西口信吾、北川出、三人の山手線運転士の多分未だ寒い春先の「ある一日」の行動と生活が、徹底して時間に分割されながら書かれている。彼らは二八日周期で予定が定められており、AがBの現在を知ろうとすれば、勤務中でありさえすればぴたりとその場所を知ることが出来るほど、分刻みに分割され制約されている。、したがってこの小説では時刻が何時何分何秒まで、人間を支配し拘束していることが前提となっている。

1章は、「その朝、西口信吾は決められた時間通り―二八日を周期に運行させられている彼の生活のダイヤどおりに、というわけだ―朝五時きっちりに家を出た。」と始まる。

南庫吉についても、やはり「その同じ朝南庫吉は―やはり二八日の周期で運行させられている彼の生活のダイヤどおりに―五時きっかりに、k駅のプラットホームに立っていた。」と始まり、北川出が登場するときも「その同じ朝北川出は―やはり二八日の周期で運行させられている彼の生活のダイヤ通りに―五時きっかりに」と始まる。同じ「二八日の周期の運行」というフレーズが使われ、彼らがいかに時間に拘束されているかを暗示しており、三人が同じ章に登場するのは、1章と最終章の5章だが、ダイヤの時間にしたがって別々の行動を取っており、三人が一箇所に集まることはなく、平常、実に孤独な労働生活を送っている。

ベテラン運転士の南庫吉はほぼ五〇才前後、戦時中から父親ともども運転士として働き、西口信吾は多分三十代後半、北川出は、ひとり立ちの運転士になったばかりの二三～二四歳、三人とも運転士を志して厳しい試験を通ってこの職業に就いたのであり、この仕事を愛し、誇りを持っている。そして、多分運転士として職業生活を終わるであろうと考えている。1章の「その朝」とはこうした彼ら三人にとってそれぞれ不可抗力的な出来事に襲われる特別な日なのである。

この小説は、綿密な構成によって考え抜かれて書かれているが、先ほど紹介したように三人の年齢的配置にまず現れている。年長の南庫吉は戦時中からの運転士であり、敗戦後米軍占領期、労働運動が高揚する中で、一九四七年二月一日に計画された日本労働運動史上最大のゼネラルストライキがマッカーサーの命令で不発に終わった――いわゆる二・一ゼネストを経験しており、その後国労労働組合員として、基地拡張反対闘争、六〇年安保闘争に参加、高度成長期この小説の現在までの戦後労働運動史を生きてきたといえる。西口信吾は、現在国鉄労働組合の活動家であり、安保闘争の際、国労のゼネ・ストを体験している。北川出は、高度成長期に育ち、個人主義的考えを持つ若い世代である。北川は南を指導者として半年余、南について運転技術を学び、南に親しみを持っており、南も息子と同年の北川を最も愛する弟子と思っている。

こうした三人の人物の配置によって、日本の敗戦から高度成長期にいたる歴史を読者もたどることが出来るように構成されている。

三人にとって運命的な日になる〈その朝〉、西口信吾は、上空を飛ぶ飛行機を見上げ、墜落したら〈みんな死んでしまうのかな〉とふと思う。語り手は「西口信吾が何にせよ「死」ということを考えたとしたら、それはそういうふうにしてであった。」と記す。

南庫吉もまた、吹きさらしのフォームの上で胃に痛みを感じ、「ずいぶん長いこと生きてきちまったもんだな。（中略）どうせ死ぬのだとするとどういう死に方をすることになるのだろう」とふと思うのである。

北川出は、その日泊仕業（半徹夜で運転し宿舎に泊まって翌朝五時に勤務につくことをいう――筆者）で休養室で仮眠していたが、布団の中で恋人のｋ子とスキーにゆき、スロープを滑降しており、

k子がスキーだというのに〈真っ赤なスカート〉をはいて急スピードで北川を追い抜き下降していく、真っ赤なスカートは風でどこまでも広がっていく。北川は追いすがりながら、k子が異空間に飛び出してしまうのではないかという夢をみており、この夢を運転中に思い出し、「あのはらはらした気持ちはいよいよ死ぬっていう時の……」ものなのではとふと思う。

こうして、〈その朝〉三人とも死を予兆させる想念に襲われている。〈死〉への予兆をはらみながら、〈ある一日〉は始まる。先にも述べたようにこの三人の関係は秒刻みの〈時間〉によって支配されており、北川の電車と南の電車が山手線内回りと外回りですれ違ってもお互い気がつかない。ただ、二八日周期の勤務ダイヤ表をみれば、何週先の何時何分にお互いがどこにいるかはわかる。「そういう関係が三人を支配していた」のである。それは、三人だけではなく、東京の国鉄に働く人々、―五〇〇〇人以上を支配しており、全国に広げれば際限なく広まっていくともいえる関係であった。

三

２から４章は三人の登場人物の一人一人に焦点をあて描いていくが、２章は、若い北川に始まる。ただ、北川が南庫吉を「指導運転士」―当時は「お師匠さん」と呼ばれていた―として、ひとり立ちの運転士になったため、南自身の過去の回想が折々挟み込まれ、いわば、南の回想を通じて国鉄という巨大な組織の歴史を、北川のみならず読者に印象付ける場面ともなっている。

この小説は、三人の人物の〈ある一日〉の物語だが、記憶、回想、幻想という語りの装置によって、読者は過去と現在を往来する広い〈時間〉を体験することになる。

若い北川が南に半年余運転の実際を教えられることで―ということは常に行動を共にしていることで―南庫吉という日頃無口で年齢より老けて見えるベテラン運転士の優れた指導者としての一面や性格、そして時折一緒に泊まりになったり、外で食事をする折に、語って聞かせてくれる回想という形の語りがはさまれることによって、国鉄の過去の歴史が浮かび上がり、また若い北川の心中の感想が様々な記号を多用して挿入されることで、世代間の違いも見えてくるという効果を生み出している。

この章は、そうした広い視野を読者に与えるが、一方北川出がひとり立ちになって運転が面白くてたまらない時期に、同期生中最初に起こしてしまった人身事故―〈マグロ〉と呼ばれる―〈真っ赤なスカート〉をはいた若い女性を轢いてしまった、それこそ〈一生忘れられない〉悪夢が、〈その朝〉北川が見た夢に重なっていく幻想的場面など入り組み、この章は、複雑な小説的技法によって成り立っている。

南庫吉の戦争中から敗戦の混乱期の回想は、今は年齢より老けて見え、疲れた相貌の南からは想像もつかないような労組の青年部の一員として活動した二・一ストの思い出―南は〈それこそ一生忘れられない〉というが、その当時を語る彼の生き生きとした表情が、北川の視線によって捉えられ、南のくたびれた身体が、いかに現在高揚感などない労働生活を送っているかを物語る。

南の身体や頭へ口伝によってたたきこむような優れた指導の下で、ひとり立ちになった北川が、時間に拘束されているためにｋ子との出会いすら間々ならない苛立ちとｋ子への恋情との葛藤と、初めて〈マグロ〉体験をしてしまい、その悪夢的な幻想の中で、電車を愛し、巨大な機械としての電車を自らの意志で操っていると考えていたことが錯覚であり、〈この電車は、全く自分の制御を離れた物体だ〉という認識を得て、ｋ子にきちんと向き合い話をして、結婚を申し込もうと決意し、ｋ子に電話をするが、ｋ子は電話交換手でやはり時間に拘束されていて、その日は夜勤でいない。「夜中の三時には宿舎に戻っているから」と伝言を頼む北川に、夜中の三時は永遠にやってこないのかもしれない。しかし、一生運転士で通すつもりの北川は安い給料だが、結婚したいと決めて、今夜は眠れそうな気がする。時刻は、九時七分でこの章は終わる。

四

３章は、西口信吾を中心に展開する。北川が反射的に腕時計をみて九時七分だという時間に、西口は外回りの客電八両連結の運転台で、前身汗まみれになって故障の処理に負われていた。八分立つと時間だけの理由で自動的に回送電車になり、車両は客を降ろして、後続の電車に後押しされて車庫入りとなる。これを〈重連〉と呼んでいるが、これは運転士にとってあってはならない不名誉なことであった。西口は、今まで一度だけ数年前に〈重連〉を起こしたことがある。ただ、そのときは、考えられる限りの原因を確かめ、何とか自力で直そうとした挙句に自らの意志と責任において決定したのであった。山手線はラシュ時二分三十秒間隔で運転を維持せねばならず、周囲も西口の故障の回復を期待していたにもかかわらず、結局自ら〈重連〉を決意したのであった。それは、「この電車を動かしている運転士」という「一人の人間」の決定でもあった。ところが、現在では、八分立つと上部の命令として自動的に〈重連〉は決定されてしまう。

西口は、後続車に押されて車庫に入る運手台でなすこともなく〈妙におれ機械の一部になっちまったみたいだ〉という感覚に襲われる。この感じは、北川の先にあげた〈全く自分の制御を離れた物体〉だという感じと同じである。〈こっちは機械ではなく人間なのだ。その人間が汗を噴き出して息を切らして〉故障を直そうとしているときに、待ったなしで〈重連〉に決定される。西口は〈すべてが機械的に進められるにようになっていって、すると最後的にはロボット運転が一番いいということになるわけか？　それにしてもなぜだんだん機械になっていかねばならないのか？〉。

西口は押されて車庫に入る電車の運転台にただ座りながら、自分たちの置かれている立場と過去の回想に襲われる。西口の長い内面の想念と回想でこの章は展開していく。

「〈なぜだんだん機械になっていかねばならないのか？　世界一過密のダイヤのためということは分かりきったことだが、なぜ、過密ダイヤになるのか？　東京に日本の十分の一の人間が集まってしまって右往左往しているためだとしても――〈さっきフォームを見やったときのあの重なり合ってうごめいていた人々の群れが西口には目によみがえる〉――すると過密ダイヤに追い立てられているのはこっちだが、過密ダイヤをいわば作り出したあの人間どもも、あのものすごい状態からわかるように、やっぱり何かに追い立てられて、あるいは、われわれが仕業時間にしばられているみたいに結局は縛られているわけなのだろう。解くことも突き放すことも出来ない大きな枠みたいなものが、つまり存在しているわけだ。つまり人間の作った社会というものは、それを人間が作ったのであるにもにもかかわらず――とにかくくたびれた〉と西口は考えをめぐらせる。

長い引用になったが、この西口の思考の回路はこの小説の重要なテーマである。

〈解くことも突き放すことも出来ない大きな枠のようなもの〉〈社会〉と呼ばれるものに人間は一生縛られて送る。国鉄も、組織化され階層化された社会であるが、西口は、〈運転士〉は電車を運転することにおいては自己が責任を負うという誇りを持つ〈個人〉だという考え方をもっている。すべて階層化、秩序化された国鉄の組織に本来なじめない人間なのである。国労の分会役員でありながら、自分には向いてないと思う。この章は、こうした西口の内的思考と想念の流れによって、一人の運転士と国鉄という巨大組織の関わりがクローズアップされ、それは現代社会に生きるすべての人間にもつながって行く。西口は、この電車が無目的に走っていると感じ、そこから〈暴走〉を連想する。手動ブレーキでも止まらねば、〈突っ込むだけさ〉何に！　かつて見たフランスのレジスタンス映画「鉄路の戦い」でナチへの抵抗のためにあえて蒸気機関車を暴走させ、運転士は崖から落ちるが、途中空高く飛翔する場面を思い出し、〈俺だって日本にもしああいう事態が起きたら、それこそこの電車を使って……〉と思う。

西口は、二・一ストを知らない世代であるが、先輩の話を聞いただけでも自分の中で湯けむりがはじけるような気分を味わい、ストライキをやれば必ず勝ったという時期が、急速に暗転して行った時期に、西口は縁故で国鉄に入った。下山事件に続く一連の事件が起こり、首切りの嵐が吹き荒れ、レッド・パージの波がやがて恒常化して静まり返った頃が、西口の国鉄入りの時期であり、戦後の話を聞くようになったのは比較的最近のことである。

古い人々がそういう波をくぐり抜けてやってきたことを、単に元気のいい若い運転士に過ぎなかった自分というものが、この数年間で体験したいろいろなことの〈意味〉を今頃になってやっと少し理解しだしてきたという気がする。

一人の人間が、歴史の中の自分を改めて捉え直し、現在置かれている状況を理解することの大切さを、西口の内的独白を読むことで、読者もまた理解するのである。

西口は、さらに考える。〈「スト」という言葉は、「時限スト」という言い方以外使われたことはなかったようだな。あの頃は。ということはつまり、安保闘争後はということになるのだが――〉運転台でなすこともなく座って、〈重連〉されていく電車にいる西口は、次々と過去を検証しながら、回想する。西口が運転士として働き出した頃、すでに「政令二〇一号」によって、公務員と公共体の職員のストライキ権は奪われており、国鉄労働者はスト権を持たなかった。が、当時の西口はそのことを特別意識もしなかったが、今、彼は〈歯噛みするような気持ち〉でそのことを思い出し、〈あの頃はどうも意識がぼやけていたのではないか？　それはどうしてだったか？……〉と自問自答しつつ考えるが、読者もまた彼と共に〈どうしてそうなったのか〉という考えに引き込まれる。

そこに、この章が西口の内的独白で書かれる特色があるのであり、戯曲では、人物の内面の思考は発話されない限り観客には伝わらないのだが、小説の語りの自在さを、作者は最大限使って、二・一スト以降の変化を一人の人物の内面を通して表現している。

戦時中から腰の据わった活動家だったという先輩に聞いてみると「二・一ストの打ち方やめのショックが強くて、一種の諦めもあったようだな。」と答える。ただ、続いて「けど、なんにしてもそういうものを吹き出してくれたのは安保さ。安保闘争さ」といった。

西口は、一九六〇年六月四日に行われたストライキを思い出す。西口が職場入って一〇年、その間の様々な闘争もスト権奪還のための復権闘争だった、その積み重ねの上に安保闘争でのストライキがあったわけだ。政治闘争で乗客の反応はどういうことになるだろうという心配は、広い世間のほうでどんどん消していってくれた。安保体制が戦争につながるという不安を皆共通に持っていたから。

全電車区がストに入るという条件が揃うことによって決行へと踏み切ることが、出来たのだった――三日からの雰囲気がぐんぐん追い上げてこられて、四日の払暁、見事にストに突入した時の嬉しかった感じは今でも忘れられない。普段なら三時三〇分にはそろそろ車庫の中の電車はパンタグラフが上がり、発電機のうなっている音が暗い空気を震わせているのが、その朝はまったくしーんとしていた。電車はみんな〈死んでいる〉状態に置かれていた。ただ、駅前のほうから響いてくるデモ隊の労働歌だけが生き生きと夜を満たしていた。

初電発の四時一〇分が来た。車庫からは一本も出てこない。期せずしてみんなの口から万歳がはじけとんだ。（この一九六〇年六月四日、早朝の雰囲気は、応援団として池袋駅に座り込んでいた学生時代の筆者にもよくわかる。一本の電車も動かない、六月の少し曇った冷たい早朝の空気を振るわせる歓呼の声と感動を筆者も半世紀を経た今でも思い出す。）

一九六五年、〈その安保闘争から五年たった今、世の中に起こっている状況は――〉と西口は考え続ける〈安保闘争以前の時期とその高まりのピークの日々と現在との三様の自分というものを眺めて、なにやら自分も歴史の波をくぐって来たという気がする。それをくぐることによって果たして鍛えられたといえるか?〉と自問自答し、自信と不安と期待とを自分に対して持ち、さらに思考を重ねることで、自分たちのやってきたことは〈ずっと複権闘争だった――ストライキ権の復権、いや基本的人権の復権闘争といっていいか――なにやら筋道が自分の中に突然きわめて明るい方に引かれたような気がした〉のである。

この章の西口の思考と結論は、一九六五年高度成長の波に乗って基本的人権など次第に忘れ去られていった状況への批判であり、今後の西口の生き方への見通しであった。

あれこれ過去と現在を往復しながら考え続ける西口の内面で、若い北川や一世代上の南ともよく話し合わねばと痛切に思う。互いにすれ違いの生活を送っている同じ山手線の同僚と。

外は次第に暗い曇り空に閉ざされ、今にも雨の降り出しそうな暗さである。これから起きる彼らの生き方を暗示するかのように。〈九時三〇分かな〉という西口の言葉で章は閉じられる。

五

西口信吾が三〇分頃かなと思ったその時刻に、南庫吉は、二時間かかって我が家に帰り着いている。昨夜は泊まり業務で帰っていず、一四時五十九分に出勤点呼を取って以来、ほぼ、一九時間三〇分ぶりである。ただ、その日は夕方から出勤、半徹夜の仕事がある。いかに、運転士の仕事が過酷な労働であるかわかるが、南は最近の勤務表の更新で、本来の「遠距離通勤」から「近距離」に変更されてしまった。この一種懲罰的な変更が、何のためか南にはわからない。最近、当局に擦り寄っているという噂が流れているが、組合がそこを考えたのか、理解できない。

南の家は半農半鉄でわずかな農業は妻が担っている。在宅時間はあっという間に過ぎ、一四時三〇分には家を出て、また職場に向かうのである。わずか五時間ほどの在宅生活である。南の住む場所は、東京の西のはずれ、遠くに山梨県との県境の山々を望む、西風の寒い土地である。南は歩きながら、〈今日は特に風だけではなく自分の体全体を包む空気が冷え冷えと感じられる〉。

南には、長年わずらっている胃病がある。立川の広大な米軍基地が芋畑の向こうに存在している駅のフォームで、南はなかなか来ない電車を待ちつつ、かつての砂川基地拡張反対の激しかった闘争を思い出す。

「基地の中から、〈外にある〉日本に向かって調達庁の測量班が—全部日本人が—押し出してきて、そのたび日本人同士でもみ合いが起こり、警官や機動隊が警棒を振りかざし、相手の裸の頭をカッカッというような音〈あの音ばかりは今でも覚えている〉と共に遠慮なく叩き割るということが衆人環視の中で公開されること」がまだ珍しい時だった。〈日本は基地の外にある〉と南は感じながら、何度もゴボウ抜きされ、また殴られては、隊列に戻ったということを思い出すと、「久しぶりに生き生きしている自分を感じ、あのころの俺は元気だったな」と南の内面の思念が、〈意識の流れ手法〉のごとく繰り返される。

二度目の乗り換え駅で、去年の正月早々、恐ろしいある一瞬間を、持ってしまった。本当に恐ろしい瞬間として南のうちに現在形のまま残ってしまったのは、突然数十メートルにも上った火柱でもなく、それに続く阿鼻叫喚でもなかった。「そうではなくて、ここから二〇〇メートルほぼ向うのレールの上を、カーブの蔭から突然現れたタンク車が、現れると同時にこちらに向かってその顔をぐいと正面に向けたその瞬間がそれである。その瞬間まさにその瞬間に暴走だということ、止める方法がないということが、南庫吉には全部わかってしまったのであった。」作者はこの〈瞬間〉の運転士としての南の心理を細かく分析している。

南は、列車がなぜ暴走したかを問い、最初に気づいた踏み切り保安係は、手動ブレーキを巻こうとし突っ走って列車に飛び乗ろうとするが、不成功に終わる。わずか四分三〇秒の間に、タンク車は、フォームに止まっていた電車に激突して数十メートルの火柱を上げてとまった。

南はちょうど正月休みで娘と出かけ、その現場にいたのである。その瞬間がいまだに現在であるかのような恐怖のトラウマになってしまった。〈ノイローゼになってしまったのではないか〉と時折自ら疑っている。

この南の体験した〈暴走〉の場面の回想と恐怖は、この小説の最終章、南の運転する電車自体の〈暴走〉というクライマックスに結びついていく。

どの章も、人物の内面の独白や回想や語りによって成り立っていて、それらをつないでいく語り手の役割は最小限に抑えられている。作者は、回想によって時空を超える自在さ、人物の内面の心理を自在に取り出していく語りの手法を最大限に使い、世代をつなぐ人物配置と時間の連鎖によって、国鉄労働者の生活のみならず、日本の戦後史を語っており、「小説」という入れ物の広さを縦横に楽しんでいるようであるが、登場人物間の交錯は、最小限に抑えられている。そこに、人間同士の葛藤がないというような批判も生まれてくるのかもしれないが。

さて、南という人物に戻ってみると、心身ともに疲れており、定年を目前にして、厳しい注意力や集中力と体力を要求される運転士という仕事をやっていけるか、地上に降りて運転助役への道を選ぶかゆれている。作者はこの南の〈くたびれ〉を、安保闘争の後に来た社会全体の弛緩状態と結びついているともしているが。

南は最後の乗り継ぎであり、いつも彼が運転している山手線に乗り込む。外の天気は次第に悪化し、暗くなってきており、そんな天気と感応するかのように、南の頭脳もだいぶのろのろ回転しているとかれは意識する。南は、一方西口信吾についてかんがえながら、二八日周期で三四・五キロの山手線の今、この時刻にどこかにいる。秒単位でどの一点と一点とに誰と誰がいるか「電車区の一〇〇人ばかりの人間の時間と空間の関係が小さな表の中にきっちり書き込まれている」「それは本来人間の作り出した仕組みのはずなのに、今や誰もそれを止めることは出来はしない―例えば俺一人がここで死んでみたって、この運行は少しも変わりはしない」と考え、ひどい無力感にとらわれるのであるが、この南の出勤途次の思いは、やはりこの日の夜中の、南の運転する終電の〈自然流失〉と〈暴走〉に繋がっていくわけである。

登場人物三人が一緒に出会う時間はほとんどない日常にも例外はあった。北川出はその日少し早めに出勤してやはり南と同じ電車に乗っていたのである。北川に声をかけられて南は、〈一番愛している弟子〉に自らの迷いを打ち明けてみようかと思う。北川は「南さんは、指導になるつもりかと思っていた」とはっきり言う。要するに、運転士をやめて、当局側に近い職種に移るということである。南はその北川の答えを聞いてかえってほっとし、自分が困っていることを相談したいと申し出る。二人揃って職場の駅に降りると、西口信吾がふいに現れる。彼は公休日だが、組合の仕事で出てきたといい、西口もまた南に話したいと言う。この小説で初めて登場人物三人が顔をあわせる場面である。その夜中の惨事を前にして。

南は、北川に今夜自分の今後の身の振り方、「揺れているこの気持ちを話してしまおう、だれにも話したことのないまま、自分の中に鬱屈して出場所を失っているこの始末に終えないなんだかを北川にならなら楽に取り出せる」と考える。始業までの時間か、終電までの勤務後か。西口は北川に終電までの勤務が終わったら家に泊まりに来るよう勧めている。

はたして、南庫吉は鬱屈した気持ちを北川に話すことが出来たのだろうか。小説には何も書かれていない。そして、最終場面のクライマックスを迎える。

六

作者木下順二は、後年、この小説についての回想「『無限軌道』の思い出」で、「作品を組み立てていくうちに、だんだん三人の動きを関係付けながら、最後に一つの場所に集めてしまう構成を作らざるを得なくなったのは、やはり、一種の劇作家的習慣であるかと考えざるを得ない。」と述べているが、最後の章は確かに極めて劇的なクライマックスであり、一寸先も見えない霧の中での劇というような幻想的、映像的ともいえる場面で閉じられる。

終章まで、ほとんど登場人物の内的独白や回想などを多用してきたのであるが、最後の章では、客観的な語り手が人物の動きや情景を説明し、語る形式を取ってもいる。各章で負ってきた三人の人物のそれぞれの—たとえば、死への予兆や事故の回想が、すべてこの章に結びついて〈ある一日〉の早朝から真夜中までに凝縮しているのであって、有機的に繋がっているともいえる。「その日は宵の口から急に気温が昇り始め、それといっしょに霧が、これも異常な速度で、人々の視界を刻々と狭めていき始め、そしてその状態は、あるところまで高まるとそのままじっと停止して続いた。」という描写でこの章は始まる。夜中一時五分に到着する山手線の外回りの終電車を運転してきた北川は、西口と出会い、北川が先ほど電車を引き渡した構内運転手に、西口が組合の連絡を忘れて、二人は一寸先も見えない構内を歩いて車庫まで戻ることになる。「西口信吾と北川出にとって、もし我が家の庭というものがあったらその庭のように知り抜いているはずのこの広い場所は、いつもとまったく違った世界に作り変えられてしまっていた。二人の体をまつわりつくように包んでいる濃い霧と生暖かい空気と暗闇とが、自分たちが今どこを歩いているかという感覚を、二人の中からだんだん奪っていくようであった。」

彼らは異次元の世界を歩いている。「そのとき一声の長緩気笛が霧でかすめられたように尾を引いて聞こえ、やがて三番フォームに内回りの終電が入ってくる音がした。ああ南さんも延着だなと北川出は思った。」

南もまた、北川とは逆周りの終電を運転してきたのである。北川はそれが南の電車であることに気づくが、西口は気がつかない。

南庫吉は、終電の客がすべて降り、ドアが完全に閉まり、車掌も引き上げた真夜中の暗闇の中にある八両編成の車両にただ一人乗っていた。濃霧の中、車庫までにいくつもある信号機やポイントは霧に閉ざされてほとんど見えない。必死に目を凝らしてみるがポイントは見えず、南は〈自分の視力が曇ってきたような感じ〉がする。が、ようやく停止位置の標識まで車両をぴたりと止める。しばらく、立ち上がれないほどの半徹夜の疲れが、南を襲う。運転台のドアを開けると、いきなり真っ白でしめっぽく生ぬるい世界が彼を包み、思わずドアを閉めて、後部の車掌台（運転台でもある）から出ようと終電の汚れた車内を歩き始める。この間は、南の車両の中で見るものへの視線と彼の内部の意識が交互に書かれ、まさに〈意識の流れ手法〉そのものであるが、しだいに、頭がぼんやりしてくるのを感じ出す。後部の運転台に着いて外に出るはずが、折返し運転の作業をしてしまう。気づいてバッテリー・スイッチを切った途端、車内は真っ暗になり、南はあわてて〈いけない、いけない〉と思いつつ、折返し運転と入庫の手順が奇妙に入り混じった混乱した動作をしてしまい〈手動ブレーキ〉を巻こうとした途端に、運転台の床に崩れ落ち意識を失ってしまうのである。電車を完全に止めぬままに。

その時、西口信吾と北川出は、まったく先の見えない霧の中を、車庫に向かって線路をの上を歩いていた。今、跨いだレールさえ〈白い闇〉の中に沈んで見えない。そのとき、〈なんともいえない気配〉が二人を襲う。〈音のない音が非常にゆっくりとしかし非常な早さで圧倒的に迫ってくる感じ〉である。西口は思わず北川を突き飛ばし、自分もそれにかぶさるようにレールの外側に逃げる。〈暴走だ〉と西口は声を出し、北川も思わず上半身を持ち上げると、思わぬ方向から西口の声が聞こえてくる。

「運転台――飛び乗って手ブレーキを――」。南庫吉の車両が〈暴走〉している。白い霧の中を、黒い物体がカタリカタリと走っていく。

この場面は、きわめて映像的であり、〈暴走〉を止めようと必死に暗闇を走る二人の運転士の姿が浮かび上がる。ここから、人間の極限の力―知識と体力―と機械としての電車という物体との格闘が力動的な急テンポの文体で繰り広げられ、読み手も引きずり込まれていくような迫力を持って描かれる。

南庫吉は一旦意識を取り戻し、車両が〈暴走〉していることに気づき、必死に手ブレーキを巻こうとするが、途中で力尽きて倒れてしまう。

八両連結・三二〇トンの総重量の物体が「驚天動地的な破壊力の可能性をはらみつつ、レールの上でそっと車輪をにじらせ始めた瞬間を人間と人間が作り出した機構とは、なぜ阻止することが出来なかったか」。

西口信吾と北川出は、命がけの力を振り絞って〈暴走〉を止めようと何度も倒れ、傷つきながら、黒い物体と格闘する。北川は車輪の外側についている〈肘コック〉を思い出し、轢死を覚悟でそれに飛びつくが、跳ね返されて固い何物かにぶつかり、頭部を打ってk子のことを思い出しながら失神してしまい、倒れていた西口は、ようやく立ち上がり、北川の名を叫びつつゆっくり歩き始めるが、すでに車両は霧の中に吸い込まれるように消えていった。

これから何が起こるのか、そして三人の運転士の生死もわからぬまま、まるで人間の力を超えた重量ある機械の動きのごとき、迫力ある文体の力を持ちながら、終わる。

「そのときもし北川が体を起こして視線を前方に投げたなら、真っ白い闇の中に、あのまっ黒な大きなものの後部が、微かにからだをゆすりながら、吸い込まれように滑っていく瞬間を見たはずであった。」とこの長い小説は、あたかも映画のラストシーンのように幕を下ろす。

三人の運転士のあらん限りの意志と力と知識の格闘は、電車という人間の作り出した機械に敗北する。人間の力は人間の作り出した巨大な科学技術を統御できない。或る時点で、科学技術は人間力を超えて、人間を圧倒していくのである。この小説の結末は、そのまま現代の科学技術の結晶ともいえる原子力発電所の事故と連なり、人間と人間社会を崩壊させる近代科学産業の破壊力を予兆しており、現代における深刻な問題を読者に突きつけている先駆的な問題小説といえよう。

（了）

第Ⅲ章　過去と未来の結節点としてのドラマ

『神と人の間』
1970年初演

第一節　「白い夜の宴」
――木下ドラマにおける宗教的演劇という視点

菊川徳之助

はじめに

かつては左翼青年で、今は自動車会社の社長である父親役の滝沢修と、かつては安保闘争に加わったが、今は父親の会社で働く息子役の伊藤孝雄が、渡り合う対話が印象的であった。「白い夜の宴」は、一九六七年五月・六月劇団民芸によって上演された。演出は、宇野重吉。筆者は、同年七月、京都（京都労演の例会）で観賞したが、すでに舞台の記憶はあまりない。父親役の滝沢修と息子役の伊藤孝雄の対話が記憶の中に、若干残っているくらいである。アーカイブという言葉を耳にするが、人間が一瞬で消え去る舞台を記憶にとどめる、だが、記憶にとどめるといっても、人間の意識の中だけでは限度があろうから、機械の中に留め置くというのも、ある意味では、大切に思われるが、そして、アーカイブという作業は、これから進むであろうが、ナマものの舞台の命はどうなって行くのであろうか。と思いながらも、そのようなものの記録があれば、記憶から消えたナマの舞台のことをもう少し思い出させてもらえたのかもしれない。ただ、アーカイブに関心が薄いほうなので、だからというのではないが、活字になった「白い夜の宴」の〈戯曲〉を基に考えを進めることにする。（「白い夜の宴」の戯曲は、最初「世界」の一九六六年九月号にドラマの一部が発表されて、次いで、「世界」の一九六七年六月号に決定稿が発表されたようである。単行本として同じときに筑摩書房から発行された。この研究では、この単行本と一九八八年九月に発行された『木下順二集6』（岩波書店）に掲載された戯曲を基にした。）

「白い夜の宴」とはどのような作品なのか。

驚きである。長い作品（上演に三時間近くはかかるだろう大作）であるのに、〈一幕〉となっている。〈第一幕〉なのかなと思っていたが、どうもそうではなさそうである。全一幕なのである。Ⅰ～Ⅴという景のような区切りはある。それに、Ⅱの終わり（ページ数で半分くらいのところ）で、幕を降ろして、幕間をとってもよいような指示が台本にあるから、やはりある意味では、多幕物になる。しかし、作者は、戯曲に〈一幕〉としっかり明示している。本来なら幕を許さない緊張感が漲ったまま展開するドラマなのだろう。そのための〈全一幕〉なのだろう。にもかかわらず、物理的、生理的現象と妥協しての暗転（幕間）なのだと思われる。

「一九六〇年代の半ばに近いある夏の夜。庄内家の立派な応接間」とスタートのト書きにある。父親の誕生日に家族が集まる〈宴〉が、毎年催されている。祖父と祖母、父親と母親、長女算子

（かずこ）と亭主、長男一郎と恋人涼（りょう）、そして次男・次郎の九人が揃ったさきおととしが最高だったらしいが、それ以後は減る一方だったのだ。そして今年は、父親と母親、祖父（祖母が亡くなった）、算子（旦那と別れた）と、一郎（恋人と別れた）、次男の六人となってしまったが、一郎がまだ来ない。今は五人。冒頭のせりふが、見事である。

算子　「落ちつかないもんだな、来るはずの人が来ないっていうのは（注１）」

「来るはずの人が来ない」とは、この劇の主人公を暗示しており、「落ちつかない」は、場面（状況）の不安定さを醸し出すせりふ、である。数行後にも同じようなせりふが続く。

算子　「来るはずの人が来ないために、あたしの中に生まれるこの不安は一体なに？」

そこへ、一郎の恋人であった涼（りょう）が、一郎から来た不可思議な手紙を持ってやってくる。算子が予知能力を持っているらしいが、予知と推理でドラマを進めて行く。一郎が遅れてやってくる。自動車事故があって遅れたというが、嘘で、安保闘争を闘った、かつての恋人〈N〉と他愛無い対話をしていたという、意識の中だけの話なのか。何故なら、Nは安保闘争の時に、機動隊に殴られ、顔も滅茶苦茶され重症を負う。それ以来一郎とは会っていないはずである。現代的に言えば、サスペンスのような展開であるが、木下ドラマにはギリシア悲劇的展開（コロス的、ときには、シェイクスピア的、『子午線の祀り』では「マクベス」か）が顔を出して進む。

日本国家体制を支えた内務官僚であった祖父。左翼青年であって転向したが高度経済成長の波に乗る自動車会社社長の父。安保闘争に加わって挫折したが父の会社で拾われ有能な働き手となっている息子・一郎。ここには、日本国家の移り変わりの中に、転向の問題、戦争責任、安保闘争の問題、と大きな、うねるような現代史のテーマが追究されていく。

一郎は、会社の仕事の交渉で、韓国人と会っていたこと、その韓国人は、かつて父がなぜか治安維持法で捕えられたとき、留置場で朝鮮人に出合い、そして父親が朝鮮人を裏切っていたこと、そのことによって転向していたこと、そして今、そのときの朝鮮人が、一郎と商談で会う韓国人と同一ではないかということ、などが折り重なって舞台の表に出てくる。その上に、回想シーンが巧みに挿入される。しかも、例えば、かつての父親を息子一郎役者が演じるのである。若かった頃の母親を、涼の役者が演じるのである。そして、安保闘争の頃、樺美智子さんが死んだ同じ時刻に、一郎のその当時の恋人・活動家Nが倒れたこと、そのあとの一郎と涼の接近が、回想シーンで描写されもする。かつての友人（カゲさん）も挿入されてくる。一郎は、「現状を突き破って行かない限り人は生きて行けないという……Nの願いが自分の中に生きている」(注2)こと、「自分でつくりあげた歴史を宿命などと呼ばない」(注3)と叫んで、彼は遂に、父親の期待を裏切って、一旦成立させた朝鮮人との交渉を破棄してしまう。

ラストシーンで、その行為に対して、一郎は言う。父、母の反応が加わって幕となる。

一郎 「ばかだってことは分かってますよ。ばかよりもっと下の――何ていうのかな――青っぽい話だってこともね。――ただ、こんな青っぽいことでもやらかさなきゃ、今のぼくのこの状況は突き破れないんだ、この太平無事の状況は」

父 「大したことをやった気でいるんだろう? お前。大したことでも何でないんだよ。ただ、手間のかかるばかなことをやらかした社員が一人出たというだけのことだ。いま極東課長に電話したがね、つづくりようはいくらでもある」

母 「しなくてすむことを――やっぱりしちゃうのねえ、あなたって人は」(注4)

父親は、あっさりと処理する。母親は、母親らしいことばをかける。応接間で交わされた長い時間の濃厚な対話は、一郎の自己認識と、その状況を受動した(受け入れた)末、能動的行為(実行)をする〈受動的能動〉と言える行為の告白で終わる。(注5)

木下順二ドラマについて

一九六二年の「オットーと呼ばれる日本人」以来、「沖縄」、「冬の時代」、「白い夜の宴」と木下の最も充実した時期に書かれた作品の、「白い夜の宴」は、まぎれもない、しっかりとした作品であった。ただ、作者自身は、〈大難航〉したと述べている。

「この戯曲（「白い夜の宴」）も大難航した。も、というのは、五〇年代の終わりから六〇年代へかけて、私はよく難航することがあった。まず『東の国にて』（一九五九年）が前記のように難航し、次の『おんにょろ盛衰記』（六〇年）と『オットーと呼ばれる日本人』（六二年）はまあまあだったが、次の『沖縄』（六三年）が難航し、次の『冬の時代』（六四年）はどうにか行ったが、その次の六六年上演予定の『白い夜の宴』でついに難破した（注6）」

「白い夜の宴」は書けず、他の作品「オットーと呼ばれる日本人」の再演に差し替えて延期されたが、この作品の上演時には、木下自身の苦渋にもかかわらず作品への注目度は高く、戦後を代表する劇作家であり、リアリスティックな作品を書いてきた劇作家と同時に、日本人の意識の問題（自己認識）、責任の意識を書いてきた作家であるという評価は、多くの評者が、木下順二をリアリスティックな劇作家として見てきたことを示している。そして、そのことはある意味で当然の見方であったかもしれない。

ところが、木下順二は、自伝的小説「本郷」で初めて、「私は熊本の中学生のころ洗礼を受け（注7）」ていたことを六九歳で告白している。それまでは、キリスト教的な精神を描いても、キリスト教には関係ないと注釈を入れているのだ。木下は自分の思索の原基形態となるようなものを、ひとことでいえば〈原罪意識〉とでもいうべきもの、と言っている。だが、クリスチャンである木下が、「原罪というのはキリスト教の用語で」と原罪意識をキリスト教のものと認めながら、「宗教の問題を離れてこのことばを使いたいのだが(注8)」という注釈を入れていることに驚きをおぼえる。ここにも、木下ドラマを宗教にかかわる演劇作品とは読みとらず、リアリスティックな作品を書いてきた劇作家と考えるのは、ある種致し方のないところであろうが、しかし、である。木下作品を解明するとき、この宗教的側面をないがしろにしておいてよいのであろうか？　いや、むしろ、この宗教的側面を解いてこそ、木下作品の解明になるのではないか。

武田清子という学者（国際基督教大学）であった人の、岩波新書『背教者の系譜』に木下順二の項目がある。「木下順二のドラマにおける原罪意識」である。木下順二への篤い分析である。武田によれば、木下順二は〈自称背教者〉だそうだ。それ故か、キリスト教徒であったことの告白を避けて来たのだろう。宗教劇ともキリスト教劇とも言われず、リアリスティックな作品を書いてきた戦後新劇を代表する劇作家だと刻印されてきた。だが、武田は、「キリスト教人間観と、民話劇によって発掘された〈日本人の自然〉の二つを木下ドラマの出発点(注9)」においている。特に、「原罪意識をもった人間の主体の内実を見つめる眼が木下にあること(注9)」を特色だと見ている。また、その「原罪意識が主体の確立と不可欠につながる課題として考えられている(注9)」視点も特徴としている。この指摘は、演劇人がもっていた木下ドラマへのイメージ、既成観念に対して、違う観点を与えるものであったと思うのだが、演劇界で武田の指摘に注目した人は少なかったように思われる。

西洋演劇の影響による劇世界は、ドラマはドラマであって、人間と自然、人間と人間、人間と対象物との対立や葛藤を描いてきた。それがドラマであり、ドラマティックな瞬間や場面を持つ、劇的演劇、つまり、主人公が劇的行動者であり、能動的な演劇であった。これに反して、受動的という観点からは、劇の主人公が劇的行動者であったようにではなく、受身的な、状況を受け入れる（受容）する人間像が中心になる。さすれば、木下ドラマは、自己の内面の自覚であって、例えば、政治的行動を、積極的に行為するドラマの構築とは異なり、木下の場合、方向を変えた認識のドラマへとなっていったのだと思われる。では、木下は、いわゆる政治的演劇は、書かなかったのか。

「白い夜の宴」の後半に描かれる問題は、安保闘争の問題である。一九六〇年六月一五日の安保闘争は、政治そのものである。だが、「白い夜の宴」の世界は、国会周辺の現地録音の音源やデモシーンが挿入されるが、必ずしも政治を直接描いてはないない。勿論、そこのところに木下戯曲の特質があり、「白い夜の宴」の特徴もそこにあるのであるが、木下作品にも政治が直接扱われることはある。それは、シュプレヒコールと呼称される分野の演劇である。一九六〇年、安保闘争が終わった秋に、訪中日本新劇団公演で中国へ行く時、シュプレヒコールが複数の劇作家によって書かれた。「安保阻止の闘いの記録」、「三池炭鉱」、「沖縄」という三作品（「テアトロ」№・

二〇五　一九六〇・一〇月号に掲載）がある。中国へはやはり政治的シュプレヒコールも持って行ったほうがいいだろう、というようなことがあったようであるが、この合作が生まれた。とすれば、木下は、中国だから政治的なシュプレヒコールを書いたのであろうか。

一九六二年発行の『木下順二作品集Ⅳ』（未来社）と、一九八八年発行の『木下順二集10』（岩波書店）に、「雨と血と花と」という放送劇が掲載されている。シュプレヒコールだが、放送劇という形で活字化されている。この「雨と血と花と」は、政治を直接描いた木下作品である。

「この放送劇、『雨と血と花と』といいますのは、一九六〇年六月一五日に、東京の国会周辺で起こった事実を中心に、なるべく正確忠実に事柄を記録しながら、一つのドラマをつくり上げようと試みたものであります（注10）」

一九六〇年六月一五日とは、日本人の多くが忘れられない一日である。樺美智子さんという人が犠牲になった、あの日である。新劇人と共に行動した作者は、この日の体験をそのままの事実のみではなく、朝日新聞に投書された主婦の投書を使って、しかも、国会周辺の現地録音、実況中継を録音したテープ、などで〈せりふと音のみ〉で表現することを試みたようである。作者自身も登場人物になっている。木下順二は、民話劇を書き、ドキュメント（シュプレヒコール・放送劇）を書き、現代劇を書いた。すべては、共通項を持ち、同時に、差異を持っている。これらの実態、特質は、どこにあるのか、さしずめ、「雨と血と花と」と「白い夜の宴」は、安保闘争という同じ世界を扱いながら、差異を持っている。「白い夜の宴」の世界から問題が浮き上がってくることと思われるのだが。

木下順二の宗教性

木下順二と宗教とは、どんな関係にあったのであろうか。小説「本郷」に告白された信仰の過去。そして武田清子に戻れば、「自称背教者」の木下。キリスト教徒であったことを隠し続けた意識のありよう。だが、東大を卒業したら出て行かなければならないところに、違反であっても十七年間も住まい続けた東大ＹＭＣＡの宿舎。日本のキリスト教学生運動の代表として国際会議にも出席していたようであるし、「大学入学当時は本当のクリスト教徒になろうと真剣に考えていた」(注11)とも語っている。しかし、新劇作品を書き続けた木下は、一切宗教には触れなかったし、作品の中に、「風浪」以外は、イエスや宣教師もほとんど登場することもなかった。ただし、注目すべき発言はあった。それは、先にも触れた原罪意識である。

「考えたことの一つというのは、原罪のことです。藤島宇内君の『日本の民族運動』という本に、「日本人の三つの原罪」という短いエッセイがあります。日本の、というのは、おもに日本の近代のということです。三つ、と彼がいうのは、朝鮮人問題、部落問題と沖縄問題。原罪とは、人間の祖先、アダムとイヴが犯した罪を、子孫は、直接負っていないけれども、しかし自分たちの祖先が犯した罪をしょわなければならないという、根源的な罪を背負わなければならないという、いわば不合理な非条理な罪の意識というものだろう（注12）」

これだけ原罪意識のことをはっきりと言いながら、これまた先に触れたように、「ただし、信仰のかかわる以外のところにおいてといわなければならないが……宗教の問題を離れてこのことばを使いたいのだが」ということを、ある意味で、堂々と発言しているのである。しかし、断わりをわざわざ入れるということは、逆に宗教を意識していたと言えるのではないか。木下の意識の中に原罪が横たわっていることは確かであろう。このことこそ、宗教的思考があったことを示している。それ故に、キリスト教人間観も出てくるのだろうし、そしてそのことは、人物像に〈受動的な精神〉のありようをみせる形象があることになる。この人間像こそ、木下の描く宗教的人間像と言えるだろう。と言っても木下自身は、この人間像を、宗教的人間像とは認めてはいないようである。木下順二と宗教を結びつけるのは、無理があるのかもしれない。これまで、木下を宗教作家と言った演劇人は、ほとんどいない。その証拠にと言えるかわからないが、例えば、『近代日本キリスト教文学全集』の戯曲篇に掲載された作品、また、『現代日本キリスト教文学全集』に掲載された戯曲、これらの全集に掲載された作品（作者）の中に、木下順二の名前、作品名はないのである。にもかかわらず、木下順二は、〈宗教的演劇作家〉であったと筆者には思われるのである。

「白い夜の宴」の父親と息子の劇構造

全一幕。応接間一つの舞台。その中に、構成された過去の空間（留置場やNとの場所）に分かれたりするテクニックは使われ、立体的にする工夫はなされてはいるが、緊張感を保って長時間見せるには、深刻すぎるシリアスな内容である。せりふも長く、観念的でもある。「リアリスティックな現実と、観念の、また意識の問題とをひっくるめていっしょに書こうと（注13）」したために難渋した作品だが、戯曲（せりふ）は魅力的に読ませるのだ。三世代が描かれるが、前半は父親、後半は息子、それぞれに中心となるドラマティックなシーンが設けられている。いや、登場するのは、四世代とも言えるが、祖父と次男は、中心には来ない。父は大学を出て、親父（祖父）の希望の役人にはならず、左翼出版社に勤め、妻と出会う。治安維持法で獄中へ。同室になった独立運動をしていた朝鮮人と親しくなって、連絡を頼まれた書類を刑事に見つけられてしまう。そして朝鮮人を裏切って転向する。父の内面を語る回想シーンが挿入される。

その頃の父　「いや、もしかなんてことじゃない。確かなのは、ぼくが彼を裏切ったということだ」

父「もし彼が、おれの行為を結局知らなかったとすれば——知らなかったのかも、知れないのだから——」

その頃の父「たとえ彼がぼくの行為を知らなかったとしても、確かなのは、ぼくが彼を裏切ったということだ」

父「彼はおれから裏切られたと思ってないかも知れない。たとえおれのあの行為を知ったとしても」(注14)

〈その頃の父〉の役を、息子一郎役の役者が演じる。〈父〉の役は、そのまま父役の役者が演じる、うまい仕掛けになっている。その頃の父の心情と現在の父の思考の差異がくっきりと描かれる。

後半の一郎が学生時代の安保闘争の回想をするシーンも、一郎の心情を浮かび上がらせる仕掛けになっている。女学生で活動家のNも登場させて、一郎と、涼も交えた三角図も仕組まれる。

前半が、父の問題、後半が、息子の問題が中心になっているのであるから、必然的にラストシーンは、息子が父親に対峙するか、父親と息子の対決が、ドラマティックに描かれることが期待されるし、描かれるはずである。そして確かに親子対峙のシーンが描かれる。

父「あの頃の今と、おれの中身が少しでも変ってるというのかね？　生意気をいうな、なぜお前はそれまで緊張して対峙してたおれに頭を下げて現在おれの会社にいるんだ？」
一郎「……涼と二人だけで、……歩いて行くという方向だってあった。しかしそんな自己満足の道を二人でひっそり歩いてみたって意味はないと考えたから　ぼくはお父さんの会社で頑張って来たんです」
父「つまり転向した、か。……」
一郎「……過去にどういう行為を自分がしていようと、それは過ぎ去ったこととして忘れておいて前へ前へ歩いてく。一枚一枚重ね着をしてふとって行く。お父さんがそうであるのなら、ぼくは一枚ずつ自分の皮をひっぺがして、痛い目に自分を合わして、そうすることで自分の過去を忘れないで……罪の意識も責任も感じてない世代の責任をしょいこんで」(注15)

息子一郎と父親との対峙は、ドラマティックな対決描写のように見えながら、実は、父親と徹底的対立する時間進化でもなく、自己の罪への認識、または自己の責任の認識の方へ行く。劇的演劇におけるドラマ論から行けば、父との対峙は、父を支える状況（高度経済成長などの社会状況）に対峙する方向へ向かうことになろう。しかし、木下ドラマは、罪意識（原罪意識）へ向かい、オーソドクスなドラマには行かない。ところが、そのことが批判の対象になるのである。

「〝父〟が誇る高度経済成長がもたらした環境破壊、拝金主義、それ以後の学生の無気力、無目的、無感動など、消費資本主義の実相を〝父〟と一郎の討論を通じて追求したほうが、ドラマトゥルギーの本道ではなかったのか、と惜しむ（注16）」

右記の「白い夜の宴」後半の父と息子の対立構図へのこの批判は、従来の対立・葛藤にドラマを求めているためと言えよう。従来の対立・葛藤におけるドラマにならないところに、木下ドラマの特質があるのに、である。

木下順二の「オイディプス王」分析

木下順二は、日本にドラマをどうのように構築できるかを深く考えた人である。そのために西洋のドラマやドラマ論を研究した人でもある。特に、ギリシア悲劇、ソホクレスの「オイディプス王」を分析して、ドラマ論を追求した、その深さには、大きな刺激を受ける。アリストテレスの〈発見〉〈カタルシス〉というキーワードをもちいて、オイディプスの能動的、劇的行動を通して、自己否定の契機を発見して、カタルシス、つまり浄化作用を、木下は、〈価値の転換〉を行うこと、という。〈カタルシス〉へのこの視点は、他の人々のカタルシス解釈を一歩も二歩も越えているように思われる。まさに西洋ドラマ概念を見出す努力を続けた劇作家でもある。そこから、日本の伝統の中にドラマをどう構築できるか、民話劇、シュプレヒコール、現代劇を書き、その上に、全体演劇（全体戯曲）をも考えた人である。

その木下が、西洋ドラマ概念を追い求めたためか、「オイディプス王」の分析も、能動的に行動したオイディプスが、眼が開いていても自己自身について何も見えなかったことを発見して、自身の眼を貫くところでこの分析は、終わりをとげている。しかし、ソホクレスの「オイディプス王」には、それ以後、長い長いシーンがあるのだ。私見では、このシーンは、子どもとの別れでもあるが、能動的、劇的行動者であったオイディプスが、受身的、受動（受容）的な人間像になって行くところである。オイディプスは、自身が下手人であり、この国を汚した罪人であることを受け入れ、かつてスフィンクスの謎を解いてテバイを救ったと同様に、今度は自分が先王殺害の罪人であることを受け入れて、再びテバイの国を救うのである。劇的行動者であったオイディプスが、このラストシーンでは、受動（受容）的人間に変わるのである。

木下戯曲は、受動性に満ちた主人公の自己認識が描かれ、受動（受容）的演劇の姿を見せながら、オイディプスのラストに木下の意識が向いていないのが、疑問として残るように思われる。木下は何故このラストシーンをつぶさに眺めなかったのか。能動的（劇的）行動するオイディプスのみを見つめて、受動的人間に変化しているオイディプスを見落としたのか、そこまで解釈を進めなかったのか？　ただ、そのことは、木下自身が、受動的ドラマを意識的に構築したのではなく、自己のキリスト教的思考、または、日本の伝統的思考に視点を置いていたために、自然と生まれたもの――自然と生まれた戯曲作法であったということなのかもしれない。

おわりに

木下順二は、自分の作品を、受動的（passive）と言われることに拒絶はしないが、〈受動のドラマ〉とは、認めないように思われる。

筆者が「子午線の祀り」を論文にしたときの、木下順二が示した筆者へのことばは、

木下「古い文章もよく調べて下さって、passiveという視点から論じられた全体のご意見には小生として異論ありません（注17）」

木下順二は、受動的（passive）とした筆者の視点に異論はないと述べているが、自分の作品が、受動的（passive）な作品である、あるいは、自分の戯曲は、受動的演劇である、とは一言も言っていないのである。木下の受動的演劇こそ〈宗教的演劇〉につながるものと想っている筆者には、木下順二は、宗教的演劇という観点を頑なに拒否しているのだと思わざるをえない。

木下には、かつてドラマが描いてきた人間と人間との対立・葛藤によるドラマ、その主人公は、劇的行動者（能動的な人間）であったが、そのようなものではなく、木下は、状況と向かい合うが、

状況と対立・葛藤する人間でなく、状況に苦悩するが、状況を受け入れる人間を描いてきた。その意味では、能動的な人間ではなく、受動（受容）的人間を主人公として描いてきていて、〈宗教的演劇〉と言えるのではないか、と重ねて説きたいのであるが、西洋ドラマ論に強い想いをもちながら、日本の戯曲を考える木下順二には、受け入れがたいものがあるのであろう。しかし、敢えて再び言えば、木下戯曲は、アクションの演劇でなく、パッション（パトス）の演劇であると指摘できるし、「白い夜の宴」は、日本の三世代に渡る政治、経済体制に切り込む人間のありようを描いた現代演劇にはちがいないが、木下作品の特徴をみせる〈受動的演劇〉→〈宗教的演劇〉と言いたい。〈宗教的演劇〉とは、宗教そのものを扱った宗教劇ではない。宗教そのものを扱っていなくても、宗教の心、宗教的精神を題材にしたもの、宗教的人間観を持つ演劇、それらを宗教的演劇と呼ぶことは、可能ではないか。その意味では、木下順二の戯曲は、宗教的な意味をもつ演劇だと言えると主張したいのである。

ただし今日まで、このような人間像が、ドラマ論に登場したことはない。もともと日本の精神風土は、自然に馴染む、融合する、つまり、人間はいかにして自然と融和して生きていくかという生活態度であると言われる。これに対して、西洋は、自然との闘争であった。自然を如何に征服するか、いかに変えて行くか、といったことがよく言われる。だから、日本では、対立概念のドラマは生まれにくいともいわれる。にもかかわらず、西洋ドラマを考え、日本的精神風土に近い、パッション（パトス）のドラマを追求しようとする木下の姿勢には興味をおぼえる。

（注１）「白い夜の宴」戯曲のせりふ（『白い夜の宴』筑摩書房　一九六七年六月）
（注２）（注１）に同じ
（注３）（注１）に同じ
（注４）（注１）に同じ
（注５）演劇における受動的行動に触れた人は少ないが、アイルランド演劇研究者の山本修二と哲学者中村雄二郎に興味ある洞察がある。この二人の考えから刺激を受けるのは、受動（受容）的というとき、単なる受身ではなく、受身的な行為の姿勢があって、その中に能動的な行為が内包されてくるという。能動行動が初めにあるのではなく、受動した末に能動行為が生まれる。そのさまを、受動の能動、〈受動的能動〉と表記されることである。
（注６）「白い夜の宴」について（『木下順二集６』岩波書店　一九八八年九月）
（注７）「本郷」（『木下順二集12』岩波書店　一九八八年八月）
（注８）沖縄（『日本が日本であるためには』文藝春秋新社　一九六五年七月）
（注９）木下順二のドラマにおける原罪意識（武田清子『背教者の系譜』岩波新書　一九七三年六月）３カ所同じ
（注10）放送劇「雨と血と花と」（『木下順二集10』岩波書店　一九八八年七月）
（注11）（注７）に同じ
（注12）戯曲で現代をとらえるということについて（『日本が日本であるためには』文藝春秋新社　一九六五年七月）

（注13）（注6）に同じ

（注14）（注1）に同じ

（注15）（注1）に同じ

（注16）転向について（新藤謙『木下順二の世界』東方出版　一九九八年一二月）

（注17）木下順二からの筆者へのハガキ（二〇〇二年三月）

第二節　『子午線の祀り』素描

秋葉裕一

まえがき

『子午線の祀り』は『平家物語』に取材した歴史劇である。一九七八年の『文藝』一月号に掲載された。初演は翌年の四月。能の観世栄夫、狂言の野村万作、歌舞伎の嵐圭史といった伝統演劇の役者たちに声優の坂本和子が加わり、新劇を代表する山本安英、滝沢修、宇野重吉らと共演する舞台が注目を集めた。『平家物語』にゆかりの壇の浦（下関市文化会館）で幕を開け、その後は東京の国立小劇場や読売ホールで上演が重ねられた。演出は宇野重吉を中心に、観世栄夫（能）、高瀬精一郎（歌舞伎）、酒井誠（群読）、さらに作者の木下順二自身が協力するという集団演出体制が採られた（注1）。

日本演劇における伝統の断絶を克服しようとする試みは数々重ねられてきたが、『子午線の祀り』もその一つと言える。「ぶどうの会」「山本安英の会」などに拠りながら、木下や山本の積み重ねた成果が、ここに結実している。戯曲『子午線の祀り』の後記には、「この群読を伴う四幕の劇上演の荷を、〈山本安英の会〉におろすこととする」とある。(注2)「日本の伝統芸術と新劇の結びつきみたいなものを試みたい」という山本への作者の敬意と期待が感じられる。(注3)『「平家物語」による群読――「知盛」』を手掛けている頃から、「能、狂言、歌舞伎、新劇、それらいずれもの一つだけでは（それ自体いかにすぐれたものであるにせよ）それだけでは満足しきれないという心理が、私の中のどこかに働いていることに気がつきだしていた」と木下は述べている。(注4)作者の多年にわたる創作上の努力に報いるかのように、戯曲『子午線の祀り』は「第30回読売文学賞」を受賞した。舞台成果に対しても、上演関係者全員が「第21回毎日芸術賞」を受賞、その他スタッフ・キャストに対して数々の賞が授与された。第五次公演までは山本が関わっていたが、その後は野村萬斎、三田和代などにキャストが変わって、新たな顔ぶれで上演が重ねられている。「戦後の昭和演劇の代表作」であることは衆目の認めるところである。(注5)本稿では、戯曲『子午線の祀り』を考察の対象としながら、舞台上演にも留意しつつ、この作品の魅力と問題点に迫りたい。

『平家物語』から『「平家物語」による群読――「知盛」』へ

日本が連合国に占領されていた一九五一年、その六月に創刊された演劇誌『新劇場』には、土方与志の「スタニスラフスキーシステムの批判と摂取」、山本安英の「『夕鶴』巡回公演の中から」等と並んで、「民族演劇の課題」と題する座談会が収められている。「日本国民の演劇はこれからどのように打ち立てていくべきか」というテーマをめぐって、下村正夫（演出家）が司会を務め、中村翫右衛門（前進座）、木下順二（劇作家）、鈴木政男（職場自立演劇）が発言者として参加している。民衆が生活不安や労働強化にさらされている状況のもとで、歌舞伎や新劇など演劇の諸ジャンルが働く者に無理なく受け容れてもらうために演劇人は何をなし得るか、が論じられている。前進座が歌舞伎だけでなくシェイクスピア上演にも取り組んでいる事例が紹介されているが、西洋演劇の伝統と日本の演劇に関連して、木下が次のように持論を展開している。

［……］一番残念なことは、日本の場合古典劇と近代劇が切れているところです。［……］劇作家という立場から言うと、芝居というものは、原始演劇時代から考えてみても、見る側とやる側との同じ共通の問題があって始めて演劇が成立する。共通の問題がなければ演劇は成立しないのです。たゞ劇作家が突飛なシチュエーションを発明したつて芝居は出来ないのです。ところで、その共通なものはたとえば何かというと、ヨーロッパでは、ギリシヤ神話、それからキリスト教があがるわけです。第二次大戦中、フランスのレジスタンスの芝居の中にギリシア神話の芝居が沢山あります。そうすると、民衆が、一つのアンティゴーネならアンティゴーネという名前を聴くともうわかってるんだ、そういうことがあつて始めて、その上にのつて作家は面白く問題を、民衆は知つているけれども自分では意識していない問題をはつきり自覚的に展開してみせることがでる《（ママ）》。こうなつた時始めて演劇が成立するとい

うこと、そういう意味で共通の問題がなければならない。そういう中の一つとして僕はまあ昔話し民話《（ママ）》の問題をとりあげてみてるんだが、日本の民話はさゝやかですね。ギリシア神話と比較になりませんけれども、お爺さんがというと、お婆さんが川に洗濯に行ってというこ とがわかるようなものがあります。そういう意味で民話というものを考えてやっているわけなんだが、やっぱりその限度がはっきりとある。しかしその民話の出て来た母胎である農民、その現実の農民を見ているとやっぱり農民的ヴァイタリティー旺盛な生活力をもっている。そこでぼくは、この出来上りは、一見さゝやかに見える民話の出て来た基盤である農民の生活の底まで一度下りていって、そこから新な民話劇をつくり出してみたいと考えてるんですがね。このあいだ下村君とも話したのだが、アイルランドの民話劇も、そうしたところから一度見直さなければならない。そこでぼくはこゝでも、日本の場合のテーマの断絶、つまり伝統の断絶ということを感じるんです。（注6）

この座談会の翌年、『文學』三月号には、桑原武夫の「今日における歌舞伎――猪野・近藤両氏の歌舞伎論批判」が掲載された。歌舞伎の遺産継承のためには、「歌舞伎が時代とともに変化して、近代化してゆくという方向と、日本近代劇がしだいに発達して、その中に歌舞伎のよき部分が取りこまれてゆくという方向と、二つ考えられる」とする文脈の延長上に次のように述べている。

ところで、新劇が民衆に親しまれにくいのは、下手すぎるということの他に、木下順二氏などの指摘のごとく、民衆が知りぬいている傳説的なテーマの乏しいことも大いに作用している。小説とちがい演劇はふまえて出てくる何ものかが必要なのだ。そこでフォークロアから取材するという試みが『夕鶴』などを生んだのだが、これは一個のすぐれたタブローではあるが、ドラマチックなものがあまりにも弱すぎる。私はさらに試みるべき一つの方向として、『寺子屋』とか『忠臣蔵』とか、その他みんなの熟知しているテーマをふまえ、サチールをこしらえるということがありうるのではないかと思う。それを知的な思想劇にかえてしまうのである。(注7)

このような問題提起ないし要請のもとで考えると、『子午線の祀り』が下敷きとしている『平家物語』はまさしく「みんなの熟知しているテーマ」である。語り物として琵琶法師によって全国津々浦々に伝えられ、平家の栄華と滅亡の歴史は、他の何ものにもまして劇的な娯楽であり、無常観を示す格好のお話として、人々の心の中に生き続けてきた。能や歌舞伎、浄瑠璃などに数多くの素材を提供している事実は、『平家物語』が日本人にとっての共有文化財であることを示す。(注8)各地に伝わる落人《おちゅうど》伝説の豊かさは、たとえ勝敗の帰趨が自身の利害に関わらずとも、平家の滅びの歴史が多くの人々の関心を呼んだことにも因るだろう。

『平家物語』には公達、武将が数多登場する。源平の戦いが東国から西国にかけて広く行われ、多くの集団が関わって、一回だけ登場する人物名が大多数である。ホメロスの『イーリアス』のごとく、さまざまな武将が次々に登場してくるところに、『平家物語』の叙事詩の性格が色濃い。無常観に彩られながら、作者の新奇を好む好奇心は隠しようがない。『平家物語』で平清盛、木曽義仲、源義経等の記述に多くのスペースが割かれていることは事実である。けれども、誰一人として主人公ではない。岩波新書『平家物語』の著者、石母田正は次のように述べている。

平家物語にはおそらく千人以上の人物が登場するだろう。もちろんその大部分は名前だけ記されているのであって、物語的行為をするのではない。〔……〕ただ注意しなければならないことは、これらの多数の登場人物が、物語の一つの筋の発展によって互に関連づけられているというのではないこと、各人物は、平氏の滅亡を中心とする事件の発展のなかで、登場し、退場してゆくだけであって、清盛・義仲・義経のような人物さえ、その点例外ではない。(注9)

「合戦記の部分が人間を描きだす点で困難なのは、そこでは敵・味方という単純なシチュエイションしか設けられないからである。〔……〕平家物語はけっして個々の人間を描きだそうとした文学ではなく、事件の客観的な進行そのものを物語とするところに特色があったのだから、個々の人間の形象化が不十分だからといって、その点だけから平家物語を評価すべきではあるまい」と石母田は指摘する。(注10)『平家物語』のテキストは、合戦に臨む武将たちのいでたちを事細かに描写する。例を挙げれば、枚挙に遑がないから、一つだけ掲げておく。

　九郎大夫判官《くろうたいふのほうがん》、其《その》日の装束には、赤地の錦の直垂に、紫すそごの鎧着て、こがねづくりの太刀をはき、切斑《きりふ》の矢負《お》ひ、しげどうの弓のまンなかとッて、舟のかたをにらまへ、大音《だいおん》声《じょう》をあげて、「一院の御使《おんつかい》、検非違使五位尉源義経」と名のる。其《その》次に伊豆国の住人田代《たしろの》冠者信綱《のぶつな》、武蔵《の》国の住人金子《かねこの》十郎家忠《いえただ》、同《おなじき》与《よ》一親範《いちちかのり》・伊勢三郎義盛とぞ名のッたる。つゞいて名のるは、後藤兵衛実基《さねもと》、子息の新兵衛基清《もときよ》、奥州の佐藤三郎兵衛嗣信《つぎのぶ》・同《おなじき》四郎兵衛忠信《ただのぶ》・江田《えだ》の源三《げんぞう》・熊井《くまい》太郎・武蔵坊弁慶と、声々に名のッて馳来《はせきた》る。(注11)

　合戦を記録する作者の目は、戦場の事物全体を隈なく写し出す。誰がそこに居るか？　どのような装束を身に着けていたか？　どんな武器を持っていたか？　弓矢の形状は？　名乗りの内容は？　味方は誰か？　敵は誰か？　出身地はどこか？　等々、記述はまことに細やかで、ドキュメントとしての価値に富む。しかしながら、これも石母田の指摘するように、女性の描写が類型的で生活の記録にはいささかも顧慮を払っていない。

祇王の物語をのべたついでに、二、三補足しておくと、祇王の一家が毎月米百石、銭百貫の仕送りをうけて裕福に暮らしていたという些細なことが、平家を読んでゆくうちになんとなく印象にのこるのは、平家物語はこれほどの長篇でありながら、生活というものについての感覚が実に鈍いことが注目されるからである。たとえば都落ちして海上に浮んだ平家の公達は、明け暮れ都を偲んで涙を流しているばかりで、彼らが海上でなめたであろう辛酸が物語になんら出てこないことは、おどろくべきほどである。〔……〕もう一つの点は、『平家物語』の作者は女性の描写が類型的で、下手だという点である。（注12）

徹底して何かを見ようとするかぎり、他は無視されてしまう。平家の公達が船の上でどのような生活をしていたか？　食事はどのようであったか？　『平家物語』の作者は、そうしたことに関心を持たないのである。

石母田は、平氏の滅亡を予見する人物として、三人の人物を挙げている。斎藤別当実盛、平重盛、平知盛である。実盛は自分の死を予期しつつも、故郷に錦を飾ろうと合戦に参加する。運命の予言者のごとき重盛は篤実な君子として描かれ、精彩を欠く印象が否めない。これに対して、知盛は、「平氏の滅亡の運命を予見しながら、源氏に必死に抵抗し、名を惜しみ、裏切り者を憎む」（注13）。人間のそうした矛盾に『平家物語』の作者は興味を示している。そして、知盛の視点ないし立場こそが平家物語の作者の視線であると主張している。

「見るべき程の事は見つ。今は自害せん」という知盛の言葉は、平家物語のなかで、おそらく千鈞の重みをもつ言葉であろう。彼はここで何を見たというのであろうか。いうまでもなく、それは内乱の歴史の変動と、そこにくりひろげられた人間の一切の浮沈、喜劇と悲劇であり、それを通して厳として存在する運命の支配であろう。あるいはその運命をあえて回避しようとしなかった自分自身の姿を見たという意味であったかもしれない。知盛がここで見たというその内容が、ほかならぬ平家物語が語った全体である。(注14)

『「平家物語」による群読──「知盛」』から『子午線の祀り』へ

『子午線の祀り』の先行形態でもある『「平家物語」による群読──「知盛」』(以下『群読　知盛』)は、「山本安英の会」企画で一九六八年十二月、岩波ホールで初演された。この時に朗読者であった野村万作や坂本和子らは、のちに『子午線の祀り』初演にも加わることとなる。『群読　知盛』はドラマリーディングのはしりだった。全体は「序曲　知盛颯爽と戦うこと」「第一の章　平家の一門全盛を極めること」「第二の章　兄重盛弟知盛二人ながら平家一門の衰運を感じること」「第三の章　知盛敢然と生きようとすること」「第四の章　知盛あくまで運命にあらがって生きようとすること」「終曲　知盛最後に花々しく生きて死ぬこと」という構成になっている。(注15)清盛や重盛、重衡、建礼門院、木曽義仲、源頼朝らも登場する。以仁王を擁して平家に反旗を翻した源三位頼政に対し、大将軍として戦った二十八歳の知盛から始まって、平家一門の栄華も描かれている。知盛が壇の浦の水底に沈んで行ったのが三十三歳だから、この間は僅か五年しかない。『群読　知盛』は、『平家物語』の原文を尊重しつつ、その和漢混淆の文体からあまり離れてはいない。木下の関心はもっぱら知盛に向かう。石母田の主張に添って、『平家物語』にあっては脇役としか見えなかった知盛に焦点を当てる。その後、木下は『群読　知盛』を戯曲にしようと考えた。一九七七年五月に木下は「「見る」ということ」という演題で講演を行っており、自身の取り掛かっている『子午線の祀り』について概略のイメージを語っている。

〔……〕ちょうどいま『平家物語』を世界にする芝居を書きにかかっていまして、この『平家物語』のなかにいろんな人物が出てくる。そのなかの非常に面白い人物として、石母田正君が、岩波新書の『平家物語』のなかで取りあげている平知盛という人物がいますね。知盛という人物は、平家一族の清盛は死に、長男の重盛も死んでしまった。そこで重盛の弟で知盛の兄である宗盛という無能な人物が一族のリーダーになり、そして武人としての指導者が知盛であるわけですが、知盛がいろいろ苦労して進めていくんだけれども、宗盛は無能でそして平家は滅んでしまう。そういう滅んでしまうという運命を、知盛はある意味で見通しながら——重盛という人はそれを見通しながらいわば受け身の姿勢で静かに死んでしまうのに対して——知盛はそうではなく、滅んでいくからこそ鮮やかに生きなければいけないと考えて、壇の浦まで持っていく。そして一族みんな死んでしまったところまで見届けて、「見るべき程のことは見つ」といって鎧を二領着て、ずぶりと海に沈んでしまうわけです。(注16)

『子午線の祀り』は、まさに日本人の共有文化財たる『平家物語』をもとにした、木下版『異説・平家物語』とも言えるものだ。その実現に力を貸したのが一九五七年に刊行された石母田正の『平家物語』（岩波新書）というわけである。木下戯曲の発表は一九七八年、その間に二〇年という月日が流れている。歴史家が見た『平家物語』のテーマや記述が、この年月の間に作家の中で熟成され、さまざまな技法の支えがあって、『子午線の祀り』という戯曲を生み出したのである。『群読　知盛』を踏襲して、『子午線の祀り』でも「群読」が導入されている。木下によれば、「〝群読〟というのは、複数の読み手による朗読のことである(注17)」。初演を観た中村雄二郎の劇評を一部引用しておこう。

［……］〈群読〉の場合の『平家物語』の読み方は、「声明（しょうみょう）」の旋律の流れをくむ平家琵琶の語りとちがって、明快な近代日本語の朗読調である。『平家物語』の和漢混淆（こう）文とともに日本語の近代化がはじまるといったのは、たしか丸谷才一氏（『文章読本』）だったと思う。それは発音や読み方のことまでいったわけではなかった。けれども『平家物語』にはたしかに、明快な近代日本語の朗読調になじむところがある。木下氏の着

眼もそこにあったのだと思う。(注18)

群読では、『平家物語』の原文に近い和漢混淆文が語られる。その意味が理解しがたいからと現代語に置き換えられるとたんに、語り物の持つリズムや格調は損なわれてしまう。原文の言葉は一つひとつ、言葉の意味と言葉の音楽とが分かちがたく結びついている。したがって、上演用台本を作成するため、群読の台本を構成しようとすれば、原文を最大限に顧慮して最小限の手直しに留めざるを得ないであろう。木下は或る講演で、「遠からんものは音にも聞け、近くば寄って目にも見よ」という名乗りを例に挙げ、「遠い人はよく聞いてくれ、近い人は目で見てくれ」と現代語訳にすれば、意味は分かるけれども本当のところは伝わってこない、原文の朗々とした壮絶なことばによってはじめてそこで生起している事の意味内容が伝わる、という意味のことを言っている。(注19)「日本古典の原文による朗読はどこまで可能か」というのは、「山本安英の会」による「ことばの勉強会」の提起する問題でもあった。(注20)

群読では、読み手の「人々」のなかから、新中納言知盛も阿波民部重能もあらわれる。知盛は自身の役を務めるだけでなく、「人々」の一人として群読に加わる。そして自身のことを三人称でものがたることもある。『子午線の祀り』第一幕はつぎのように始まる。「読み手B」が第一幕において状況設定を紹介すると、「人々」が「新中納言知盛の卿は、一の谷、大手生田の森の大将軍にておわしけるが、その勢みな逃げ討たれて、今はおん子武蔵の守知章おん年十六歳、お供には監物太郎頼方、ただ主従三騎《しゅうじゅうさんぎ》になつて、助け船に乗らんと汀のかたへ落ち給う」と続ける。平家物語の地の文と近いテキストである。知章と監物太郎が敵と戦って討ち死にしたことが、「人々」により報告されると、その「人々」のなかから「知盛」が現われ出て、「このまぎれに新中納言知盛の卿はそこをふっと逃げ延びて、究竟の名馬には乗り給えり、海へざっと打ち入れ海のおもて二十余町を馬泳がせて」と続ける。

この冒頭の場面、知盛は平家物語の地の文を報告する朗読者としてだけでなく、自身の行動を客観的に三人称で語る。そしてまた、愛馬を余儀なく岸へと追い返さざるを得なくなった時、この馬が源氏のものになることを恐れた阿波民部大夫重能が「射ころしましょう」と矢をつがえると、とたんに「やめろ民部、矢番《やつが》えするな」「射るな民部！　外せ外せ外せ！」と、知盛自身となって対話をする。そして、重能に「おん大将の誉れを担うたあの馬、平家武門の意地を背負うたあの馬を、なにゆえかたきの中に放たれます？」と尋ねられた知盛は、知盛一人の姿を残して急速に暗くなって行く舞台の上で、「――なぜとめるのだおれは。以前のおれなら一議に及ばず射ころさせておったであろうに――そう思っておるうちに、もうすらすらと声がおれの口から出てしまっていた」と続ける。自身の心の中を覗き込む知盛の独白である。すると、知盛の姿を残して真っ暗となった暗闇の中から、のちに影身の内侍を演じる女優の声で「誰のものともならばなれ、わが命を助けたらん馬を」というせりふが聞こえてくる。「そういっているのはおれ自身なのか――と思いながら、おれは自分の声を聞いていた」　知盛が知盛を抜け出して、自分自身

を眺めているようである。行動や声が自覚的になされていない、夢うつつの状態になっているとも見える。（注21）

最終場面、知盛役の俳優のせりふは次のようになっている。「ここに新中納言知盛の卿、「見るべき程の事は見つ。今は自害せん」とて、わが身に鎧二領着て、壇の浦の水底《みなそこ》深く入り給う」と、『平家物語』原文に近い文を語り、「これに続いて侍ども二十余人、おくれ奉らじと手に手を取り、組んで一所に沈みけり」と声（男、複数）がすると、「影身よ！」という知盛の絶叫が聞こえてくる。（注22）報告者としては、『平家物語』の語り手を務めていると言ってもよいだろう。だが、知盛の姿で「ここに新中納言知盛の卿、…壇の浦の水底《みなそこ》深く入り給う」と言われると、観客には知盛の二重性が強く意識される。また、ここは知盛の終焉の模様が語られる場面である。死は、通常、人生最大の一大事であろう。その死が、本人（とおぼしき人物）によって平然と報告される。観客・聴衆は不思議な距離感に捉えられる。「影身よ！」という絶叫は、知盛以外の声ではあり得ない。知盛が知盛であったり、知盛でなかったりすることになる。融通無碍に自他を行き来している。

作者は、『子午線の祀り』を書き出せずにいた一九七一年秋、「渡辺保氏の一文が与えてくれた照射を忘れ得ない」と述べている。渡辺の説くところを、木下は「能楽師という存在、それは舞台の上でつねになにものかからなにものかへうつりつつ、しかもそのいずれにも没入して自己を喪うということがない。ときに語り手であり、ときに運命そのものであり、ときに自然そのものであるその変身の見事さ」と要約し、「物語のなかの一人の主人公の心理や性格を超えて、世界の本質にいたる能楽師の技の見事さ」を確認する。そこから、「ときに自を語りときに他を語り、同時に自他を含む全体を語り、また次の瞬間その全体を俯瞰する視点を中空に設定する『平家』の文体を、（現在まで考え得た限りでは）最もそのようなものとして表現し得る方法＝群読。それと能楽師の技とを類比的《アナロガス》に考えてみたらどういうことになるか」という問題意識に進んで行く。ちなみに、「渡辺保氏の一文」とは、『冥の会』が一九七一年八月に上演した『オイディプース王』の観世寿夫の演技に触れるものであった（注23）（注24）。

中村雄二郎が第一次上演の劇評で指摘しているように、「『子午線の祀り』が期せずしてブレヒトの方法と符合するところをもったのは面白い（注25）。」一九二八年の『三文オペラ』上演で一躍世界的に知られるようになった劇作家ブレヒトは、東アジアの演劇にも関心を持ち、梅蘭芳の演技に触発されて『中国の俳優術の異化的効果』（一九三七年）を著している。また、アーサー・ウェイリーの英訳から能『谷行』を知り、『イエスマン』『ノーマン』を翻案してもいる。木下もブレヒトも同じく能に影響を受けている事実が興味深い。ブレヒトは「演劇のための小思考原理」という演劇論集の中で、次のように述べている。「どんな瞬間にも、劇中人物に完全になりかわることはしないのだ。《かれはリヤ王を演じているのではなく、リヤ王そのものだった》という判定は、俳優にとっては壊滅的打撃であろう。ただその人物を示せばよいのだ。」「俳優がロートンであると同時にガリレイでもあるという二重の姿で舞台に立っているということ、示す人としてのロートンが示される人としてのガリレイの中に消え去ってはならないということ——だからこそ、この演技方法には《叙事詩的》という名が与えられているのだ——(注26)〔……〕。」また、「俳優術の新しい技法に関する短い記述——異化的効果を生みだすための——」でブレヒトが提案していることは、『子午線の祀り』の役者の演技と相通ずるところがある。「俳優は舞台では、自分の演じる人物にあますところなく転化することはない。俳優はリヤでも、アルパゴンでも、シュヴェイクでもなく、ただこれらの人物をやって見せているにすぎない。〔……〕あますところなき転化をともなわぬ演技方法の場合には、つぎの三つの補助手段が、演ずべき人物の言葉や行動の異化に役立つだろう。1 三人称への移行　2 過去への移行　3 演技の指定や注を一緒に話すこと　三人称や過去形に置きかえることは、俳優が正しい、一定の距離をおいた立場をとれるようにする。(注27)」ブレヒトにおける異化とは、対象との距離を然るべく確保するための方法であることを思い見れば、群読のめざすところも、それほど遠い所にあるわけではない。

朗読　読み手Aと読み手B

『子午線の祀り』は「晴れた夜空を見上げると、無数の星々をちりばめた真暗な天球が、あなたを中心に広々とドームのように広がっている。ドームのような天球の半径は無限に大きく、あなたに見えるどの星までの距離よりも天球の半径は大きい」という朗読で始まる。(注28)作品の本質をまるごと体現している趣は、「先住民族の原語を翻訳すると／「河の岐《わか》れたところ」を意味するこの市《まち》は／日本第六位の大河とその支流とが／真二つに裂けた燕の尾のように／市《まち》の一方の尖端で合流する／鋭角的な懐ろに抱きかかえられている」と始まる久保栄の『火山灰地』の朗読を想わせる。(注29)二〇〇二年三月一日および八日にNHK教育テレビの番組「新世紀演劇パレード」で『子午線の祀り』が放映されたが、解説者として登場した大笹吉雄は、二つの作品の朗読の親近性を語っていた。おおいに肯けるところである。自然科学の視点を作品に取り込む点で、久保栄と木下順二には近いところがある。一九三六年に東京大学に入学した木下は、三八年に新協劇団によって上演された久保演出の『火山灰地』一部・二部を、築地小劇場で観劇している。「世の中の非常時的傾向がだんだん強まってくる中で、いつか私たち学生にとって、今夜築地へ行くということは、例えばＹＭの朝の食堂の話題の中でも、つまり朝のうちから、お互いに共通する一種の興奮なのであった。戦後になって、あの頃の新劇はファシズムの波に抗して孤塁を守った〝良心の灯〟であったというようなことがいわれたが、そんな明確な把握がわれわれにあったわけではないとしても、そういうこととつながる思いがどれだけかあったことは確かだろう」と、自伝的小説『本郷』のなかで往時を回想している。(注30)

「異化は対照法を通じて働く」とは、ピーター・ブルックの言である。(注31)天空を眺め子午線に思いを馳せるところから、一転、時も所も規定された歴史上の出来事に焦点が移る。読み手Ａと読み手Ｂの語りは対照を示す。「読み手Ａ」と「読み手Ｂ」の各朗読のはじめの箇所を列挙してみる。

読み手A：晴れた夜空を見上げると、無数の星々をちりばめた真暗な天球が　／　月の二・二分の一の力しかない太陽の引力のことを別にすれば　／　宣明暦元暦二年三月二十四日《よっか》、現行グレゴリオ暦一一八五年五月二日の午前七時　／　午前十一時四十五分、東流の時速二ノット強。　／　東経一三〇度五八分、北緯三三度五八分の関門海峡の上にひろがる天球を

読み手B：『平家物語』巻《かん》第九《く》より、寿永三年二月、一の谷の合戦に　／　『平家物語』巻第十一より。一年《ひととせ》たって、元暦二年二月十九日　／　『平家物語』巻第十一より。一月《ひとつき》たって、元暦二年三月二十二日　／　『平家物語』巻第十一より。あくる二十三日夕刻　／　『平家物語』巻第十一より。元暦二年三月二十四日《しにち》

読み手Aのせりふにより、いかなる時代の出来事か、何が起きているのか、時空の座標軸を媒介として現代人にもすぐに理解できる。数字によるデータは反駁を許さぬ重みを持つ。宣明暦の暦年が現行グレゴリオ暦のそれに言い換えられるなどして、現代の観客に『平家物語』の世界が引き寄せられる。それは、時刻についても同様だ。登場人物は、例えば「未の二点の頃おい」などと劇中では語っているが、読み手Aは「午前十一時四十五分」と現代の時刻表示で告げ、壇の浦の戦いが現前化する。

読み手Ｂは、『平家物語』の該当部分を紹介し、ブレヒト劇を思わせる出だしである。読み手Ｂは『平家物語』の年代記的叙述を踏襲している。それは、作者がこれから始まる出来事を知らせるのに、原作『平家物語』の持ち味を生かすことが効果的であると判断したからに他ならない。ちょうど、『平家物語』の作者が「事件を素材のままに、いいかえれば作者の主観や一切の文学的な修飾を加えずに生地のままの事実として、また事件相互のあいだに物語的な連関をしいて設定しないままに列挙することが〔……〕効果的であることを知っていた」のと同様である。(注32)

読み手Ａ、読み手Ｂ、そして群読は、それぞれに質の異なる叙事的語りを以って相互に補完しながら、知盛をめぐる劇的対話を支えることとなる。読み手Ａは天体や潮流の動きを報告し、読み手Ｂは合戦の推移をものがたり、そして数多の群読は状況を説明し、筋の基本線を受け持つ。以下、おもに対話部分を追ってみることにしよう。『子午線の祀り』は、『平家物語』の中の知盛に注目して、その「劇的」性格に焦点を当てた戯曲と見えるからである。

非情の相

叙事詩の『平家物語』は、『群読　知盛』を経て、『子午線の祀り』という叙事劇に生まれ変わる。冒頭で、「一の谷の合戦に、鵯越より義経の奇襲を受けて平家散々に敗れ、再び四国屋島へ引き退く」折、子息武蔵の守知章や家人監物太郎が身代わりになることでようやく生き延びた知盛が描かれ、最後は「見るべき程の事は見つ。今は自害せん」と、「わが身に鎧二領着て、壇の浦の水底《みなそこ》深く」沈んで行く姿で終わる。その間に『平家物語』のなかの知盛のエピソードが幾つか挿入され、彼との関わりで然るべき役割を果たす人物が登場する。知盛との対話からすると、とりわけ注目すべきは影身の内侍と阿波民部重能である。影身の内侍についてはあとで扱うこととして、まずは敵方の大将源義経を、そのあと阿波民部について見て行くことにする。

知盛が歌舞伎に登場する知盛ではないように、義経も歌舞伎とはほど遠いイメージである。知盛は復讐者ではないし、義経は悲劇の貴公子とは見えない。知盛は、勝利する源氏の大将、源九郎義経より魅力ある人物と見える。たしかに、義経は戦闘する武士団の先頭に立ち、戦場を疾駆する武将である。一の谷でも屋島でも壇の浦でも、大将であると同時につねに最前線で戦う指揮官であり、当時の人々は義経に武将の理想像を見たことであろう。(注33) だが、『子午線の祀り』では、心ばえの優しい知盛の前に、その魅力は色褪せる。「誰のものともならばなれ、わが命を助けたらん馬を」と勝敗損得にこだわりのない知盛に対し、非戦闘員たる水夫楫取を狙い撃ちにしてあくまでも勝ちにこだわる義経の姿に、敗者と勝者、美と醜、倫理と打算のコントラストを見ることができる。「判官びいき」という言葉は本来は判官源九郎義経に拠るのであるが、『子午線の祀り』に関するかぎり、共感を得るのは知盛の方であろう。義経はむしろ悪役、狭量な人物として描かれている。知盛には勝ち負けのみにこだわらない美学がある。その美学は倫理でもある。知盛にとって勝利はフェアプレーのもとにしかない。義経にとっては勝利のないフェアプレーは無である。

平家の総大将、宗盛を囲んだ「評定」の中で、源氏方の戦いぶりは次のように評されている。「東国武者というのは、あれが一所懸命というのだろう。かたきを騙そうと味方を踏みしだこうと、おのれ一人が何より先陣の先駆《さきがけ》切って、功名手柄に首を取ることよりほかは考えておらぬような」「弟蔵人《くろうど》の大夫最期の時など、泥屋《ひじや》の四郎というかたきと組んで古井戸の中へまろび落ちたところへ同じく五郎というのが飛び入って、二人して蔵人の大夫の首をあげた上に、四郎と五郎は兄弟同士が功名の奪い合いをしておったと、蔵人《くろうど》の大夫が郎党の申し条でございます」「東国武士というのは、ただおのれ一人《いちにん》が手柄を立てて鎌倉にある佐殿《すけ》から恩賞を賜わり所領安堵して貰おうと、ひたすらそれのみが願いなのだな」等々。(注34)戦場で功名手柄に向けて遮二無二突進する東国武士たちの姿は、統率者義経の姿でもある。

『子午線の祀り』第三幕第一場には、義経の郎従が梶原景時から「又者」「ぶら」と貶められる場面が出てくる。義経のひととなりが、これら郎従たちから見えてくる。伊勢三郎のように盗賊上がりであろうと役に立てば召し抱える。戦闘能力ないし生き残る力が評価されているのである。弁慶と三郎と忠信の会話は、『平家物語』の物語文体を超えて、それぞれの個性を活写する。彼らは「ぶら」即ち無頼の者のエネルギーを感じさせる。所領を持たぬ者の何も失うもののない強み、非情な現実感覚を感じさせる。

三郎　なに、このあたり、都に遠い国々の郎党ばらは、源氏も平家も、どちらをどちらとも思うてなぞおりますものか。ただ世の乱れを鎮め国を治めてくれるおん方を主君とするだけのことでございますよ。
義経　なるほど、そういうものだろうな。
弁慶　遠い国々の者どもとは限りません。都に地続きの比叡山門の大衆《だいしゅ》にしたところが、しかとした考えを持つ者は数えるばかり、あと大方の坊主どもは損得の成り行き次第、潮の流れに乗るばかりでございます。（注35）

石母田によれば、地方の武士や領主たちは、その所領を維持するために、「二重に隷属したり、あるいは権門勢家の変動によって保護者をかえてゆくという動きをすることが必要であった。（注36）」内乱状態に置かれた武士たちは、時代の潮の流れをよくよく見定めて、負け組にならぬよう算段をしなければならなかった。情勢に応じて、主君を替えることが悪徳とされなかった現実があった。潮の流れを見定めなければならぬ事情は、総大将の義経とても同じである。義経はさらに違う性質の潮の流れも読まなければならない。すなわち、一つは壇の浦の潮の流れであり、いま一つは現実政治の流れである。後白河院の政略と兄頼朝の意向、この二つの権力が義経を引き裂く。義経は何をなすべきか思い迷う。思案に窮して弁慶に尋ねたりもするが、家来の弁慶は本当の意味での助言者にはなれない。平家を攻め滅ぼす戦いでは赫々たる戦果を挙げる義経も、自らを守る自衛本能は備わっていない。かくて、今をときめく義経にして、すでに滅びの兆しがほの見えるのである。

平家の大将軍知盛には、かくも運命は非情であるかと思われるほど、つぎつぎと悲運が訪れる。一の谷の合戦で知盛が一命を取り留めたのは、嫡男知章や家人監物太郎の犠牲によるものであった。十六歳の息子を見殺しにして自身は救われたと涙する知盛を、まわりの者たちは慰めるすべがない。しかし、知章や監物太郎の立場からすれば、平家一門を率いる大将軍知盛を討たせるわけにはいかなかった。知盛以外に平氏の軍勢を指揮できる人物はいない。知盛は生きなければならなかった。私人としての知盛は息子とともに討ち死にしたくとも、公人としての知盛にはそれが許されない。息子を見殺しにした慙愧の念に知盛の心は千々に乱れる。が、他方に平氏の側の最後の守護者の役割が担わされていることは、誰しも認めざるを得ないのである。阿波民部の表現を借りれば、「あの橋合戦の御初陣このかた、見る見るうちに武人たるの力を増されただ一人《ひとり》大将軍たるの器量をそなえられ、一門末の末の郎従からまで頼りとされ敬われてこられた」知盛であってみれば、「息子の命とは比ぶべくもない集団、組織全体の利益を守らんがため」、逃げ延びなければならなかった。「そのことは計算ずくの行動であったか。決してそうではないだろう。少なくとも作者はそうは書いていない」とする嵐圭史の見方には賛同[注37]でき[注38]る。『平家物語』原文

「此《この》まぎれに、新中納言は究竟の名馬には乗りたまへり、海のおもて廿余町およがせて、大臣殿《おおいとの》の御《おん》舟につきたまひぬ」というくだりは、『子午線の祀り』では「このまぎれに新中納言知盛の卿はそこをふっと逃げ延びて、究竟の名馬には乗り給えり、海へざっと打ち入れ海のおもて二十余町を馬泳がせて、兄大臣殿《おおいとの》宗盛の卿のおん船に乗り移って助かり給いけり」と変っている(注39)。嵐は、木下が付け加えた一節「そこをふっと逃げ延びて」に注目する。

「ふっと」とはつまり、理詰めの、計算ずくの、あるいは意識的な行動を一切意味しない表現なのである。その一瞬の、無意識的行動の〝感覚〟が「ふっと」という言葉に集約されているのであり、この感覚こそが、まさに〝運命〟そのものを暗示する。［……］知盛は、無意識的行動ではあったがしかし、その運命の糸を手繰れば、息子を見殺しにしてでも彼は、己が守るべき集団――平家――の下に、身を置きに行かねばならぬ定めであった。もちろんこの行動は、深い心の傷として自らを責め苛むこととなるのだが……(注40)。

その後、知盛は思い人、影身の内侍を和平工作の密使として京へ派遣しようと試みるが、和平に反対する阿波民部重能の手で彼女は殺されてしまう。阿波民部は、後述するように、壇の浦の戦いのもっとも重要な局面で敵方に寝返る。すでに裏切りを予期していた知盛は民部を斬る機会はあったが、優柔不断な総大将宗盛のためにそれを果たせない。さらに知盛を待っていたものは、勝つためにはどんな手段を使うことも辞さない義経の戦法であった。勝利しか念頭にない義経には戦いの定法も倫理も通用しない。知盛は力の限りを尽くしたが、運は尽きた。「見るべき程の事は見つ」と入水していく知盛は、何を見たのだろうか。平家に重恩のある豪族も、損得次第では寝返ってしまう。昨日の友は今日の敵である。これまでいただいていた主君が、いつまでもそうであるわけではない。民衆は「潮の流れに乗る」ことを処世訓としている。さもなくば生きていけない。そうしてすら、うまく生きていけないのである。都に遠い国々の郎党であれ、叡山の荒法師であれ、まことにみごとに日和見をするのである。知章を見殺しにし、影身を犠牲にし、戦の評定を拱手傍観するほかなく、阿波民部重能の裏切りはみすみす見過ごしにさせられる知盛であった。「見るべき程の事は見つ」とは、そうした非情の相をことごとく見たということである。それは、「為すべき程の事は為せり」であり、「知るべき程の事は知りぬ」という意味でもあっただろう。

阿波民部重能は、知盛同様、『平家物語』にあっては目立たぬ存在である。巻第十一「遠矢」などにその名が見える。(注41)子息田内左衛門を生け捕りにされて、源氏に寝返ったことが伝えられている。『子午線の祀り』では、四国の有力な豪族として、都落ちした平家一門を支える人物とされている。知盛と交わす対話からも重能の存在の大きさは見えてくる。けれども、両者の考え方は大きく異なっている。知盛が源平の和平をめざすのに対して、重能は徹底抗戦を主張する。愛馬の命を救えば敵を利することになる、と知盛を詰るのは重能である。三種の神器を後白河院に返還することを絶対に認めないのも重能である。重能にとっては、「天子とは土をひねって作る人形のごときもの」であるのに対し、「三種の神器は誰人《たれびと》も新たに作りだすことのできぬ確かな品物」である。(注42)壇の浦の戦いの前夜、重能は知盛に驚くべき方略を明かす。もし敗れることがあれば、西流する潮に乗じて博多の海に至り宋の国まで落ち延びよう、というのである。知盛は、帝と三種の神器が王城に御座あってはじめて日本国であるとする立場であり、このような提案は到底受け容れがたい。壇の浦の戦いの当日、重能は戦闘に加わらず、平家の敗色が見えると、ついに単独で御座船を奉じて早鞆の瀬戸をめざそうと決意する。けれども、その時には早鞆の瀬戸口は源氏方についた九州の緒方三郎惟栄《これひで》の一党に固められてしまっている。重能にとっては、三種の神器こそが日本国であった。御座船もろとも水底へ沈んで行くことを考えもする。しかし、最後にとった行動は次のようなものだった。

重能　（やがて身を起こす）――ふっとわが子のことを思うたら――次には判官殿の前に手をついておりました。――この幾年《いくとせ》、民部が命を懸けて思い詰めて来ましたこと――新中納言さま――一体何であったのやら――民部、心、はぐれてしまい申した。――(注43)

「ふっとわが子のことを思うたら」とある。知盛の折と同様に、ここにも「ふっと」が現われる。

民部は、「損得の成り行き次第、潮の流れに乗るばかり」を実践し生き延びたが、それは事象の動きを見極め正確に読み切ったが故の結論ではない。海外亡命政権という夢が破れて、「ふっと」親子の情に引かれたが故の寝返りであった。出口逸平の論文「木下順二『子午線の祀り』の重能像」は、ともすると影身の内侍に目が集まりやすい『子午線の祀り』論の中で、阿波民部重能に焦点を絞って論じており、教えられるところが多い。重能の最後のせりふについては次のように論じている。

徹底した現実主義者であるがゆえに、彼には知盛の「見るべき程の事は見つ」という満足感も、名誉ある死も許されない。忠義が裏切りへと変わってしまったという運命のいたずらをはじめて自覚したときのとまどいと虚脱感が、重能の最後の台詞「心、はぐれてしまい申した」に感じられる。(注44)

宋の国まで赴いて徹底抗戦を続けるという海外亡命政権は、決して荒唐無稽な方略ではなかった。(注45)義経相手では平家の勝利は難しい、と重能は見切っている。この現実主義者の見た夢は知盛のような中央の貴族には考えつかない構想であり、地方の豪族のしたたかな生命力を感じさせる。

子午線上における鎮魂歌

第一幕、影身の内侍の舞い姿が知盛の前に現われる場面がある。影身は平家の氏神、安芸の厳島大明神に仕える舞姫である。今様歌が聞こえてくる。「山の調《しらべ》は桜人　海の調は波の音　島々浦々めぐるよな　巫女が集いは中の宮　厳島　厳荘遣戸《けそうやりど》は此処ぞかし」優雅な舞いは続いて行くが、今様歌はいつか怨嗟の群読に変っていく。「去んぬる治承養和の頃より／諸国七道の人民《にんみん》百姓ら／平家のために悩まされ／源氏のために滅ぼされ／家《いえ》を失いかまどを捨てて／春は東作《とうさく》のおもいを忘れ／秋は西収《さいしゅ》のいとなみにも及ばず――」これに対して、知盛は「何だ、その声々は？その声々は何のことだ」と応ずる。清盛の四男知盛は、こうした怨嗟の声がまったく理解できない境遇にある。日々の生活を奪われ、一族郎党、はては命までも奪われた人民の怨み声は、群読のうちにこだまする。そしてこの群読は、さらに影身に導かれて出てくる群読の前触れであった。

度々《どど》の戦さに命を落とすもの――
平氏源氏の兵《つわもの》どもは更にもいわず
諸国七道の人民《にんみん》百姓ら
とこうの弁《わきま》えにも及ばぬうちに

忽ち鳴りどよむ辻風に捲きこまれて
あるは空しき屍《かばね》を野天《やでん》にさらし
あるは千尋の海の底によこたわる（注46）

和平の使者として都へ上ることを知盛に約束した影身の内侍は、主戦論者の阿波民部により殺されてしまう。知盛の前に舞い姿で現れた影身は亡霊なのだった。影身は、「この乱れた世に…滅ぼされ悩まされ踏みしだかれていくものときまって」いる人民百姓の存在に思いを致して欲しいと願う。いったい『子午線の祀り』という戯曲名は何を意味するものか？　木下の自作解説によれば、「祀り」であって「祭り」ではない。「発揚する」というよりは「内に籠る」ものが意図されている。〝Requiem on the Meridian〟「レクイエム・オン・ザ・メリディアン＝子午線上における鎮魂歌」という意味にとっていただいていい、という説明は説得力があり、傾聴に値する。（注47）語彙の使用領域でいえば、「子午線」は地理学・天文学など科学分野でなじみのある語であろうし、「祀り」は宗教性を意識させる。異質な領域の二つの語が格助詞「の」で結びつけられることで不思議な効果を生んでいる。「祀り」をレクイエムと解するならば、祀られるのは誰か？　負け戦さがすでに分かってしまっていたというのはどういうことか？　と知盛は影身の内侍に尋ねる。磯に立つ影身の内侍は平家の氏神、安芸の厳島大明神に仕える舞姫だが、生まれは近江の百姓の子である。わたくしたち人民百姓らは戦乱の世に滅ぼされ悩まされ踏みしだかれていく、と知盛に伝える。戦乱に倒れるのは武将や公達ばかりではない。むしろ、戦闘には直接かかわりのない人民、田畑を荒らされ、徴用され、歴史の中に名を残すこともなく死んでいく者の鎮魂こそが求められているのであろう。知盛に否やはない。「誰のものともならばなれ、わが命を助けたらん馬を」と愛馬の助命を命じる知盛は、合戦の勝敗が決したと思われた時、能登守教経の殺生を戒める知盛であった。知盛は平氏と源氏の和平の道を探る。血を流さずに済ますには何をすればよいか、可能性を探る。そして、後白河院を頼って、使いを影身に頼む知盛であった。大岡信の言によれば、『子午線の祀り』では、歌舞伎などから来る復讐のイメージと違って、深みと悲壮さを備えた人物、従容として壇の浦の水底へ沈んで行く知盛が造型されなければならなかった。それ故にこそ、影身の内侍という「彼に一体となって寄り添いつつ同時に永遠の時間の中で呼吸しているような神秘的透視力をもった女性」が創造されなければならなかった。(注48)影身という名は意味深長である。一般名詞としての意味は「影が体に添うように、常に離れないこと。また、その影」を意味し、「影身に添う」「影身を離れず」といった用例がある。(注49)知盛を演じた嵐圭史によれば、木下は「影身に添うて」という表現から、この命名を思いついたとのことである。「我々が日常的に使っている〝鏡〟は、そもそも〝影身――自分の姿を見る――〟からの変化でもあるらしい」という嵐の指摘も、知盛と影身の内侍の関係を考えるに当たって参考になる。(注50)

宮岸泰治は、「木下さんのお作品は、主人公がみんな死ぬんです」と山本安英が語ったことを紹介し、「そういえば、山本自身が出演した木下作品は、民話劇を除いて、すべて主人公が死ぬか、相手が死んで主人公一人が残される役ばかりである」と確認している。大空へ飛び去る『夕鶴』の主人公は措くとしても、『山脈（やまなみ）』のとし子、『蛙昇天』の母親コロ、『風浪』の誠、『東の国にて』の加代、『沖縄』の秀。「生き残った者たちは自分の中でだけ死者をおもうのでなく、死者との対話を続けながら生き」ている。「ですから、わたしたちは死者を向こうの世界に送りこんでしまってはいけない。死者を忘れてはいけない。死者と絶縁するなら、わたしたちには何もないんです」と山本は語ったとのことである。(注51)

死者を忘れないこと、死者との対話を続けること。それは、まさに影身の内侍が求めたことであった。『子午線の祀り』は、『平家物語』や『群読　知盛』を下敷きにしながら、影身の内侍という虚構の人物が新たに登場することで、大きく変貌する。子午線上の鎮魂の祀りごとを司るのが、ほかならぬ影身の内侍なのである。山本安英は、また次のように述べている。

『子午線の祀り』には、私がこれまで演らせていただいたすべての木下作品が、つながってここに流れこんでいる、という感じがします。とくに影身の内侍は、『夕鶴』のつうや『沖縄』の波平秀と、微妙に関連しつつ、つながっている。いつだったか茨木のり子さんが、確実に存在しているにもかかわらず、どうしてもとらえがたいものへの一種の憧れが、木下さんの描く女性像に一貫しているという指摘をされたことがありましたが、影身はそのなかでも、最もあるかなきかのあわいに立っている女性なんです。(注52)

夢うつつの内にあるかなきかでありながら、その透明性が逆に存在感を示す登場人物。波平秀、影身の内侍はともに巫女である。この事実の符合は偶然ではない。二人の亡骸は、沖縄戦であるいは壇ノ浦の戦いで死んだ将兵が眠る海に抱き取られる形になっていることも共通する。「度々の戦さに命を落とすもの」という表現は、源平合戦以前の戦いも以後の戦争も含みこむ。十二世紀の一の谷・屋島・壇の浦に響いた死者たちの声は、遥か後の世、例えば二十世紀のアジア太平洋戦争で倒れた人々の声にこだまする。木下をして『子午線の祀り』に赴かせたものは、『夏・南方のローマンス』（『神と人とのあいだ』第二部）や『山脈』にまで遡るのだという宮岸の主張は説得力がある。（注53）そして、鹿野原とトボ助、山田ととし子、知盛と影身等、恋する男女が出てくるのも偶然ではない。相聞歌であり、鎮魂歌なのである。第一幕、満天の星空の下、波頭の砕ける磯に立つ知盛と影身の語らいに耳を傾けよう。

影身　［……］もう十日あまりが過ぎましたのでしょうか、この屋島の磯に着きましてから。
知盛　その十日あまりが、一日のことのようにも一年のことのようにも思われるのだ、おれには。
影身　一刻《いっとき》のことのようにも、十年のことのようにも思われます、わたくしには。（注54）

知盛と影身の間に時の意識はない。たがいへの思慕の念が時を拒絶し、永遠を欲する。戯曲の結末では、「影身よ！」という絶叫を残して、「永遠の時間の中を、幕が静かにおりて行く。」人の世のはかない営み、たまゆらの生が永遠に連なり、悠久のうちに消えて行く。『子午線の祀り』は「永遠の時間」と対応する。無限が有限と触れあっている。

付記　『子午線の祀り』あらすじ

〔第一幕〕

寿永三（一一八四）年二月、平家は一の谷の合戦に敗れる。新中納言知盛は、十六歳の息子武蔵の守知章と従者監物太郎の犠牲で、辛くも船に逃れる。知盛の名馬を敵に渡すまいと射殺そうとする阿波民部重能に対し、知盛はそれを許さない。生かしたまま汀へ追い返す。平氏はふたたび四国の屋島に引き退く。知盛は、後白河院を通して、源平の和平を結ぼうとする。平氏の氏神、安芸の厳島大明神に仕える影身の内侍を、知盛は使者として京に送ろうとする。影身の内侍は京へ上ることを約束し、知盛への愛を告白する。しかし、和平を望まない重能により、影身の内侍は殺されてしまう。平家の総大将宗盛のもとでの評定は負け戦の繰り言に終始する。後白河院からの院宣が届く。本三位中将重衡の身柄と引き換えに三種の神器を返還せよとの要求に接し、大将軍知盛は平家全軍を率いて、戦闘の指揮を取らねばならないことになる。

［第二幕］

九郎大夫判官義経は後白河院から、平家を追討し三種の神器を持ち帰るようにとの命を受ける。元暦二（一一八五）年二月、義経は屋島に平家を襲い、一挙に海へ追い落とす。伊勢三郎義盛は、阿波民部の嫡男田内左衛門教能を味方につけるよう、義経に命じられる。三郎は謀を使って主君の期待に応える。都に遠い国々の郎党は損得の成り行き次第で源平いずれにもつく。そういう現実が一般であることが、三郎や弁慶から義経に伝えられる。

［第三幕　第一場］

海の戦いに馴れぬ源氏方は、調練を重ねている。大将の義経は潮目を読むことに必死である。三浦義澄が味方に加わるが、先陣争いをめぐって義経と梶原景時の間に、あやうく同士討ちが始まりそうになる。元暦二年三月、いよいよ壇の浦へ向けて出発という直前、瀬戸の潮の流れに通じた櫛崎衆が駆けつけてきた。義経は喜び、召し連れた船所五郎正利を鎌倉御家人に取り立てるとの書付を弁慶に書かせる。

［第三幕　第二場］

元暦二年三月二十三日夕刻、明日の決戦に備えて、知盛を中心に最後の評定がなされる。嫡男教能が義経の軍門に降ったところから、重能が寝返るかも知れないと知盛は危惧している。じきじきに本心を問い質すと、重能は親子が仇同士となるのも何かの因縁と述べる。さらに、明日が負け戦の場合、三種の神器と帝を奉じて宋の国へ向かう手筈も整えていると述べて、知盛を驚かす。重能が去り、亡き影身が現われる。知盛とともに満天の星空を見上げている。「大自然の動きは非情でございます、人の世の大きな動きもまた非情なものでございます、非情の相をしかと眼をこらして見定めて下さいませ」と述べて影身は消えていく。

［第四幕］

　元暦二年三月二十四日、源平が壇の浦で戦う。当初は潮に乗って平家が戦いを優勢に進める。義経は真っ先かけて進もうとするが、矢衾の中を進めない。戦い始めの矢合わせが戦闘の際の定法であるように、船を漕ぐのみの水主楫取は決して殺さぬことが海戦の定めとなっている。戦況に業を煮やした義経は、この期に及んでは法も掟もないと正利の止めるのを振り切って、非戦闘員への攻撃に出る。やがて十三時、潮はおもむろに西へ走り始める。平家の水主楫取は射られ、斬られ、侍たちは船の向きを制御できない。重能は御座船を押し包んで早鞆の瀬戸をめざそうとするが、そこは源氏方にすでにふさがれてしまっている。重能はついに源氏方に寝返る。義経の前に平伏し、御座船がどの船かを教える。平氏の敗北が決定的となり、二位の尼は八歳の帝を抱いて入水する。知盛は「見るべき程の事は見つ。今は自害せん」と、壇の浦の水底深く沈んで行く。

木下順二の作品の引用は、一九八八年から八九年にかけて刊行された岩波書店版『木下順二集』（全16巻）に拠っている。

（注1）木下順二「さまざまなジャンルから――第一次公演にあたって（1）」『木下順二集　8』一七六～一七七頁
（注2）木下順二「『子午線の祀り』後記」『木下順二集　8』一六一頁
（注3）山本安英／荒垣秀雄「荒垣秀雄連載対談　時の素顔126　山本安英」『週刊朝日』一九六五年十二月三日号　朝日新聞社　二七頁
（注4）木下順二「どうやって書いてきたか――書き上げたあとで（2）」『木下順二集　8』一七五頁
（注5）渡辺保／高泉淳子『昭和演劇大全集』平凡社　二〇一二年　一三四～一三六頁
（注6）中村翫右衛門／木下順二／鈴木政男／下村正夫　座談会「民族演劇の課題」『新劇場』第一号　五月書房　一九五一年六月　五三～五四頁
（注7）桑原武夫「今日における歌舞伎――猪野・近藤両氏の歌舞伎論批判」『文學』Vol・20　一九五二年三月号　岩波書店　四九頁
（注8）石沢秀二「木下群読劇の構造と文体――「子午線の祀り」について――」『テアトロ』一月号　株式会社テアトロ　一九七九年　七三頁
（注9）石母田正『平家物語』岩波書店　一九五七年　一〇七頁
（注10）石母田正『平家物語』八七～八八頁
（注11）『平家物語』巻第十一「嗣信最期」ワイド版岩波文庫（四）二〇〇八年　一五二～一五四頁
（注12）石母田正『平家物語』八二～八三頁
（注13）石母田正『平家物語』四九～五〇頁

（注14）石母田正『平家物語』一六頁
（注15）木下順二「古典を訳す　付、『平家物語』による群読――『知盛』」『木下順二集　13』一九一〜二二四頁
（注16）木下順二「「見る」ということ」『木下順二集　8』二六七〜二六八頁
（注17）木下順二「古典を訳す　付、『平家物語』による群読――『知盛』」『木下順二集　13』一八七頁
（注18）中村雄二郎「新しい叙事詩劇の誕生――『子午線の祀り』を観て」朝日新聞（夕刊）一九七九年四月二十一日付
（注19）木下順二「日本語をめぐって」早稲田大学演劇博物館創立五十周年記念行事　演劇講座　一九七八年十月十一日（録音テープに拠る）
（注20）木下順二「どうやって書いてきたか――書き上げたあとで（２）」『木下順二集８』一七二頁
（注21）木下順二『子午線の祀り』『木下順二集　8』五〜八頁
（注22）木下順二『子午線の祀り』『木下順二集　8』一五八〜一五九頁
（注23）木下順二「どうやって書いてきたか――書き上げたあとで（２）」『木下順二集　8』一七三〜一七四頁
（注24）渡辺保／高泉淳子『昭和演劇大全集』平凡社　二〇一二年　一三五頁
（注25）中村雄二郎「新しい叙事詩劇の誕生――『子午線の祀り』を観て」朝日新聞（夕刊）一九七九年四月二十一日付
（注26）ベルトルト・ブレヒト「演劇のための小思考原理」千田是也編『今日の世界は演劇によって再現できるか――ブレヒト演劇論集――』白水社　一九六二年　二八〇頁

（注27）ベルトルト・ブレヒト「俳優術の新しい技法に関する短い記述――異化的効果を生みだすための――」千田是也編『今日の世界は演劇によって再現できるか――ブレヒト演劇論集――』一五三～一五四頁
（注28）木下順二『子午線の祀り』『木下順二集　8』三～四頁
（注29）久保栄『火山灰地』『久保栄全集　第三巻』三一書房　一九六一年　一三頁
（注30）木下順二『本郷』『木下順二集　12』二〇八頁
（注31）ピーター・ブルック『なにもない空間』（高橋康也／喜志哲雄訳）晶文社　一九七一年　一〇五頁
（注32）石母田正『平家物語』一三六頁
（注33）石母田正『平家物語』九九頁
（注34）木下順二『子午線の祀り』『木下順二集　8』二〇～二一頁
（注35）木下順二『子午線の祀り』『木下順二集　8』六七頁
（注36）石母田正『平家物語』一一三頁
（注37）木下順二『子午線の祀り』『木下順二集　8』三六頁
（注38）嵐圭史『知盛逍遥』早川書房　一九九一年　一三四頁
（注39）『平家物語』巻第九「知章最期」ワイド版岩波文庫（三）二〇〇八年　三四〇～三四二頁
（注40）嵐圭史『知盛逍遥』一三四～一三五頁
（注41）『平家物語』巻第十一「遠矢」ワイド版岩波文庫（四）一九八頁
（注42）木下順二『子午線の祀り』『木下順二集　8』三五頁

（注43）木下順二『子午線の祀り』『木下順二集　8』一五二頁
（注44）出口逸平「木下順二『子午線の祀り』の重能像」　大阪藝術大学藝術学部文藝学科研究室『河南論集』一九九九年　一二五頁
（注45）永井路子「本郷そして壇の浦」『木下順二集　16』月報16　三～四頁
（注46）木下順二『子午線の祀り』『木下順二集　8』四〇～四三頁
（注47）木下順二「構想概要――第一次公演にあたって（2）」『木下順二集　8』一八八～一八九頁
（注48）大岡信「木下順二の知盛卿」『木下順二集　8』月報15　三頁
（注49）『日本国語大辞典』第四巻　小学館　一九七三年　四八〇頁
（注50）嵐圭史『知盛逍遥』一七一頁
（注51）宮岸泰治『女優　山本安英』影書房　二〇〇六年　一七五～一七六頁
（注52）山本安英（聞書き：藤久ミネ）「役の記憶　15　〝影身の内侍を演じる女優〟を演じて」『木下順二集　8』月報15　一三頁
（注53）宮岸泰治「『子午線の祀り』考」『ドラマと歴史の対話』影書房　一九八五年　一七五～一八〇頁
（注54）木下順二『子午線の祀り』『木下順二集　8』一〇～一一頁

第三節　ドラマのフォームと思想　あるいは歴史と個人のかかわり
──『夏・南方のローマンス』『巨匠』に集約される構造論

斎藤偕子

劇作家としての立脚点

〈構造の含むフォームと歴史認識〉

多彩で精力的な評論活動を行ない、作家として戯曲ほか小説も書いている著作者である木下順二は、たしかに第一に劇作家であるのだが、同時に力を投入した評論活動に関して、彼の念頭を常に占めていたのはドラマ指向であり、演劇以外のことを語っているときでも、何かにつけドラマ観がそこに裏打ちされていた。ここでは、彼のドラマ観と劇作に対する理念の中心にあったのが、構造に対する意識だったという点に注目しながら論を進め、最後に作品にも当たりたい。長い年月にわたりドラマを追及してきた作者が、処女作の『風浪』を何度も書き直し、それでも満足できなかったという意識の中心にあったのが、構造への不満だったわけで、当初からこのことは伺えたのだった。(注1)

ただ木下にとって、その後何度も強調しているように、構造といっても、それをつくりあげていくのは、「単なる技術ではなくて一つの思想である」ということである。(注2) そして「歴史」認識が彼のドラマ思想の根幹を占めていた。もっとも、歴史といっても概念認識の違いはある。戦前の民藝などにも関係した演出家の下村正夫は、対談で（『風浪』について）「歴史密着的観点というより歴史と人間の関係を象徴的にとらえようとしている」と述べ、木下の中で「ドラマの法則と歴史と個とのかかわり、といったことに対する方法意識が、一つのシェーマにまで煮詰まっている段階だ」と述べた。(注3) 歴史を事件中心の編年的概念で捉えながらも、それを超えたドラマとの関係を感じ取っていたとはいえる。一方、木下の考えは少しずれる。「歴史を作り出して行くのは、確かにわれわれ……お互いさまの人間がつくって行っているはずのものなのだけれども、作り出された歴史そのものの流れは、総体としても個々の細部においても、しばしばわれわれ人間の力を超えて動いて行く」(注4) というように、個人を超えた視座を占めて実存するものとしてとらえている。これを彼の日ごろの考え方から敷衍すると、歴史という概念を「大宇宙」という視界に重ねてとらえているといってもいいだろう。そういう歴史として、ドラマという一つの概念世界に結びつけて考えていたことになる。つまり、紀元前にギリシアでつくられ、本質的に今日まで揺るがないで受け継がれた、そういうかたちとしてのドラマは、構造を持っているという前提で、このように述べる。

ドラマの構造が、どういう意味かで歴史を反映しているのでないか。……歴史の動いていく中で、ドラマの構造は出てくるのであって……そういうものとしてドラマを考える……。……そういう意味で私は、ドラマを書いて行くことと、歴史というものを考えていくことと……どこかでつながりがあると感じて、しょっちゅうそのことが頭をはなれない。(注5)

ところで、「構造」ということはフォームであり、それは思想であり内容であるという意味でのストラクチャーである。大学時代英文学を専攻し、シェイクスピア、その他近代英国劇（アイルランドも含む）の優れた翻訳者でもある彼が、ドラマ観の基本を西洋の理論をもとに構築し、その理論の延長に沿って彼自身の劇の創作に向き合い、かつ日本の伝統演劇も含めた演劇へのアプローチをする、そういう姿勢が活動の根幹になっていたことは、当然だったのではないだろうか。それに加えて、彼の原点で西欧的というか、ギリシア＋キリスト教の伝統上で構築された世界観が、発想の構造の基本にあったということに注目したい。初期には日本の民話を下敷きにした小品が多いわけであるし、そしてとくに日本的仏教思想を色濃く持つと考えられる『平家物語』を愛し後期の自らの代表作に取り入れたりしているのだが、いずれにしろそれらのアプローチの仕方の底流に、やはり西洋を学んだ日本の知識人の、西洋を超え東洋にも広がる宇宙観に結びつけていくドラマへの発想を感じるのだ。このような見地に立って、木下世界の劇の構造面を、とくに歴史＝「個人というものが自己否定しなければならないということがらの積み重ねにおいて進む」歴史(注6)＝と個としての人との関係という内容、つまりテーマの構築を問題にしながら、それを作品化する技法について考えていく。木下がもう一方で重視したセリフの問題には本論では踏み込まないが、(注7)右の観点に立つことによって、今を「生きるという」問題に常に向き合い、疑問を抱き、真摯に迫った木下の創造活動を、検証しようとする謂いである。

〈原罪意識〉

ただ、このような内容と技法の二面において、木下のテーマへのある独自の視線がそこに絡んで強調されていることを、前もって指摘しておきたい。この論で主に詳述する作品は、一九八〇年代以降の木下最後の初演舞台となった二つの戯曲『神と人とのあいだ・第Ⅱ部「夏・南方のローマンス」』と『巨匠』である。前者は第Ⅰ部「審判」と共に一九七〇年雑誌発表後、七二年に合わせて単行本として上梓されており、同年に二部とも初演される予定だったが、第Ⅱ部のみは作者の意向で取りやめになっている。それが、一七年後の一九八七年に初演され、改稿テクストも八八年に出版された。(注8)後者は「――ジスワフ・スコヴロンスキ作『巨匠』に拠る」(注9)と銘打たれ、木下が一九六七年に日本で放映されたポーランドのテレビ作品をもとに後年書き上げた最後の戯曲作品（一九九一年）だ。この二作には、歴史と人間のかかわりというテーマに含まれて、人間存在の根幹に根を張るある種の罪意識の葛藤が色濃く映し出されている。それが、前者の題名の含む「神と人」という視点の内容から示唆される神×人間というものが歴史に関わってくるときの「原罪」という意識問題なのである。後者は「罪」ということばこそ用いられていないが、作品を流れる思想に同種の意識を見るのだ。

もっとも「原罪」という考え方はすでに『沖縄』（一九六三年『木下順二作品集Ⅶ』収録）(注10)に関する対談で、問題にされていた。詩人・評論家の藤島宇内の日本近代史における三つの原罪（沖縄、部落、在日朝鮮人の問題）という考え方を引用しながら、木下は、「原罪」ということは、過去のことは「水に流す」というのと全く逆の意識だと述べる。

その罪、それはもう取り返しのつかないものだという認識をはっきりと持ってその上で行動を……起こすという考え方を日本に持ちこむことは、日本の中につくりだすことはできないものか。

……日本には絶対者が、つまり神という観念がないから、という議論が、……時に自己批判的な、時に、現状肯定的な、時に絶望的な、いくたびかの論議の中で、……

……一度も出なかったようである。(注11)

と歴史を通して日本人の行なってきた過去への向き合い方の問題として、それが流し去られがちな今日の状況に納得できない気持ちを投げかけている。言い換えると、木下はしばしば日本人論を展開して関心を示してきたが、とくに近代以後の日本人の物事をあいまいのまま忘れようとする鵺のような内面意識に触れ、原罪という問題意識を持ちこんでいたわけだ。

「原罪」ということば自体は、キリスト教的概念に由来していたものの、日本語に訳され用いられるようになって、宗教性よりも漢字の字義の通りの意味から受け止められることが普通になっているとはいえよう。だが、もとは聖書にある人類が神にそむいて犯した初源の罪を、以来人間のだれもが内面に受け継ぎ、人類の一員として逃れることなどできないで背負わされてきた、そういう存在自体の持つ罪という内容を指している。英語でいえば crime でなく sin ということだ。木下の中にもその考え方が深くにある。(注12) ただ、それが原点となっているとはいえ、さらに戦時中の兵役を逃れた自分の体験に対する意識なども重なり、常に心から離れない歴史意識の問題となり、さまざまのかたちで作品に反映されていた。このことは、研究者などによって指摘されてきたことでもある。吉田一が、木下の場合「原罪」を個人の中に閉じ込めないで「現在の状況にまでつなげ、人の生きかたの問題として求め、そのことによってドラマ成立と展開との不可欠な条件にすることができた」と明確に説明づけている通りだ。(注13) 歴史の中の日本人問題に重ね、ドラマとして止揚されたということ――とくに最後の作品では、人間の個のあり方を、個を超えた実在としての「神」との関係で、罪の問題を前面に打ち出しながら描く。

このことはまた、戯曲というものが「人間の力を超える何者かと緊張感を以って対峙している地点から生産されている」と述べていること、そこが小説などと異なる劇作家の立ち位置だと考えていること、そういう作家の理念に、反響しあっている。(注14)

たとえば、具体的な以下のような例も引いている。

戦時中軍部に徴用され戦争賛美文を書いた阿部知二について、〝あの時おれは…取り返しのつかないことをやってしまったんだという思いを深いところにもっている人…しょっちゅう振り返って自分の傷跡を舐めるように舐めるようにして、痛い傷口、そのことを振り返りながら、今どうやっていったらいいかということを考えていられるかた〟だと。(注15)またブレヒトについて、このような意味のことをいっていたと引き合いに出す。〝現代人は、あまりにも多くの未整理の過去をのこしたまま未来を急ぎ過ぎる(注16)〟と。

これらは木下の中では、歴史の流れと「原罪」意識が絡んで考えられていることである。つまりこのことが、ドラマの核心に触れる内容だと。

取り返しのつかないことは、済んでしまったことだから取り返しがつかない。しかし、何とか取り返そうとする、そんなことはできないんだけどどうにかしようとする努力、意志、人間存在、そういうものがドラマの根本にある。(注17)

歴史に絡み「取り返しのつかないこと」への贖罪的ともいえる意識のあり方、これが木下にとっての原罪問題であり、忘却をわが身に許さない作家の姿勢問題と結びつき、(注18)歴史を生きる登場人物が生死をかけていた問題でもあるという視座――最後の二作品が表現の中核に持ち込み得たことではなかろうか。そのように見ていくことからも、木下の最終的なドラマ論が集約された作品となっていると考えるのである。

〈ドラマ論から〉

話を最初に戻そう。

木下は、劇を書く営為が、詩や小説などのそれと異なる創造の営みであることを主張してきたと述べたとおりである。その中心概念を彼は「ドラマ」というターム＝用語を用いて表わしたのであり、「ドラマ」ということばの入っている単行本（半ば理論的でもあるが、あくまでも理論書ではなくて評論書である）も数冊出版している。「ラジオドラマ」などの作品集は除いて、以下のようなものだ。

『ドラマの世界』一九五九年
『ドラマとの対話』一九六八年
『ドラマが成り立つとき』一九八一年
『ドラマに見る運命』一九八四年
『ドラマとは何か』一九八八年
『木下順二対話集　ドラマの根源』二〇〇七年（出版年は下るが、一九六二、三年に、最終巻のみ七一年に、刊行された『木下順二作品集』Ⅰ～Ⅷの各巻巻末に掲載された対話を集めたもの）

このほかに「ドラマ」ということばは用いていないが、〝劇的〟ということばでより集約的にドラマ論を展開している新書があり、シェイクスピア論だがドラマ論ともなっている著書も加えて、並べておこう。

『シェイクスピアの世界』一九七三年
『〝劇的〟とは』一九九五年

最初の五九年の著書は、とくにドラマについて論じているわけではない。一種の演劇的な外国旅行記であり、木下も「はじめに」の項で自分の演劇感が随所に込められていると述べており、たしかに示唆に富む一冊ではある。ただ、さしあたってドラマ論の問題としてここで注目することはしない。そのうえで、あとの五冊に関しては、さまざまのところで繰り返し掲載されていたり、考え方の基本が重複されて述べられたりしている文章や項目などが多い。つまり、戯曲などの単行本では、半分以上のスペースをいわゆるドラマ論に占められている場合もあったり、また、幾種類かの木下自身の選集などにも、右にあげた「ドラマ」の著書がそのまま収録されていたりする。そのような場合でも、それ以外の評論が書き加えられ、あるいは別建ての項目が入って補完している場合もある。シェイクスピア論も、そのような評論の延長であり繰り返しである。そして九五年、つまり木下の晩年に近くなって出版された単行本は、ドラマに変えて「劇的」という、より焦点を絞ったことばを用い、新書本であるという性格もあって、それまでの彼のドラマ論の中心部分をコンパクトに系統的にまとめあげている。と同時に、この著書は木下の概念の核が年月を超えて変わらないことも認識させる。というわけで、われわれとしても、右にあげた著書で述べられている内容を考慮しながら、それ以外のさまざまの著述からの言葉を引き合いにして、彼のドラマ観にアプローチしていきたいと考えている。

以下においては、具体論にはいるつもりだが、次のように項目を立てる。まずドラマのフォームの根幹に関連してくる問題として、「**ドラマの時間の流れ**――〈**発端と終わり＝終わりの予見を含む始まり**〉〈**展開＝時間を突き破る瞬間と継続**〉〈**永遠につながる個の生きざま・未来への関わり**〉」では、それぞれ例をあげながら木下の考え方を分析する。その後に「**歴史を飛翔するドラマ**――〈**『夏・南方のローマンス』**〉〈**『巨匠』**〉」で、改めて二作品の中心思想の展開を、なるべく詳しく掘り下げながら考察するつもりだ。最後で全体としてどのように歴史的素材が理念に重ねられ止揚された作品を生んだか、さらに、ドラマの世界から未来に向かってどのような方向が示唆されていたかを、結論として示していくことができればいいと、おもっている。

ドラマの時間の流れ

〈発端と終わり＝終わりの予見を含む始まり〉

われわれは常に人生のある時間をある空間の中で過ごしているわけだが、その時間と空間を単純に切り取ることでドラマが始まり終わるとは考えないわけだ。木下はそれについて、このように説明している。

無限の過去から無限の未来につながっている時間、また無限定にひろがっている空間、その無限のつながりと広がりのただ一部を切り取ってきて、……舞台の上に陳列してみせるのがドラマなのではない。劇行為は〝人生の断片〟であるという……モットーに私は賛成しない。無限の時間、無限の空間が凝縮され圧縮され引き撓められて形成される小宇宙、しかも自転する小宇宙、それがドラマなのだと私は考える。(注19)

このような例の典型として、彼はしばしば西洋のギリシア劇、シェイクスピア、現代ではイプセンなどの作品を例に挙げて説明しているが、その小宇宙であるドラマの始まりと終わり方について、もっとも原点となるとみている『オイディプース』の場合を取り上げてみよう。

国に災害が蔓延して混乱している中を、よき王であるオイディプースが、民衆の苦悩を救おうと奮起して解決に乗り出すためまず神託を求めることがドラマの前提としてある。そして神託に従って前王を殺した犯人を、王が追及し始めることからドラマは始まるのだ。その過程で、禍の問題の根が抉り出され、思いがけないことが次々に明るみに出てくる。いったん始めた決意を止めることができない王の行為は、彼自身の人生の隠された真実への追求という行為と重なり、行き着いたところは、発端の標的の犯人問題が解明されたのみならず、それが親殺しと近親相姦という人類の最も恐ろしい罪に重なっていることが明るみに出る。そこで狭い意味でのドラマの進展は、終わるともいえよう。しかし広い視野からは、さらにこういうことになる。国の災害を引き起こしていた神の目で許し難い人間の行為の穢れに対処して、王自身の意思と力によって、国の災害への清めの決断がなされ、実行される。つまり、罪を犯した王は、人生の真実が見えなかった禍の目をくりぬき、自身を追放する、そのことで国が救われるという未来への余韻を残して、ドラマは帰結に至る。言い換えると、ドラマの主人公となってからの王の「時」という小宇宙が、神と人間の関係で広がる大宇宙に繋がってくるわけなのである。

このような始まり方と終わり方は、木下が、始まることの中に終わりまで進展してしまうということが含まれていると考えていたことだ。劇的な人間というものの行為は、なにかを始めた以上先に進んでいかなきゃならない、回れ右は利かなくなっている、ある意味で自分の求めるものが分からなくなってきても、始めたことに突き動かされ最後に至る、というのである。そういうドラマトゥルギーを、一口でいうと自己否定を出発として、自己否定自体を完結させることで終わる、(注20)と説明するわけだ。

自己否定というのは、その先に何があるか分からないから自己否定に突っ込んで行ってしまうということでしょう。そして本当に自己否定を遂行した場合、その頂点で大破綻が来る。(注21)

現実的な前向きの出発点となる行為が、止むに止まれない一種の情熱に突き動かされた行為になって、行き着くところまで行ってしまう。そういう視点は、たとえばマクベスの場合などを例に詳細に説明するなどしているが（次の項で扱う）、オイディプースの場合にも同様であると考えているわけだ。しかも、都市国家の混乱ということは、トロイ戦争にまつわる素材にのみ関係しているわけではない。ある意味で古典期のほとんどのギリシア演劇が当時の歴史的時代状況を反映して都市の興亡という物語を用いているという見方もされている。そのことは木下が、シェイクスピアの作品が彼の生きた英国の過渡的な時代の歴史意識と無関係でないと、折にふれ述べていることに通じる。つまり、優れた戯曲の内包する歴史とドラマのつながりを、木下は作品構造として意識しながら考えていたとみる謂いだ。

ところで、木下が劇作の方法論への理念をはっきりと持っていたとしても、必ずしも創作に向かっているときに意識的にそれに忠実に従って筆を進めている、というわけでもない。異なる人生が展開され、社会が多様化している現代において、とくに作家の関心の中心にある今日的素材が大きく異なるわけであるし、ドラマのかたちも多様化している。彼自身、ドラマ理念など忘れて書くとしばしば述べている通りだろう。ただ、そうだからといって、基本概念は無意識の中に溶け込み、その血肉となって執筆を推進する力に何らかの働き方をしていることも否定できまい。彼の多くの作品も、多角的重層的に進展しながら、理念とするドラマ基本の道筋は踏んでいる。とくに、傑作と目される作品など、確固とした技法で、ドラマの堅固な骨格を決めていることを、見ることができる。例えば『夕鶴』の場合など、小品であるだけにコンパクトに木下の考えるドラマ構築がなされていることは明確だ。その観点から、さしあたってこの作品の「始めと終わり」の構造に注目して考えてみよう。

事の始まりは、一羽の鶴が、羽に刺さった矢を抜いてくれた素朴で優しい人間の若者に恋をし、つうという人間に化身して彼の女房になったが、さらに人間界の愛の表現として身を削る贈り物をするようになる。ある意味で大きな自然を背景に人間と異種の生き物が交わるということは、大宇宙に通じる感動的物語なのである。ドラマの前提としてはこの彼女が人間界の日常の中に入ってきてさらに行なった愛の表現方法が、モノを介して人間社会の価値観に抵触した行為となってしまっていることだ。しかもこれによって人間の経済的価値観が若者をも取り込んでしまうために、彼女の社会性を超えた愛との衝突は破壊的様相を帯び始めている。ただ、いったん贈り物をすることを始めた彼女は、若者の造反にあっても後戻りができない。愛を守ろうと贈り物の品を作り続ける行為は、自然の禁忌に触れ、破綻が来る。彼女は自らの意思で、決着をつけ、二人の「時」から抜けて自然界に身をゆだねるように戻っていく。

そもそもつうが、自然な自立した存在として人間社会に入ってくる決断をした行為自体が矛盾を孕んでいる。とくに贈り物に関しては、出発点として自己否定を含み、終わりはその中に予見されていたといえる。人間社会の側から見ると、ある歴史状況の中にそれまで無関係に過ごしていたような若者を引きずり込み、自然の営みと社会的価値観が矛盾することを明るみに出す行為が、化身のつうによって為されたともいえる。その二人の小宇宙つまり彼らの「時」は、ドラマの主人公であるつう自らが締めくくる。最後に、大きな自然界の宇宙に帰っていく――夕方の空に飛ぶ鶴のイメージが、大きな意味でのドラマを完結するのだ。

このように、『夕鶴』世界のドラマとしての内的・外的構造の堅固さは、木下の理念を内包している証である。このことが、この小品が名作と目される重要な要素であったといえるのではなかろうか。

〈**展開＝時間を突き破る瞬間と継続**〉

前項の「発端と終わり」という視点から考えてきた中ですでに示した命題なのだが、この「始めと終わり」に囲まれた展開部分が、行為者の心の働き方の違いによって、内的構造が異なってくると木下が見ている点を指摘しておきたい。

展開ということは、平たくいえば、いったん始めてしまった行為が、次の行為に向かってドラマの主人公にどのように影響し、次の行為に向かわせるか、それが連続してどうなるかという過程問題である。『オイディプース』の手本をもとに、アリストテレスが導入した用語の「発見」と「急転」という概念を当てはめ、さらに両者が重なる「クライマックス」ということばもしばしば用いながら、木下はさまざまの作品を説明している。ここではその延長での示唆に富む見方を引き合いに出そう。人物の内面の引き裂かれるような葛藤から出た行為が、分裂した意識のもとにより強烈に次の行為を生む力となる。それが舞台の詩の力でわれわれに迫る分裂意識であると、木下は注目しているのである。

繰り返しになるが、たとえばギリシア劇の場合のように、大空の下の大劇場で、神話に止揚された大きな存在としての悲劇的人物や、あるいは同じ天下の国を背景に滑稽な言動で事態解決に奔走する喜劇的人物が登場し、必然的に直線的展開をする骨格を持つような場合のみが、演劇の基本を担うすべてではない。とくに近代に近づき、また近代以後になるにしたがって、われわれの関心は個の行為、われわれの内面の働く地続きで感じられる個の存在に向けられる。木下もシェイクスピアに古代のドラマ観の継承を見ながら、片や人物の内面の、とくに「心理的」な面を映すかたちのドラマの進展問題に関心を寄せていた。

中でも『マクベス』については、ドラマを推進する主人公が想像力（平たく空想力といってもいい）豊かな存在であること、つまりドラマの行為者の内面の想像力の働きが、行動の継続をのっぴきならずに進める要素となっている点に注目する。そのビジョンに沿ってドラマが展開していることから、優れた劇的想像力にあふれる作品だと考えているのだ。(注22) 同じシェイクシェイクスピアの作品でも、歴史劇という範疇に入れられる作品、とくに残虐な主人公の運命が類似しているため比較される『リチャード三世』などと比べて、主人公の行動の内容が異なるという。リチャードのほうは、歴史の流れの中で、初めから自らの行為に一種正当づけしながら内部矛盾などなく悪事を重ね、その結末に至る。ところがマクベスの残忍な行為は、そもそも超現実的な魔女の言葉が心に働きかけて始まり最後まで払拭できないということも象徴的なのだが、行為しながら自分自身も転落していくことを意識しつつ、次へまたその次へと転がっていく。マクベスは、行為者であることと見まもる者であることの二重の感覚を持っていると指摘する。例えば最初の殺人行為、王を殺す直前に、幻のように目の前に見えてくる短刀から超現実的力を受け、恐怖しながら誘導されて決行に至る。直後、自分にはなぜ「アーメン」という声が出なかったのだと、激しい内面の動揺を吐露する。それに対して、そのように考えるな、気違いになってしまう、と述べる夫人は、むしろリチャード的感覚の持ち主で、ただ行為の先を考え進もうとしているのみにすぎない。

木下にとって、マクベスは自分の「行為が生み出した想念といいますか観念といいますか、そういうものにどんどん責めたてられて行く……いわば観念だけで生きてる……生き続けなければならない」存在である。木下は、「共感できる、自分のような気さえする」もの、それはマクベスが持たざるを得なかったこのような二重感覚だという。そしてそれが、「戦後二〇年経った社会の中で自分の持っている〝生きていることへの感覚〟の問題」だと。主人公は自分の行動そのものに想像力が刺激され続けているのだが、その内面の動きを言葉に乗せながら時代の不安ともいうべき恐れを残虐行為に変えて生きていく。この種の苦悩が、独自の詩的劇言語となってわれわれに働きかけることも、この作品の展開を支えていた要素だと考えていたのだろう。

木下の作品で先に挙げた『夕鶴』の場合も、彼女の行為を裏付ける内面のモノローグが、自らの行為によって運命が転がっていく自分を意識している様子を伝えている。冒頭近く村の商人に出逢った後、子供たちに囲まれうずくまり呟くモノローグでは、愛する人が贈り物から得たカネのために、次第に遠い存在になっていくこと、その恐怖を抱きながら進まざるを得なくなっていることを語っている。次のモノローグでは、愛する人がカネを生む贈り物を無理やり要求する剣幕に押されて、自分が分からなくなり苦しみもだえるが、絆を保つため決意してしまうことが吐露されるわけで、結果は破綻をもたらすことになる。この両モノローグなどによって、つうが想像力の中で自分を見つめる眼差しは、木下のいう二重の意識を伝えているのである。

ところで、『神と人とのあいだ第Ⅱ部「夏・南方のローマンス」』（以下『夏・南方』と略記する）は、内容は悲劇的だが、スタイルとして主人公の行為のあり方や展開の仕方が喜劇のパターンで進められるとみるのだが、ドラマの大枠の展開の仕方自体は、主人公の二重意識によって運ばれるという点で、共通する。主人公は女性漫才師だ。戦地に去った恋人からの遺言の手紙により、戦争裁判で死刑の判決を受けていることを知り、最後に別れた彼の家近くの公園にしょっちゅうやってくる。そこに恋人の手紙を届けてくれた彼の戦友も通りがかり、話をするという設定。恋人には戦争のどさくさで結婚した妻と、子供がいることも知っており、最後の別れの時のほかは、自分は引っ込み、ただ秘かな思いの中でのみ繋がりを抱いてきた。彼女は、恋人が生きていれば自分の居場所など全くなくなるわけで「何よりもねがわないこと」なのだが、それは同時に絶対に生きていてほしいと「何よりもねがっていること」になると告白している。(注23) このように思いの中の自己否定を行動力にしている。それが前提にある。結果として、一途な人間的情念が強いゆえに、一種の思い（違い）のもたらす想像力に押されてドラマの展開を進めてしまう。まず、処刑が実行されたと早とちりの思い込みの末、彼の妻にどうしても逢わなければならないという気持ちがこみ上げ、帰宅途中の彼女をつかまえ何もかもぶち明けて話す。それは、ある意味で破壊的だと分かっての行動である。初めての二人の出会いを通して、立場の違いが痛感されてくるが、それゆえに、恋する人の生死にかかわる問題への疑問が嵩じてくる。ほかの兵隊仲間は帰国しながら、恋人は死ななければならないのはなぜか、何があったのか、知らなければならない、そういった、どうしてもという必死の思いに激しく駆られ、戦友に、戦地で起こったことの本当の話をしてくれることをいわば強要する。その結果、彼女と妻の前で戦友が語ることとして、南方での裁判にまつわる場面が展開されるのである。結末は、神のみがその証となるとしか言い様のない歴史の偶然か、あるいは真実か……が、明るみに出て終わる。この場面のあと、恋人の処刑が実施されたということは彼女の早とちりと分かる、が、やはり本当だったと公式の処刑の報が伝えられる。以上の経緯が、女の対決場面と裁判場面を呼び込んだドラマ展開の大枠である。

繰り返すが、二場面を呼び込んだ展開といっても、推進力になったのは彼女の思いこみの働きだ。（最初の場面をⅠ、女の対面の場面をⅡ、裁判を含む南方での場面をⅢ、真実が明かされた後のもとの場面をⅣ、として区切っている。）あるいは、喋るのが商売だという彼女の生命力にあふれる内面の葛藤模様が言葉で連発されることで、行動力に転化されるということ。煎じ詰めると、一方で自分を見つめ役者にすぎないと戯画化して振る舞いながらも、もう一方で自分でも分からないが心の底から突き上げてくる、社会のなりわい、戦争のあり方、人の問題等々への疑問や自問への吐露と、そして何もかも明るみに出したいという衝動のもたらすドラマである。それを想像力に裏打ちされた彼女自身の意識の働きの二重性と説明できるわけだ。こうして、われわれと同じような庶民、だが素朴で一途な人間として抱え込んだその二重性に、われわれ自身も共感していくのである。

『巨匠』の場合、現在が過去を囲むかたちで時空を超える多層視座の構造が設定されているが、ある意味で、中心の物語は単純そうに見える。しかし、語り手が二人いて、自称俳優である老人を中心とした過去の事件が、語り手の一人で目撃者である若い俳優の視点に重なり、老若二人の役者の想像力に裏打ちされた二重の眼差しによる過去が浮かぶ。言い換えると、戦時下のナチ支配下という危機的状況のもと、死に直結した異様な緊張の中で、一瞬に輝きを発揮して演技する老人と見守る若者という、二人の合作場面、死に至るドラマのクライマックス自体からして、単一的なものでなくある種の二重性持っていた。事実の断片であれば凡々たる役者、あるいは役者願望者の死にしか見えないかもしれないことが、輝く巨匠の死を現前化してしまうドラマ。それが二〇年以上も前にポーランドの原作テレビを見て忘れられなかった木下によって、もう一人の語り手、つまり作者自身を加え、今という時点で、三重の想像力によって人間の営みを現在から未来に通じる歴史の中に置きなおして見せている。セリフ自体が重層意識を映しているようなところがあり、そのように構造も構築されているとみるわけだ。

〈永遠につながる個の生きざま、未来への関わり〉

再び繰り返そう。木下がドラマの時間を単なる断片でないと述べるのは、それを歴史あるいは宇宙という観念で捉えられる大きな時の流れと空間の中においてみることを意味していたわけだ。このことが構造に組み込まれているということなのだが、その流れの行く方向について、このような言葉で示唆している。

〈終わった後に〉作者にも登場人物にも予知できなかった次の新しい次元の世界が開ける。……そこまで行って初めて自己否定は完結されたということになるだろう。歴史的時間が歴史的時間を超えて進むというところから出てくるエネルギーという問題と、戯曲の内部にあ

る歴史的時間が歴史的時間を超えていくという……そういうふうにドラマトゥルギーの問題として考えるわけだ。（注24）

『オイディプース』などでは、主人公のドラマの終わった後に、都市の再生ということが繫がっている。『マクベス』もマクベスの切り取られた首は国の秩序回復のしるしとなり、新生王の到来に繫がっていく。『夕鶴』のドラマも「雪原の中のポツンとした一軒家で、うしろには空がいっぱいに」広がるという叙述で示されているように、大自然の出来事に通じる物語に回収されている。そのほか日常を描いていると見える木下の作品でも、歴史の大きな視点の中に据えられた構造の中で成り立っていると読める。さらに、七〇年代最後の叙事詩的作品、平家物語から素材を得ている代表作など、『子午線の祀り』という題名そのもので宇宙の中のドラマであることがイメージ化されている。前項では触れなかったが、主人公（知盛）が他の人物と異なる行為をする、木下にいわせると一族滅亡の運命が分かっていながらなお運命に突き動かされるように前のめりの行動をする、そういう自分を見つめる二重の意識、それ自体が自己否定を含みながら貫通するというドラマ＝歴史の展開＝である。それが永遠につながる子午線の下で成り立っているというわけだ。『夏・南方の』も、主人公漫才師のドラマは、恋人の処刑が実施されたことがはっきりした時点で終わらない。いつまでも絶対に忘れない、いずれこの話を漫才で語るという彼女の言葉が暗示することが締めくくりなのである。要約すると、ドラマとは、われわれを介して歴史の次の営みに継続していることを、木下の理念に喚起され、われわれ観客（この論ではテクストを問題にしているので、読者といってもいいが、あくまでも、観客に身を置いた読み手）自身が、最終的に受け止めなければならないことだ、という意図で作品も書かれたといえるのである。

それゆえ、木下は、たとえリアリスティックな流れで背景・セリフ・素材などを用いているとしても、ドラマの働きを狭く閉じこめるのみの自然主義的考え方には、くみしない。(注25) 多くの作品が自然主義とは異なり、とくに後期になるほど大胆に時間や空間を飛び越え展開するようなドラマツルギーを持つようになるのは、根幹にあるこのようなドラマ理念のためである。

歴史を飛翔するドラマ

〈資料への断り〉

最後に検討する二作品について、まず、内容に関係していると推測できるものの、この時点で入手できずに参照し検証することのできない資料があること、そのために、もっぱら出版された戯曲テクストからのみ読み取れる範囲内で、検討しようとしていることを、断っておかなければならない。

『夏・南方の』の最初のIの場面の冒頭近くで、主人公は、高学歴の恋人が、なぜ幹部候補生への道に進まず平の上等兵で通したか、彼女だけは何か知ってるはずだと問われ、突然朗誦を始める。「恋こそまことなれと相擁する二人にしず心なく花は散る。紫紺の空には星の乱れ、緑の地には花吹雪。春や春、春南方のローマンス。『南方の判事』映画全巻の終わり。」と。そしてぽつんと「ぼくはあくまでも一兵卒で通すんだって、はっきりといって、そのあくる日〈出征して〉行っちまった」と答えるのみだ。(注26)また、何もかも終わった最終場面で一人取り残された彼女は、きれいな空を見上げ、「紫紺の空には星のみだれ、春や春、春南方のローマンス、か」とつぶやく。(注27)

『南方の判事』という映画は、一九一〇年代にあったアメリカのブルーバード社の映画（すべて全五巻で成る）で、青少年向きの明朗な人情劇として盛んに日本にも入ってきていた作品の一つ。引用部分はこの映画を締めくくる説明の結び文句であり、それが当時の達者な活弁によって人びとに膾炙していたらしい。漫才のネタにも使われたという。ただ、映画自体の内容は分からず、女主人公と恋人との関係を何か示唆しているのかは明らかではない。この時の主人公の心に去来するものが何であったか、彼女の劇的立ち位置を暗示している何かがあるのかも知れないとは思う。だが、現在の時点では、主人公の切なさを伝える気分を醸していると受け止める以上のことはできない。題名の一部にも取り入れられているので、無視できないセリフだと内容抜きに受け止めるのみだ。

一方『巨匠』のほうであるが、モデルとしたポーランドのテレビドラマのテクスト問題がある。テレビドラマのほうは、本国に二、三年遅れの一九六七年にＮＨＫで放映され、その直後に木下は「芸術家の運命について」という詳しい紹介を込めた評論を書いていた。(注28) そして単行本『巨匠』に収録されている対談(注29)において、原作のテクストのことを木下はさらに詳しく語っている。NHKの台本は字幕文字しか書かれておらず、録画もなかった。ところが八〇年代半ばに元民藝の女優が、ポーランドに探しに出かけ、執念で台本を見つけ出した。木下は、原語台本と彼女らによる訳や民藝演出家の訳のテクストを受け取ったものの、そのままでは解釈不可能だったり辻褄が合わなかったりする点も多かったらしい。それで、テレビのためでなく民芸で上演されるための台本の執筆を依頼されるに当たり、改めて今日の日本という状況の背景を考えながら舞台のために書き下ろしたという。(注30) NHKの字幕台本はじめ、ポーランド語の台本も二通りの邦訳台本も入手しておらず、以下の論述においては、それらを参照しないまま、ただ木下の言及はかなり参考にしながら、完成テクストから作品を読み取る。テレビ作品への木下の紹介から、基本的人物関係や事件の骨格はかなり原作に近いかたちで踏まえているとは推測できるが、あくまでも独立した木下作品として、考察するつもりだ。

〈『夏・南方のローマンス』〉

この作品で真っ先に考えさせられることは、やはり、スケジュールまで決まっていた上演予定を、急に取り消したということにある。『群像』(一九七〇年一〇月号) 掲載の初校が出てきた時点で、内容に関して感じることがあり、それを見極めるため上演はしたくないと作者が考えたというが、一体どのようなことだったのか、また、一七年後の初演時に、何が変わったのだろうか。木下自身七〇年の上演取り止めに関して、作家としての、のっぴきならない、かなり苦しい思いに駆られていたことを、当時の『朝日新聞』ほかの紙上で数回にわたって書いている。作品が内包している主題に気づき、曖昧にしたくない重要なことだと責任感のようなものが芽生えたためらしい。表面的には、かなり観念的な理由に響く。

人間を超えたところに厳として実在する客観的価値、宇宙を充たして遥かな高みに鳴り響いているはずの自然の律、それに向かって無限に近づいて行こうと必死の努力を続けること……それが課せられている仕事なのだというふうに漠とした広がりを持つイメージを、私は私のモノにしたいと願う。(注31)

具体的な内容としては、この作品では、戦後四分の一世紀経った時点での日本社会を考えながら、B・C級戦犯の問題を扱ったが、結果として、生と死の問題に加えて〝神〟の問題が顕著に孕まれていたことに気づき、自覚的に考え直したいということだった。この後、彼は「忘却について」という注目すべき評論集を発表、忘却的な日本人問題を問い直した。その一篇である「戦後責任はもう終わったか」という記事の中では、本質的に取り返しのつかないことをあいまいにする日本人の歴史について、より具体的に言及してもいた。

そして一七年後の日本の状況――安保も遠のき、戦争も過去となったような世相――そういう中で、社会は複雑化しながら歴史的危機も内在化されている、というふうに考えながら、木下は過去の歴史への決着をあいまいにして、それで水に流しているような人びとの歴史意識問題を一層強く反芻していたに違いない。「七〇年代から八〇年代にかけて、日本国内の危機の進行に関しても、また世界的な状況の進展や変化に呼応するということでも、とくに日本人全体の意識はほんとに希薄になった」(注32)と述べている。この思いが『夏・南方のローマンス』を、一七年も経て改稿発表しようとしたことに働いていたのではないか。とくにこの作品は、戦争責任を問う裁判問題でもエリートの裁判でなく、ごく普通の人びとに関した責任が問われた裁判問題を素材としている。しかもこのころ書いた「ドラマが成り立つとき」という評論で、庶民を意識したような発言をしている。つまり、〝悲劇〟の主人公のように〝真実の人生〟なんて、われわれはとても生きられるなんてことできない、いろんな問題をなんとかうまくそらして、逃げて、やっと喘ぎながら生きてる、それが実感だ、と。(注33)小さな人間について考えるようになっていた木下が、われわれの問題として少しでも身近に引き寄せられる主人公、庶民的で、純情な、ただし逃げず深く物事を捉えることができるので〝喜劇的な〟主人公こそ、「今」のドラマにはよりふさわしいと、無意識に思ったとしても、矛盾したことではあるまい。

ところで一七年ぶりに初演された『夏、南方の』の改稿テクスト(『木下順二集7』一九八八年、初出)は、江藤文夫の書き出した改訂箇所の表では六五か所ある。(注34)細かい点も多いが、セリフの大幅な削除、付加、書き換えも含む。ただ、全体の骨格への変更はない。言い換えると、ドラマとしての骨格が目立って変えられたわけではないのである。かなり詳しく作品の内容を分析している吉田一は、神と人との関係で主人公の恋人が到達した「罪」の自覚、素材と主題の取り上げ方、それを組み立てる手法、という三者への取り組みが、改稿への経過から読み取れる、と述べている。(注35)

「神の仕業、思召し」といういい方は、すでにIの場面の、主人公のトボ助と、恋人鹿野原の戦友の男A、との掛け合いの中に出てくる。Aが南方で鹿野原のことを思い出すように口に出したことだが、(注36)最初うちは通俗的に神という一般の使い方以上の深い意味は示唆されていない。ただ、トボ助が人の運命に関わると意識しだし考え込むことを通して、Aも戦友の口にしたことを思い起こすように考え込んでしまう展開になる。そして、トボ助が妻の希世子に出会い自分の存在をぶちまけるIIの場面になると、「罪」ということと関係して神が問題にされる。夫との関係を明かされた希世子は、逆にトボ助に対して、「〝戦争犯罪人の妻〟なんて考えたこともないだろう」と詰問していく。そのあと「夫が犯罪人だということは、(罪を)犯したことが証明されてしまった今となっては取り返しがつかないことになっている」という。トボ助はだれが証明したのだと反問する。その答えが「さあ、神さまでしょうね」だ。トボ助は胸が突き刺される気持ちになりながら、それでも「相手が神さまだろうが何だろうとお手上げなんかしない」と、強く開き直ろうとする。そこから、取り返しがつかないことになった罪、ということの本当のことを知りたいという思いがこみ上げてくるわけで、ドラマは動くのだ。
ところで、戯曲の改訂は、Ⅰ、Ⅱの終わりまでの時点では、神に対する考え方がセリフの展開の中でより際立ってくるように、くどくどしいセリフを多少カットする、といった範囲内で行なわれていた。ところが、Ⅲの場面になると、この点に関連しながらかなり大幅な書き直しがある。Ⅲの南方の場面になって初めて、「罪」と「神」ということばを用いた大元になる鹿野原が登場する。彼は判決前からすでに絞首刑を覚悟しているところがあり、法廷の壁の落書き「俺が死ななきゃ誰か死ぬ　思い切ったよこのへんで　ありゃさこらさの命芸　どんと落ちれば地獄行き」(注37)という狂歌の書き手らしい。戦友Aは書いた彼に、まだ判決が決定されたわけではない、というが、ポツンと応える。

〝罪〟という問題を考えてたんだ。
……
こっちが勝ってたらおれたちも自分を神さまだと思いこんじまうにきまってる。
……
そこンとこなんだろうな、〝罪〟っていう問題は。(注38)

このくだり場面で、話の見物人の一人でもある妻希世子が急に口を出し、彼は本当にそういったのか、と男Ａに問う。そしてやっと彼の気持ちが分かりかけてきたという。それに続き、Ａと希世子の二人により「誰が犯したか分からない罪をしょって――」「そこンとこなんだろうな、罪って問題は」というセリフが何度か繰り返される。このあと初版本では裁判関係の嘆願書についてのくどくどした一〇行余のセリフがあるのだが、カットされており、その結果、引用箇所にある、罪を受け止めることに通じる重要な意味を示唆する余韻が強められている。

もう一か所、かなり大きな書き直しがある。Ⅲの最後に近い裁判場面だ。戦時中に被告たち日本兵士が島の住人に暴力をふるったかどうか明らかにする裁判で、公平性のため弁護人からの証人も必要とされる。だが、生き残った住人たちは証言を拒む。それに対して、戦友Ａなどが（彼らは鹿野原と違い積極的に残虐行為に加わっていたが）優しかった鹿野原のために、住民の中でとくになついていた少年を出せばいい（無罪の証言をしてくれると）と進言する。鹿野原はそれを躊躇し、Ａも少年が残虐現場に居たことを思い起こし不安になる。その続きで鹿野原はひとりごとのように（見物しているトボ助に）、少年は追い詰められた母が目の前で死ぬのを目撃して以来放心状態にある、自分のことは忘れたみたいだ、と明かしている。そこまでの戦友たちとの会話部分の二頁余が書き換えられており、要するに、書き直しでは、彼がかなりいい加減な裁判のもたらすかもしれない運命を、そうなればそれで受け入れようとする方向に踏み出すことが暗示される。ひとりごとに続き、テクストは、「ただ、〝罪〟って問題を考えてる」と吹っ切るように彼が述べるセリフに繋がってくる。言い換えると、少年が証人台に立つようになる過程で、結果がどうであれ自分にも罪はあるのだと受け止めていくことが鮮明化されるのである。裁判の最後の場面になり、希世子とトボ助の叫び声の中を、少年の（無意識の）鹿野原を指差す反応によって、彼の犯罪は立証されたとして処刑が決定する。

南方での裁判で決着がついたあと、現在の場面Ⅳにもどる。ここで希世子は淡々といいだす。処刑前の夫の最後の手紙では、不思議に安心したような気がした、と書いていた。おそらく自分の息子とそっくりな子供に法廷で指差されたことで、

あの人がいったっていうあのこと――「そこなんだろうな、〝罪〟っていう問題は」――罪っていうものが自分のなかにもあるってことをやっと自分に納得させたんでしょうよ。(注39)

と。そのあと先に述べたとおり、処刑が実行されたことはトボ助の思い込みと分かり、彼女はとんだ大騒ぎ芝居を演じたという。が、すでに知っていた希世子から実際に処刑は終わっているこ とが告げられ、どうあがこうが帰結するところはひとつ、真実しかないと悟る。希世子は、心の準備をしてきた彼女にとっては、幕はおりた、という。トボ助は、そうはいわない。あの人は自分のほうから出て行って自分の命を賭けた「ありゃさこらさの命芸」をやった、と述べ、自分には幕は降りていないと受け止めていく。(注40)いつか高座から、このことをわめいてやろうと。

ところで、この作品には、トボ助が仲良しになった鹿野原の息子と、鹿野原が可愛がった南方

の子供と、二人の少年が登場する（同一俳優によって演じられることが示唆されている）。後者は具体的に場面Ⅲの決定的瞬間をもたらす役割を担うが、構造全体からみて二人で象徴的意味を負っている。鹿野原自身が後者に対して「あの子は自分の子によくにとる」と戦友に述べるように（注41）、外面的に似ていることもたしかだろうが、何よりもドラマの役割として二人が同一人格となって機能しているのだ。

幕開きの場面で、鹿野原の息子とトボ助が、息子の上等なカメラで写真を撮り撮られようとしている。だが、息子の姿はピントがずれて写せない、トボ助も動いてしまう。トボ助が、写そうとしても、写されようとしてもだめ、と述べると、息子は、なんだか変なの、と応えている。そして南方裁判の決定的瞬間で終わる場にすぐ続く最終の現実場面が始まると、息子は証言台に立つ南方の子供と同じ位置にいる。つまり二人が重ねられているということだ。最後に母に促されて息子は去ろうとするとき、トボ助から、もう、ヘンでないから写真を撮って、と声を掛けられるが、素気なく、だめだ、暗いから、とのひと言で去る。一方南方の子供は、高い証言台上で、残虐行為をした者は誰かと問われてひと言も発せず、指せと迫られ鹿野原を指したわけだ。ある意味で、純粋で、とらわれることのない心の持ち主が「少年」たちである。そういう存在として、ドラマの中で、混とんとした自己を抱えている大人たち人間とは異次元の、だから人間の写真に収めることができない人格＝キャラクターを意味していたのではないか。人間を超えた存在、人間を裁くとともに、人間というものを表面的写真には納められないと受けとめてもいる存在、こういうかたちで作者は少年に一種の「神」の幼子のイメージを与えて、登場させている。である故に、少年は無意識に、ある意味で残酷に、「罪」を指し示すことができた。この存在は地上の大人たちには理解しきれない何かだが、鹿野原は神から証されたものとして罪を受け入れようとしたのである。こう考えると、少年の存在は、ドラマの中の現実の時の流れる社会の問題を、より大きな歴史の視座に繋ぐ大きな役割を担っていると、見ることもできるのである。

〈『巨匠』〉

『夏・南方のローマンス』は、物語からして、未帰還の兵士をめぐる二人の女の愛の葛藤があり、南方での兵士たちの残虐行為や裁判場面があるなど、変化に富み、さまざまの登場人物によるセリフを弾ませ、サスペンスを盛り上げるかたちで展開する構造を持つ。つまり起伏の多い面白い舞台作品なのだ。一方『巨匠』のほうは、主人公は、もともとわれわれ同様のしがない庶民の老人だろうが、物語の中で「巨匠」になるわけで、だからといって喜劇的サスペンスに富み弾んでいる、というわけでもない。彼をめぐる過去の物語自体が、後年の語り手たちの説明や思想吐露などのセリフに囲まれ、あるいは中断される。物語内の主人公も彼らの観点から「巨匠」を演じて銃殺処刑に至るが、この悲劇の結末が予期される運びも、圧縮され単純化されてあっという間に終わってしまう。ある意味で地味な芝居だともいえる。それでも、木下の到達したドラマ観に裏打ちされた複雑な構造を透かして、強いメッセージが伝達される余韻に富む作品なのだ。

単行本『巨匠』の刊行にあたり、木下がこの作品をめぐる考え方を示す過去の評論はじめ、関連する対談、新しい考え方なども加えた書き下ろし評論などを、まとめて収録している。そこにドラマ論の観点から考えさせられる内容はほとんど示されている。そんなことを考慮しながら、前項の結論の延長上で主要なポイントを押さえていきたい。

前提として、フォームと結びつけながらセリフに含まれた一種の「語り」について、まず指摘しておこう。日本演劇の根幹を成す伝統的「語り」の概念と多少焦点がずれるかもしれないが、ここでは「語り」というタームを、この作品に限って木下が示唆した意味にのみ絞って用いる。(注42)『巨匠』をめぐる木下との対談で江藤文夫は、テレビ台本と木下台本の間にある距離として、Aという人物の設定があり、その結果生じるAと俳優の対話も含め、語りが基盤にセリフが成り立っているのでないかと問うている。そして「現実世界に半ば開かれた舞台上で、普通のセリフ劇では表現し得ないことが語りというものによって可能となった」と述べた。それに対して、木下は「それを意図して書いた」と応え、それは日本の能の語りを考えてのことだと、示唆している。つまり木下の意味したことは、「演者がさまざまに主体を変化させながら、状況を語ったり、他の人物や時には自分自身を語ったりする。あの変幻自在の中に見られる……その語りによって、自分の立っている位置や生きている意味を問い直していく」ということだった。(注43)

登場人物Aの導入で、木下の意味する観点での「語り」が見られるという点について、江藤はもう少し踏み込み、A、あるいはAと俳優（登場人物）の絡みの中だけでなく、過去の出来事に据えられたドラマのなかで、それぞれの人物のせりふも、かなり語りの要素を帯びてくるんでないか、と指摘していた。[注44]以下では、セリフ一つ一つを例証するのでなく、Aが全体の構造の中にどう組み込まれているか、それに関連して俳優がどういう立ち位置で話すか、さらに中心の場面の人物のことばによってどのような展開がもたらされているかを考察する。そのことで、木下の意味した範囲内での「語り」の特性も示唆できるのでないか。

舞台は幕の区別もなく一続きで途切れず進むが、三重の入れ子のフォームを持つ。最も外側の枠に、この舞台台本作者で、かつてテレビに感動して評論を書いた作家でもあると、そう自ら称する二重の作者である「A」が立ち、観客と地続きの現在時点で語っている。その内側の枠として売り出し中の「俳優」と演出家までも兼ねてくる「A」による対話場面がある。年代は一九六七年（テレビの放映された）ころだ。そして最も内側の中心軸の枠内は、一九四四年の小さな町、若い日の「俳優」と居合わせる数人の人びとの場面となり、Aは出てこない。俳優の記憶に焼きこまれた過去の事件現場だ。いずれにしろ全体は、時代も三重になっていて、大きな歴史の時間が一続きとして流れている。

社会的時代背景としては、中心軸を成す過去は、ナチスがポーランドを制圧し、何万という市民が殺害された後に勃発し鎮圧された国民的暴動の直後、護送列車を脱走した若い日の俳優が逃げ込んだ小学校で見た市民処刑の現場だ。その外枠の場面は二〇年後と述べたが、生き延びた俳優が舞台初日の幕開き前に演出家と演技に関して議論をしている。背景はテレビ作品が放映された時代だが、作者Aが「まだ共産党政権のもとにあったポーランド」と紹介する意識には、テレビ台本の（木下自身が引用している）演出家のセリフ「現代の危機に焦点を合わせたい、核兵器の脅威と罪を暗示したい」(注45)という時代感覚も含蓄にあっただろう。二人の間には、それぞれの立ち位置や思想を述べるかたちのセリフのやり取りがあるが、そこから中心軸場面への展開が繋がっている。そして現在という外枠は、さらに二〇年以上も経て、Aの立つ背景となる一九九〇年代初頭の日本、命を賭ける危機など考えられない平和な世相が覆っている。だがAが、最後に観客席に向かって、このようなドラマをどう引き継ぐかが課題だと、未来に向けた文章を引用して締めくくることで、大きな歴史視野が広がり、他の場面に通じていることを感じさせられるのである。

ところで過去の悲劇物語について、若い日の俳優が、ナチから逃亡中の恐怖に震えながら居合わせ、客観的真実でなく、どう受け取め体験したかを話すのみだ、(注46)といいながら呼び込む場面の経緯はこうだ。彼が飛び込んだナチ支配下の小学校の一つの教室には、知識人のみが集められて暮している。そこに、ゲシュタポがやってきて、鉄道爆破への報復手段として知識人を見せしめに銃殺するが、五人いるうちの四人を選ぶ儀式を行なうと、宣言をする。他の教室から連れてこられた非知識人が御大層にも参列させられる儀式である。知識人の中に、みなから「巨匠」とあだ名されている老人の俳優がいる。彼は、逃げ込んだ若者が俳優だと知ると、能弁になり自己を示したいと意識している様子。自分のような才能があっても、四〇年間役者をやっているが大舞台に立つ機会がない、だが注目される機会を待っていると。そういいながら、大俳優となった旧友が才能も経験もあると保証して推薦文を書いてくれた名刺を見せ、シーズンに間に合わなかったり、戦争が始まったりしてそのままになっているが、機会到来に備えて訓練は欠かさないと『マクベス』について弁じたてたりしている。ところが儀式が始まり、老人の身分証明書を見た若い端正なゲシュタポから、必要なのは知識人で簿記係でない、と選ばれない。一度は引っ込みながら若い俳優の視線を感じて老人は、戦時中ゆえ簿記係をしているが、ほんとうは俳優だと主張し推薦の名刺など見せるが、捨てられるのみである。だが、最後になお迫って、暗記している『マクベス』の一節を証拠に演じてみせる。王殺しの直前に幻の剣に誘導されていく約三〇行余の独白部分だ。

その鬼気迫る演技によって、彼は真の俳優、つまり知識人として認定され、処刑のために連れ出される。そのあと、四発の銃声が聞こえる。

老人は、危機的状況下で、若い俳優に公言した通りの俳優であろうと、意識して「巨匠」を完結する道に踏み込んでいたのだ。それこそが若い後輩を前にした、引き返すことのできない行為の始まりだった。そして、みんなの見物する前で生涯を賭けて演じた最後の一瞬のきらめき輝きを発する演技は、もう一方で死という自己破壊に行き着くしかない行為だった、ということである。破滅を意識していながら自己完遂する二重の意識、しかも彼のセリフ自体が、自己に語り、後輩に語り、観客に語っているような多層的トーンを帯びている。たしかにこの場の行為は、老人がこれまでずっと、何となく逃げていたことだったのかもしれない。しかしこの一瞬が、若き日の俳優の目に焼き付いたのである。

二〇年後。目撃した「俳優」は、捨てられた名刺を今も持ち、手の上で触れながら振り返りこう述べる。

四十年間、あの人は執念を持ち続けた。（その執念で）生き残るか銃殺されるかの二つの極のあいだで引き裂かれようとするあの危機的な状況の真っ只中に置かれたとき、あの人は純粋に全く芸術家でありえた。……

自分をそのように危機的な状況の中に置くすべを知らなかったからこそ、あの人は四十年間、ただ凡庸な俳優であり続けるほかなかったといえるのかも知れない。(注47)

今はかなり成功しているらしい俳優の心の中を、危機の日に体験した老人の悲劇を悲劇で終わらせられないという気持ちが、疼きとなって占めている。だから、あの老演技者に自分の演技を捧げたいという思いが、同じ場面を演じるたびに心をつかむ。「真似することで真の演技に到達したい」というあがきのために、結局演出家に、その三〇行が、おかしいと指摘され、議論になっていたわけだ。それでも俳優は、巨匠の「いのち」を引き受けなければとあがき続けている。

この場の俳優のセリフも、Ａに直接向けられる言葉とは異なる響きを持つ。つまり、Ａを相手にしながら、過去と現在の自分に話しかけ、ひいては観客に話しかけているともいえる、あるいは、芸術家の「運命」の神に向かっているとも言い換えられないか。これらをすべて含めて、木下のいう「語り」のニュアンスを感じ取るわけなのである。前場面で、老人が最後に二重意識を持っていたと述べた行為の中から出るセリフも、同様の意味の延長として「語り」が考えられる。つまり、一種の、二重意識に支えられているということ自体に、木下の意味した「語り」に通じるニュアンスがあると。

俳優の告白の後、場面は現代の日本に戻る。Aひとりが、〝危機的状況〟などわからなくなっている今日、〝逃避ではない積極的な自己主張〟をどうしたらできるかと観客に問いかけ、舞台ではこの俳優がどう演じるか見ることはできないがと断りつつ、作家がテレビを見て書いたエッセイの最後の一節を引用して結ぶ。

　　すべてわたしたち一人一人の中に、課題として残されているのである。

ここに、木下の、最後の作品の結論であると同時に、劇作家の結論としての最終的な問いかけがあった。逃避でない、ということは神からの逃避でないことを意味していた。「神」の見えないわれわれにとっては「運命」と言い換えられる。そのようなわれわれを超える力に向き合い、行為として引き受けていく姿勢を「巨匠」は身を以って示した、といえる。

では、そういう彼の行為は何のためだったのか。明らかに、「巨匠」の死は次世代に受け継がれる扉を用意したのである。つまり、「死」は、スケープゴートの死の機能を持ち、われわれへの償いとなり、そのことで、より大きな歴史への継続を受け持った、ということではないか。このような意味からも、この作品は全体として、木下が追及してきた、ドラマ観、それが目指す機能を、的確に表現し得たと、受け止めるのである。

結論として、最後の二作品で、木下のドラマ論が集約されている要素を並べておこう。基本的な構造の骨格として、終わりを含んだ始めがある。その過程に、ある意味で、自己否定的な、戻ることのできない行為がある。強い情念に突き動かされ、自己と自己否定的行為に向き合う二重意識を持ちながら突き進む行為の連続だ。日常的でもあり、個人的でもある行為は、より大きな歴史の流れという視座の中に広げられていくかたちで、構造化されている。自己否定を生きるということは、人間が、だれでも、抱えている「原罪」あるいは「逃れたいとする内面意識」を、忘却の中に流さないで生きるということを担っていくことでもある。そのことによっても、ドラマの主人公の行為は、個人的なものから、歴史的なつながりを持つ行為になっていく。だが、そのために神＝運命に裁かれもする。

木下順二のドラマ論は、人間という存在そのものの、償い、とか、救済、というものが見えなくなっている今日、ある意味で絶望的響きを持つかもしれない。しかし、誠実な知識人木下は、このようなドラマの内包する問題を、繰り返し自己の中で反芻し、人間への希望をやはり託そうとしたのではなかろうか。

（注1）木下が一九三九年に書き上げ、一九四七年に改稿して雑誌で発表し、さらに改稿を重ねて一九五三年に初演して単行本として発表した『風浪』について、彼は繰り返し満足していないと述べている。その第一の理由は「ドラマとしての捉え方の問題だ〈三一六〉」と発言し、それに対して、〈状況の設定の仕方が、その背後の方法が、まだもう自覚的でない……〉ということかと尋ねられ、「そういってもいいな……〈三一六〉」と答えている。また「内在的な、なにかを展開させていく内在的な発展の原理〈三一八〉」への不満、つまり「狭山〈主人公〉の内在的な、発展や展開としてそれを〈内と外との行動・論理の主軸を〉とらえるとらえかたが弱くて〈三一八〉」ということへの自己批判、さらに「やっぱりドラマというもののとらえ方というか、技術的といったら言葉がちょっと正確でないいんだけれども、ドラマとして集約する集約の仕方についての自分の不満なんでね〈三二〇〉」等々と繰り返し言葉を探しているような調子で述べており、要するにドラマを第一課題として意識していた。なお内在的発展ということは歴史と個の関わり方として考えている。（『木下順二作品集Ⅵ』巻末の「解説対談」。「　」終わりの数字は引用の頁。）
（注2）「三十年の歩み」『群像』一九七五年八月号。（『木下順二集7』再録、二八二頁）また『〝劇的〟とは』では「ドラマツルギーは……テーマそのものと対決する思想なのだ」とある。七六頁。
（注3）下村正夫「解説対談」『木下順二作品集Ⅵ』三二五－三二六頁。
（注4）『ドラマが成り立つとき』一二頁。

（注５）「ドラマとは何か・歴史について――あるいは歴史とドラマについて　一九六三年」『労働運動史研究』一九六三年一月（『木下順二集15』再録、三〇二頁）。

（注６）ドラマの中心人物との関連で「歴史」に関するこの認識も、『風浪』以来彼が考えてきたことであり、後の作品において常に意識されたことである。『木下順二作品集Ⅵ』「解説対談」一九六二年、三一七頁。

（注７）セリフも、単なる日本語の文章問題でなく、劇の構造問題なのであるが。

（注８）『木下順二集７』所収。

（注９）単行本『巨匠』の目次には「よる」と表記されているが、テキスト見出し〈七頁〉には「拠る」とある。

（注10）この戯曲は六一年七月号の『群像』に掲載されたのだが、六三年の本書の「解説対談」で木下自身がそれを抹殺して、活字化はこれが初めてだと述べている。二〇一頁。

（注11）「解説対談」『木下順二作品集Ⅶ』二二七－二二八頁。

（注12）断るまでもないのだが、若い時に受洗し本気でキリスト教のことを考えていた時期のある彼に、この世の宗教としてのキリスト教を捨てたとはいえ、原理的な発想基盤として根付いていたといえる。それゆえ彼自身の用いる「原罪」というタームは、宇内などのそれより踏み込んだ、人間の根本的な存在問題に触れているとみるのだ。『本郷』一七二－一七三頁には、はっきりそれが与えられたと述べているが、その前後（一七一－一七九頁）で、宗教そのものに結びつけることに否定的な理由を示唆している。

（注13）関きよし・吉田一『木下順二・戦後の出発』二三一－二三二頁。（原罪問題はその前後の頁で論

じている。）
（注14）「劇作家の生命について」『ドラマとの対話』一九六八年、一七八頁。
（注15）『ドラマが成り立つとき』一九八一年、九－一〇頁（『巨匠』再録、一三八－一三九頁）。
（注16）同、一〇頁。
（注17）同、一〇頁。
（注18）この観点から彼の重要な評論である「忘却について」論は書かれた。（『木下順二集17』ほか、いろいろの著書の中で再録している。）
（注19）『〝劇的〟とは』七頁。
（注20）「解説対談」『木下順二作品集Ⅷ』三二四頁。
（注21）同、三二五頁。
（注22）以下の説明は、「今日的シェイクスピア」の〝マクベス〟の項で述べられていることである。『シェイクスピアの世界』（「同時代ライブラリー」版）二一四－二三三頁。
（注23）以下、最終版を用いる。『木下順二集7』一二三頁。
（注24）「解説対談」『木下順二作品集Ⅷ』三二五頁。
（注25）引用（注19）の一部を正確に書き直すと「劇行為は〝人生の断片〟であるという、あの自然主義演劇のモットーに私は賛成しない。」となり、日本でいういわゆるリアリズム演劇（木下は日本語としては自然主義演劇、あるいは自然主義的写実主義という用語を用いる）批判の一端を示していた。
（注26）『木下順二集7』一一七－一一八頁。

（注27）同、一二三二頁。
（注28）『ドラマとの対話』一九六八年（単行本『巨匠』〈一九八八年〉の戯曲の後にも収録されている）。
（注29）対談「『巨匠』『子午線の祀り』のリアリズムと演劇の本質について」（尾崎宏次と木下、司会・菅井幸雄）『巨匠』一九九一年。
（注30）『巨匠』七八―七九頁。
（注31）『朝日新聞』一九七〇年一一月二日（『木下順二集７』二六〇頁）。
（注32）『巨匠』一九九一年、一九五頁。
（注33）『ドラマが成り立つとき』一九八一年、二七―二八頁。
（注34）江藤文夫「解題」『木下順二集７』三一〇―三一一頁。
（注35）吉田一『木下順二・その劇的世界』二九七―三〇五頁。
（注36）『木下順二集７』一二二頁。
（注37）同、一七〇頁。
（注38）同、一七六頁。
（注39）同、二一二頁。
（注40）同、二三〇頁。
（注41）同、一八七頁。
（注42）その点、語りで注目された『子午線の祀り』で考えられる概念とも用語範疇はずれてくると思うが、ここでは用語規定はほかの機会に譲って明確にしないまま、以下で述べる木下の説明している範囲内に意味をとどめる、ということだ。

（注43）『巨匠』二〇二、二〇三頁。
（注44）同、一九七頁。
（注45）同、六四頁。
（注46）同、一七頁。
（注47）同、五七頁。

参考文献（但し各章各節で重複する場合は前に出し、（　）に節を記した。）

基本文献

『木下順二集』全一六巻、岩波書店　一九八八年〜八九年
『木下順二作品集』全八巻、未来社　一九六二年〜七一年
『木下順二評論集』全一一巻、未来社　一九七二年〜八四年

第Ⅰ章　木下順二の出発

『久保栄全集』五巻、六巻、三一書房　一九六二年六月、一〇月
『新劇』一九五五年一月号
『第五高等学校』熊本大学五高記念館図録、熊本大学五高記念館編　二〇〇七年一〇月
「竹崎順子」『徳富蘆花集』16、日本図書センター　一九九九年二月
不破敬一郎「木下順二と山本安英」『図書』二〇〇八年一二月、二〇〇九年一月
内田義彦『学問への散策』岩波書店　一九七四年三月
松浦玲『横井小楠』ちくま学芸文庫　二〇一〇年一〇月
丸山真男『忠誠と反逆』筑摩書房　一九九二年六月
『劇団民藝公演パンフレット』一九四九年三月、一九七八年五月
宮岸泰治『木下順二論』岩波書店　一九九五年五月、（Ⅲ－３）

『第一次総合版「夕鶴」』未来社　一九五三年五月
『夕鶴の世界　第二次総合版』未来社　一九八四年九月
鈴木敏子「木下順二作『夕鶴』批判」『日本文学』一九六七年四月
『ドラマとの対話』講談社　一九六八年三月
阿部謹也『「世間」とは何か』講談社新書　一九九五年七月
H・グリーンウォルド著（中田耕治訳）『コール・ガール』荒地出版社　一九五九年一二月
郡司正勝「日本の鶴のイメージと『夕鶴』」『國文学』一九七九年三月

第Ⅱ章「日本が日本であるためには」

第一節「暗い火花」

「暗い火花」『中央公論』中央公論社　一九五〇年一二月号
「ぶどうの会通信」一九五七年三月
堀真理子『ベケット巡礼』三省堂　二〇〇七年三月
吉田一『木下順二・その劇的世界』影書房　二〇〇八年二月
井上理恵『菊田一夫の仕事　浅草・日比谷・宝塚』社会評論社　二〇一一年六月

第二節「蛙昇天論」

『蛙昇天』未来社　一九五二年六月
『風浪・蛙昇天』岩波文庫　一九八二年七月
「蛙昇天」『世界』岩波書店　一九五一年六月号、七月号
菅秀治「日記」『語られざる真実』筑摩書房　一九五〇年八月

『戦争と平和　市民の記録』日本図書センター　一九九二年五月
関きよし・吉田一『木下順二・戦後の出発』影書房　二〇一一年八月、（Ⅲ－3）
飯沢匡「『崑崙山の人々』の思い出」『悲劇喜劇』早川書房　一九八四五月
関きよし「戦中体験と戦後の出発」『悲劇喜劇』早川書房　二〇〇五年四月
菅井幸雄「蛙昇天」『悲劇喜劇』早川書房　一九八四年六月

第三節　「沖縄」「オットーと呼ばれる日本人」

「沖縄」『群像』講談社　一九六一年七月
「謝花昇の目」朝日新聞　一九七〇年一月一三日号
「私にとって沖縄とは何か」『テアトロ』一九七一年七月号
『劇団民藝の記録　1950－2000』劇団民藝　二〇〇二年七月
藤島宇内『日本の民族運動』弘文堂　一九六〇年五月、（Ⅲ－1）
『オットーと呼ばれる日本人』筑摩書房　一九六三年三月
尾崎秀実『ゾルゲ事件上申書』岩波現代文庫　二〇〇三年二月
リヒャルト・ゾルゲ『ゾルゲ事件獄中手記』岩波現代文庫　二〇〇三年五月
『久保栄研究』11号『久保栄研究』発行所　一九八八年、復刻二〇〇四年

第四節　小説『無限軌道』

「無限軌道」『群像』講談社　一九六五年九月、講談社文庫　一九七七年一月
渡辺広士「巻末作家論」『現代文学8』講談社　一九七四年
広津和郎「松川事件」『広津和郎全集10』中央公論社　一九五八年一一月
松本清張『日本の黒い霧　上・下』文藝春秋社　一九七四年七月

第Ⅲ章　過去と未来の結節点としてのドラマ

第一節「白い夜の宴」

武田清子『背教者の系譜』岩波新書　一九七三年六月
『テアトロ』一九六〇年一〇月号
『白い夜の宴』筑摩書房　一九六七年六月
『日本が日本であるためには』文藝春秋新社　一九六五年七月
新藤謙『木下順二の世界』東方出版　一九九八年一二月

第二節「子午線の祀り」素描

渡辺保・高泉淳子『昭和演劇大全集』平凡社　二〇一二年一一月
座談会「民族演劇の課題」『新劇場』第1号一九五一年六月
桑原武夫「今日における歌舞伎」『文学』一九五二年三月号
石母田正『平家物語』岩波新書　一九五七年一一月
『平家物語』巻一一　岩波文庫　二〇〇八年
大笹吉雄『日本現代演劇史　昭和戦後篇Ⅱ』白水社　二〇〇一年一〇月
加藤周一「誰が星の空を見たか——『子午線の祀り』をめぐって」『加藤周一著作集11　芸術精神史考察Ⅰ』
平凡社　一九七九年八月
『日本国語大辞典』第四巻小学館　一九七三年
嵐圭史『知盛逍遥』早川書房　一九九一年六月
中村雄二郎「新しい叙事詩劇の誕生——『子午線の祀り』を観て」朝日新聞　一九七九年四月二一日号
宮岸泰治『女優山本安英』影書房　二〇〇六年九月

木下順二「『巨匠』を語る――あとがきに代えて」『巨匠』福武書店　一九九一年一〇月
ブレヒト著・千田是也編『今日の世界は演劇によって再現できるか』白水社　一九六二年一二月
宮岸泰治『ドラマと歴史の対話』影書房　一九八五年六月
『久保栄全集』三巻、三一書房　一九六一年三月
ピーター・ブルック『なにもない空間』（高橋康也・喜志哲雄訳）晶文社　一九七一年一〇月
出口逸平「木下順二『子午線の祀り』の重能像」『河南論集』5号　大阪芸術大学　一九九九年三月

第三節　ドラマのフォームと思想　あるいは歴史と個人とのかかわり

『神と人とのあいだ』講談社　一九八八年
『神と人とのあいだ』講談社　一九七二年五月
『巨匠』福武書店　一九九一年一〇月
『ドラマの世界』中央公論社　一九五九年五月
『ドラマとの対話』講談社　一九六八年三月
『シェイクスピアの世界』岩波書店　一九七三年、「同時代ライブラリー147」として一九九三年再刊
『ドラマが成り立つとき』岩波書店　一九八一年七月
『本郷』講談社　一九八三年三月
『ドラマに見る運命』影書房　一九八四年三月
『ドラマとは何か』岩波書店　一九八八年
『〝劇的〟とは』岩波新書　一九九五年八月
『木下順二対話集　ドラマの根源』未来社　二〇〇七年一〇月
井上理恵『近代演劇の扉をあける』社会評論社　一九九九年一二月

あとがき

井上理恵

木下順二が亡くなった時、学会事務局から依頼されて次のような追悼文を書いた。はからずも本書は研究者としての「追悼」になったかもしれない。

木下順二追悼

木下順二が、二〇〇六年一〇月三〇日に亡くなっていた。一ヵ月後の一一月三〇日に一斉にその死が報道された。各紙に記者や劇作家、評論家が追悼文を寄せていた。

木下順二には一度俳優座であったことがある。もちろん近くで〈見た〉だけだ。木下の「風浪」を新劇人たちの集団が記念公演として上演したときで、氏はわたくしのはす前の席にいた。背筋をピンと伸ばした端正な紳士であった。

一九九六年に書いた「夕鶴」についての論文と「山脈〈やまなみ〉」についての短い文章を木下順二に送ったことがある。お宅に伺う話があったからだ。結局、お目にかかれずに終わったのだが、すぐにお返事が届いた。そのときの驚きを今でも思い出す。

この驚きは、森本薫の「女の一生」の初演台本を見せてほしいと杉村春子に手紙を書き、ある日「杉村でございます」と電話を戴いたときの驚きに似ていた。まったく状況は異なるが、演劇研究者を大事にしようとする暖かいまなざしを感じたのだ。

木下順二は太平洋戦争後に登場した。山本安英に書いた「夕鶴」で一般的には知られているから代表作は「夕鶴」という報道が多かった。これは誤りだ。木下順二は、わたくしたちが避けて通れない問題を書き続けた劇作家であったからだ。戦争と戦争責任の問題に言及した「沖縄」「神と人との間――審判、夏・南方のローマンス」、過去の歴史とそこに生きる人間の在りようを題材にした「東の国にて」「冬の時代」「白い夜の宴」、ゾルゲ事件を題材にした「オットーと呼ばれる日本人」などなど……、これらは全て木下がドラマトウルギーとは何かを考える中で、書き上げられてきたものだ。

残された戯曲にわたくしたちは真正面から向かい合い、研究対象として格闘すること、それが研究者であるわたくしたちの追悼のやりかたであるだろう。


（『日本演劇学会会報』第69号二〇〇七年二月一〇日）

木下の戯曲へのアプローチは、まず「夕鶴」から入り、次いでその舞台表現を確認し、その後重い戯曲へと進む。そんな方法で長い間学生たちと読んできたし、今も読み続けている。が、そこに込められた〈真意〉をなかなか把捉できず、しかも常にわたくしたちは〈どう生きたらいいのか…〉をつきつけられていて、読むたびに辛いものがあった。

学生たちにとっては日本の現代史を学ぶ絶好の機会になったようで、結果演劇研究から遠くなって道が逸れるのが常であった。今回改めて全集を読み返して思いを新たにしたが、木下の主張が余りにも現在のこの国の在りようにピッタリとはまることに驚いた。と同時に、これまで把捉できなかったものが、明らかな相貌を帯びて迫ってきた。この現実感覚は学生たちにも降り立ったようだ。それは木下が〈過去と現在の結節点に立って〉話をつくり、〈現代人の感情と知恵をこめながら〉〈社会を推し進めて行くための新しい力〉を、作品の一つ一つに書き込んでいるからだろう。再び恐怖と混乱の時間をわたくしたちが持たないためにも木下順二という劇作家の戯曲や評論を可能な限り多くの人々に読んでもらい、舞台に乗せて貰いたいと、今痛切に思っている。

今回の執筆者は、わたくしの親しい研究上の〈同学の志〉である。というよりむしろ学問研究の先きを歩かれている先輩と共に学んでいる後輩といったほうがいいかもしれない。常にわたくしに多くの助力の手を惜しむことなく差し出してくださる方々である。

本書の編集は、これまでわたくしが関わった共編著の場合と異なり、いわゆる「査読」というものは一切していない。一度集まり、議論をし、わたくしの書いた第Ⅰ章の1と2を読んで戴いて共通理解を確認しただけで、あとは自由に木下順二に向かい合っていただいた。初校が出てから全ての論を通して読み、切り口の多様さやアプローチの方法の違いが鮮明であることが理解されて嬉しかった。木下順二という劇作家とその作品が多様な形で論評されることを願っていたからである。

取り上げた作品は私が選んだ。他にも入れたい戯曲はあったが、この国の現状を見ると可能な限り早く上梓し、読者の手に渡したく思い、このような本になった。木下順二に送った「夕鶴」論と「山脈（やまなみ）」論は随分前に書いたもので新稿ではないが、思い出深い論でもありそのまま本書に入れた。その他の収録論文は、すべて書下ろしである。多くの議論がここから生れることを期待している。

今回も社会評論社で本にしてもらうことができた。社会評論社からは単著が四冊、編著が一冊、共編著が三冊と、本当に多くの演劇関係書を出していただいた。また、一冊加わった。松田健二社長のご厚意に心から感謝したい。多くの読者の手に渡るよう願ってやまない。

二〇一四年一月八日

沖縄」『日本演劇学会紀要46』、演出作品「夢・桃中軒牛右衛門の」（宮本研作）、「茜色の海に消えた」（芳地隆介作）他多数。

秋葉裕一（あきば・ひろかず）早稲田大学創造理工学部教授、元早稲田大学演劇博物館副館長。専門は日独比較演劇・独文学・ドイツ語。『井上ひさしの演劇』（共著・翰林書房）、『演劇インタラクティヴ　日本×ドイツ』（共著・早稲田大学出版部）、『日本思想の地平と水脈──河原宏教授古稀記念論文集』（共著・ぺりかん社）、『ドイツ演劇・文学の万華鏡──岩淵達治先生古希記念論集』（共著・同学社）、「書誌　日本におけるベルトルト・ブレヒト受容」『ドイツ文学』75－77/79号（日本独文学会）、『ブレヒト作業日誌　上・下』（共訳・新装改訂・河出書房新社）、『七十年の友情　二十世紀を生きたドイツ人女性二十六人の証言』（共訳・スリーエーネットワーク）他。

斎藤偕子（さいとう・ともこ）慶應義塾大学名誉教授、演劇評論活動。専門はアメリカ演劇、演劇理論。『黎明期の脱主流演劇サイト──ニューヨーク 1950－60』（鼎書房）、『19世紀アメリカのポピュラー・シアター』（論創社・日本演劇学会河竹賞受賞）、『演劇論の変貌』（共著・論創社）、『岸田國士の世界』（共著・翰林書房）、『井上ひさしの演劇』（共著・翰林書房）、『アバンギャルド・シアター 1892－1992』（監訳）、Theatre in Japan（Richerchen 64, Degres: Signes Rituels（A. S. B. L., 147－148）他多数。

執筆者紹介（執筆順）

井上理恵（いのうえ・よしえ）桐朋学園芸術短期大学特任教授、専門は演劇学・演劇史・日本近現代戯曲研究。『久保栄の世界』『近代演劇の扉をあける』（日本演劇学会河竹賞受賞）『ドラマ解読』『菊田一夫の仕事　浅草・日比谷・宝塚』（全て社会評論社）、『20世紀の戯曲　Ⅰ Ⅱ Ⅲ』（共編著）、『岸田國士の世界』（共著）、『井上ひさしの演劇』（共編著・翰林書房）、『20世紀のベストセラーを読み解く』（共編著・学藝書林）、『家族の残照』『村山知義　劇的尖端』（共著・森話社）他。

阿部由香子（あべ・ゆかこ）共立女子大学文芸学部准教授、専門は日本近現代戯曲研究・演劇史。『20世紀の戯曲　Ⅰ　Ⅱ　Ⅲ』（共著・社会評論社）、『井上ひさしの演劇』（共編著・翰林書房）、『岸田國士の世界』（共著・翰林書房）、「築地小劇場上演資料のデジタル化の意義」『共立女子大学総合文化研究所紀要16』（共立女子大学総合文化研究所）、「大正十三年の正宗白鳥」『大正演劇研究９』（明治大学大正演劇研究会）他。

川上美那子（かわかみ・みなこ）東京都立大学名誉教授、専門は日本近代文学。『有島武郎と同時代文学』（審美社）、『有島武郎研究叢書第三集　有島武郎の作品（下）』（共編著・右文書院）、『有島武郎事典』（共編著・勉誠出版）、『ジェンダーで読む「或る女」』（共著・翰林書房）、『20世紀のベストセラーを読み解く』（共著、学藝書林）他。

菊川徳之助（きくかわ・とくのすけ）日本演劇学会副会長、日本演出者協会理事・関西ブロック代表、元近畿大学教授、演出家。『実践的演劇の世界』（昭和堂）、『20世紀の戯曲　Ⅱ　Ⅲ』（共著・社会評論社）、「木下ドラマにおける受動的主人公」『演劇論集　日本演劇学会紀要37』、「序説　大学教育における演劇教育研究」『演劇論集　日本演劇学会紀要44』、「沖縄がもたらした異化――木下順二「沖縄」における

木下順二の世界——敗戦日本と向きあって

2014年2月25日　初版第1刷発行

編著者——井上理恵
装　幀——中野多恵子
発行人——松田健二
発行所——株式会社 社会評論社
東京都文京区本郷2-3-10
電話：03-3814-3861　Fax：03-3818-2808
http://www.shahyo.com
組　版——ACT・AIN
印刷・製本——倉敷印刷

Printed in Japan